U0755196

民族文字出版专项资金资助项目

# 编委名单

顾　　问：周国茂　周国炎　伍小芹

审　　订：吴定川

主　　编：郭得宏

成　　员：王正直　郭正雄　梁朝文

　　　　　王玉贵　龙丁生　韦芝秀

　　　　　班积玉

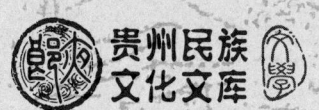
贵州民族
文化文库

布依族口传歌谣系列

郭得宏 主编

# 情友歌
## WEANL YUX

# 邀 约 歌
## Weanl Dangs Xunz

班积玉 收集整理

贵州出版集团
贵州民族出版社

**图书在版编目（CIP）数据**

邀约歌：情友歌：布依文、汉文对照／班积玉收
集整理. — 贵阳：贵州民族出版社，2020.7
（布依族口传歌谣系列／郭得宏主编）
ISBN 978 – 7 – 5412 – 2587 – 1

Ⅰ. ①邀… Ⅱ. ①班… Ⅲ. ①布依族 – 民歌 – 作品集
– 中国 – 布、汉 Ⅳ. ①I277. 296. 8

中国版本图书馆 CIP 数据核字（2020）第 127079 号


丛 书 名　布依族口传歌谣系列
书　　名　WEANL YUX·WEANL DANGS XUNZ
　　　　　情友歌·邀约歌
　　　　　QINGYOUGE·YAOYUEGE
收集整理　班积玉

出版发行　贵州民族出版社
地　　址　贵阳市观山湖区会展东路贵州出版集团大楼
邮　　编　550081
印　　刷　贵阳海印印刷有限公司
开　　本　787mm×1092mm　1/16
字　　数　250 千字
印　　张　15
版　　次　2020 年 7 月第 1 版
印　　次　2020 年 7 月第 1 次印刷
书　　号　ISBN 978 – 7 – 5412 – 2587 – 1
定　　价　48.00 元

# 礼俗活动

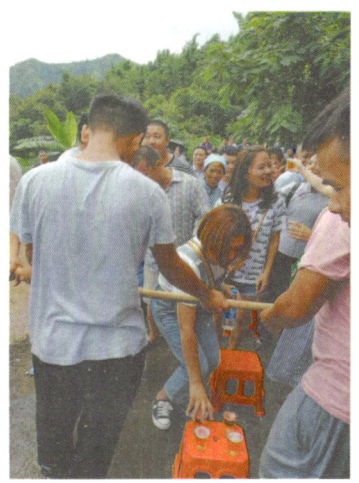

# 纺织与纺织品

# 服饰

# 序

周国炎

布依族民间文学是布依族传统文化的一个重要组成部分，形式多样，题材、内容十分丰富，从体裁上大致可分为韵文和散文两大类，在布依族地区民间广为流传。布依族民间歌谣属韵文体文学作品，流传范围较广。有反映男女青年爱情生活的情歌，反映社会生活习俗和人际交往习俗的礼俗歌以及叙述远古往事的古歌和叙事长诗等。其中的古歌和叙事长诗反映了布依族先民多姿多彩的精神世界和物质生活，揭示了布依族人民传统的价值观、道德观和人生观，展现出远古布依族先民对所生存的自然和人文生态环境的创造性适应能力，以及对大自然的独特的认知方式。

布依族歌谣结构简洁，音韵和谐，旋律优美，深受广大布依族群众的喜爱。从句式和结构上看，有五言、七言、杂言三种体裁和单段、双段、长篇三种结构。五言体全篇每句五字（音节）或以五字为主；七言体全篇每句七字或以七字为主；杂言体全篇每句字数不等，长短间杂，少则三字，多则十一字，一般多为奇数。单段歌又称"散花调"，即单独一段自成一首；双段歌又称"双调"，即一首歌分成两段；长篇歌谣的特点是篇幅长，有的不分段落，有的则根据故事情节分成若干段落，如长篇叙事诗。布依族歌谣有自己独特的押韵方式和规律，一般是以前一句的尾韵（句末一字）去和后一句的头韵（句首一字）或颈韵（第二字）或腰韵（中间一字）相押，也有少数和尾韵相押。押韵的字一般要求同韵同调（包括阴阳调）相押，但根据内容的需要，只要发音相近，声韵和谐的字也可以通押，没有严格的要求，每押一句即可换韵，无须一韵到底。

长期以来，由于缺乏全民通用的文字系统，大量的布依族歌谣只能通过口耳相传的形式在民间世代相传。这种传承形式一方面极大地限制了布依族歌谣的传播，同时也导致大量的作品在传承过程中发生了变异，有的甚至随着作品传承者的辞世而消失在漫漫的历史长河中。所幸在布依族宗教领域，一批布依族宗教人士在学习和掌握了汉文之后，以汉字作为记音符号，将布依族文学中的一个重要组成部分——摩经记录下来，这是布依族文化史上的一大贡献。20世纪50年代中期，党中央和人民政府为布依族创制了以拉丁字母为基础的拼音文字，一方面为提高布依族人民的文化教育水平提供了便利的条件，同时也为布依族文化的挖掘、抢救和传承提供了有效的承载方式，但由于种种历史原因，新创制的布依族文字未能充分发挥其应有的教育功能和文化传承功能，致使大量珍贵的布依族文化遗产不断流失。20世纪80年代初以来，民族语文工作得以恢复，几经修订后的布依族新创文字在布依族传统文化的记录和传承方面发挥了积极的作用，大量流传于民间的布依族民间歌谣得以挖掘、整理和翻译，并用布依族文字出版，使优秀的布依族传统文化得到了弘扬和发展。

由班积玉收集整理、贵州民族出版社出版的"布依族口传歌谣系列""情友歌"之《邀约歌》的出版是布依族新创文字推广和布依族非物质文化抢救和保护工作中的一件大事。该书收集了来自黔南布依族苗族自治州罗甸县一带的布依族传统情友歌若干首，内容十分丰富。该书采用新创布依文和汉文对照的形式，展示了布依族传统经典歌谣的无穷魅力以及布依族新创文字在传统文化传承方面的重大作用。书中所收歌谣来自母语文化氛围十分浓郁的布依族地区，属于原汁原味的原生态布依族民间文学作品，歌谣中反映的内容都是布依族社会生活的真实写照。读者通过阅读该书，不仅可以深入了解多姿多彩的布依族精神文化生活，还可以充分领略布依族民歌优美的旋律和韵味。此外，该书的出版在布依族母语教育方面还具有非常重要的作用。课外读物的匮乏长期以来一直是制约民族语文教育教学发展的瓶颈，布依语文的学习者常常因为找不到课外读物而对布依语文的学习失去兴趣，从而放弃对布依语文的学习，该书的出版为布依语文学习者提供了丰富的课外阅读资料。

总之，该书的出版是对布依族文化传承和母语继续教育的一大贡献。

是为序。

2020年6月27日于中央民族大学

# 前　言

罗甸县位于贵州省南部边陲的红水河畔,东北与平塘县相接,西与望谟县、紫云苗族布依族自治县毗邻,南与广西壮族自治区的天峨县、乐业县隔河相望。罗甸县土地面积三千多平方千米,全县总人口约为三十五万(据 2010 年全国第六次人口普查数据),其中布依族有十九万三千余人,是一个布依族人口较多的民族聚居县。千百年来,勤劳、智慧的布依族人民在这片美丽、富饶的土地上繁衍生息,并同其他民族团结一心,共同建设美丽的罗甸家园。在长期的社会生产生活中,布依族不仅创造了丰富的物质文化,同时也创造了丰富多彩、绚丽灿烂的民族民间文化。其中,最让人引以为傲的就是浩如烟海的民歌。而作为布依族民歌之精品的情友歌,则是布依族民歌中最绚丽夺目、芬芳醉人的奇葩。

布依族情友歌主要反映布依族青年男女对纯洁坚贞的爱情,以及自由、幸福生活的向往和追求。情友歌的内容包括赞美青春、歌颂忠贞爱情、抨击封建礼教和反对包办婚姻等方面,它是布依族民歌中思想内容最丰富、作品数量最多、艺术形式最高、流传地区最广的一类歌。在罗甸这块美丽而神奇的土地上,山涧河畔、小路林中、村庄田野,随处都可以听到布依族青年优美动听的歌声。

布依族情友歌分为"小调""大调"两类。"小调"情友歌一般统称为"weanl ngih saaml",即"二三月歌",如《初识歌》《试探歌》《相会歌》《相思歌》《赞美歌》《离别歌》《失恋歌》等。"小调"情友歌比较短,每首七八句不等,也有十四五句为一首的,但一般不超过二十句。它是青年男女在"浪哨"(即谈恋爱)中表达和交流感情的歌。"大调"情友歌,如《信歌》《邀约歌》等属于古情歌,由于这类古情歌篇幅比较长,容量大,所以一首歌就是一部歌,布依语称之为"weanl bus"(即歌部),一般是男女双人组合对唱。歌手在演唱时每首歌演唱时间长达一两个小时,有的甚至长达两三个小时。

布依族情友歌的句式长短不一，多为五字、七字一句，八字、九字一句的较少，每首歌的句数不限，每句字数不等，但讲究押韵。布依族情友歌语言纯朴，清新自然，曲调婉转悠扬，具有强烈的抒情性。每首歌都以"情"为本，以"情"贯穿始终；修辞手法主要采用比兴、对偶、对比。"大调"类的情友歌多采用排比、问答、重沓等手法，以便于记忆和传承。

布依族情友歌是布依族人民智慧的结晶，是布依族宝贵的精神财富，更是珍贵的文化遗产。遗憾的是布依族过去只有语言而没有记录本民族语言的文字（中华人民共和国成立后创制的布依文也没有得到普及），故所流传下来的民间优秀歌谣都是民间口传作品，没有文献歌本。

时代在前进，社会在发展。在高科技迅猛发展的今天，随着信息时代的到来，微博、微信等多媒体的普及，民族民间口传文学的生态环境受到了很大的冲击。如今，老一辈民间歌手已为数不多，新一代青年歌手少之又少，加之民间学唱布依语歌的青少年很少，几乎没有。因此，当前罗甸县布依族民间歌手已处于薪火难继的情况，优秀民间文学已面临失传的严峻局面。为挖掘、保护这些民间宝贵文学财富，笔者利用业余时间收集到部分传统的布依族情友歌，并于2019年6月开始着手翻译整理。经过数月努力，编辑成这部情友歌集，算是笔者对抢救民族民间文化贡献一份微博之力吧。

当然，收入本书的情友歌仅是布依族浩瀚情友歌中的一小部分，在民间流传的情友歌精品还有很多。不仅如此，其他类别的民歌诸如布依族的礼俗歌（创世歌、劳动歌、生活歌、年歌）等也有很多佳品在民间流传。对此，作为一名布依族民间文学爱好者，今后笔者将继续收集整理，争取为传承和弘扬民族原生态文化做出更多的贡献。

班积玉

2019 年 12 月 20 日

布依族

口传歌谣系列

# 目　录

# WEANL NGIH SAAML
# 二三月歌

　　《二三月歌》又叫《春天的歌》，属于"小调"情友歌。歌词简短、明快、意境美，演唱形式自由，可以单人唱、也可以男女对唱。在对唱时，男女双方见子打子，随机应变，各自借用美丽芳香的花草、珍贵的动植物来做比喻，赞美对方的好身材、好容貌，暗示自己遇上称心如意的情人，从而通过委婉动听的歌声向对方吐露心声，抒发感情，表达爱意等。《二三月歌》包含"单身歌""初识歌""探问歌""赞美歌""相会歌""相思歌""分别歌""起誓歌"等，是布依族情友歌中数量最多、流传最广的一类情友歌。这里所收集的部分情友歌只是代表性作品，以供读者赏阅。

　　这类情友歌属于青年男女谈情说爱时所唱的歌，一般不在寨子里、家里和老人面前演唱。

# WEANL LAANGS
# 单身歌

（一）

男：

Ngih saaml nguad bail genz,
　二　三　月份　去　上　　　　　　　　　　过了二三月份，

Mbael faix dauc labtheeul,
　叶　树　生　茂密　　　　　　　　　　　树叶逐渐茂密，

Mbael jeeul dauc labtdieh,
　叶　芭茅　生　茂盛　　　　　　　　　　草木逐渐茂盛，

　Xieh　deeml ngox banz xaz.
野芭蕉　和　芦苇　成　丛　　　　　　　芭蕉树和芦苇丛丛生。

Raz  bail  xaauxraanz  leeux，
小妹  去    安家    完

小妹们都去成家了，

Nuangx  bail  xaauxeeux  runz，
妹    去    当家    全

情妹也建立了家庭，

Gaxlix  bix  gvaanglgunl  qyus  nix  bilbeangs.
只有  哥  光棍    在  此    飘摆

只有哥一人在此飘荡。

Bilbeangs  lumc  duezgvaaul，
飘摆    像    蜘蛛

像蜘蛛飘荡无依靠，

Weenlwaauz  lumc  duezeens.
悬挂    像    燕子

像燕子悬挂无着落。

（二）

男：

Ngih  saaml  nguad  bail  genz，
二    三    月份  去  上

过了二三月份，

Daangs  bux  daangs  gueh  rih  xiangx  baz，
各    人    各    做    地  养    妻子

各人种地养妻子，

Daangs  bux  daangs  gueh  naz  xiangx  maix，
各    人    各    做  田  养    老婆

各人种田养老婆，

Bix  langclix  qyus  lac  gol  faix  nauz  weanl.
哥  还有  在  下  棵  树  唱  山歌

我还在树脚唱山歌。

Mbox  dianl  maz  gueh  rih，
不    提  什么  做  地

从不考虑种什么地，

Fih  dianl  maz  gueh  naz.
没有  提  什么  做  田

也不考虑种什么田。

Miz  lix  baz  xih  bix  dogtnaais，
不  有  妻子  就  哥    灰心

因为没有老婆哥懒惰，

Miz lix maix xih goy dogtnaais.
不 有 老婆 就 哥 灰心 　　　　　　　　因为没有老婆哥灰心。

# WEANL XAZ
# 探问歌

## （一）

男：

Dah laez lix rinl roz?
河 哪 有 石 干 　　　　　　　　　哪河有干石？

Bol laez lix rinl raanx?
坡 哪 有 石 岩 　　　　　　　　　哪坡有岩石？

Mbaanx laez lix rinl fuz?
寨 哪 有 石 浮 　　　　　　　　　哪寨有浮石？

Xul laez lix wenz waangs?
州 哪 有 人 空 　　　　　　　　　哪州有闲人？

Wanz waangs rauz bil xaaml?
人 空 咱 去 讨 　　　　　　　　　若有闲人咱去求，

Ndaanglndeeul rauz bail qyams.
身 单 咱 去 访 　　　　　　　　　若有单身咱去访。

## （二）

男：

Eens bail laez miz gvax,
燕子 去 哪 不 飞翔 　　　　　　　燕子去哪里不见飞翔了，

Mbax bail laez miz mbinl,
蝴蝶 去 哪 不 飞
蝴蝶到何处不见飞舞了,

Duez yuxjiml bail laez miz os.
那 情人 去 哪 不 出
情人去何方不露面了。

Yiangh beanl jis beanl neec meanh nix,
样 本 己 本 妹 时 这
像妹这时候,

Baaih laez mos ngonzlianz?
边 那 助① 昨天
昨天你去哪里?

Mianh laez mos ngonznix?
面 哪 助 今天
今天你到何方去?

Baaih laez bix yieh xaz,
边 哪 哥 也 探寻
哪处我也探寻,

Mianh laz goy yieh hams.
面 哪 哥 也 问
哪方哥都寻问。

Mbox hams nuangx aul maz,
不 问 妹 要 啥
不问情妹要什么,

Xaz ranl nac seeuc ruangh,
寻找 见 面 少 忧愁
找见情妹少担心,

Xaz ranl nuangx los goy seeuc ruangh.
寻找见 妹 助 哥 少 忧愁
见到情妹少忧愁。

(三)

男:

Nuangx maz gvas dah gauc ngauz byal,
妹 怎么 过 河 看 影 鱼
妹过河时看见鱼,

Gvas ndongl gauc ngauz faix.
过 森林 看 影 树
路过森林看见树。

①助,指助词,在句子中起辅助作用,没有实际意义。全书同。

Nuangx maz gauc ngauz faix ndael ndongl,
妹　怎么　看　影　树　里　森林　　　　妹看了整片树林，

Mbox lix gol laez aangl walhongz waljams.
不　有　棵　哪　开　红花　紫花　　　　不见哪棵开红花。

Nuangx maz leenh gol saangl yiez wangs,
妹　怎么　看　棵　高　也　空　　　　妹看高的树也空荡荡，

Leenh gol dams yieh feaz,
瞧　棵　矮　也　闲　　　　　　　　看矮的树也静悄悄，

Jiezlaez yieh miz ranl bixgoy gul qyus.
哪里　也　不　见　哥哥　我　在　　　看哪里都不见哥身影。

Gul yieh leenh lumc bux leenh dos,
我　也　看　像　人　看　马蜂　　　　我仔细看好如找马蜂，

Leenh lumc bux leenh dinz.
看　像　人　看　火蜂　　　　　　　细心瞧好如讨火蜂。

Jic gol nyas banz xaz jic leenh,
几　棵　草　成　丛　几　看　　　　几处草丛我都看，

Jic gol nyal dungxgoc jic leenh.
几　根　草　相缠　几　看　　　　　几根葛藤我都瞧。

Jic jeeh nuangx jic ximl,
几角落　妹　几　瞧　　　　　　　每个角落全看遍，

Miz ranl duez yuxjiml os jeemh,
不　见　那　情人　出　垭口　　　　不见情人出山坳，

Miz ranl ndaangl bixgoy os jeemh.
不　见　身　哥哥　出　垭口　　　　不见情哥露垭口。

Roxlaez romh ndaix bix bail genl?
或许　老鹰　得　哥　去　吃　　　　难道老鹰得你去吃了？

Al ndaix bix bail bees?
鸦　得　哥　去　撕　　　　　　　难道乌鸦拿哥去撕了？

Bih  mengz bees yieh myaec bees gueh leeux,
即使 你 撕 也 别 撕 做 完　　　要是你撕也不要撕完，

Bih  mengz jeeux myaec jeeux gueh runz.
即使 你 咬 别 咬 做 光　　　要是你吃也不要吃光。

Nauz mengz xeel dinlfengz haec ngoh,
说 你 留 脚手 给 我　　　你要把手脚留给我，

Nauz mengz xeel mbalnac haec ngoh.
说 你 留 脸部 给 我　　　你要把头脸保给我。


（四）

男：

Ndidt dais bol laez dauc xius bas?
太阳 从 坡 哪 来 照 山　　　太阳从哪山来照耀？

Ramx dais dah laez dauc riml meangl?
水 从 河 哪 来 满 沟　　　水从哪条河来汇集？

Nuangx dais beangz laez dauc bah rih?
妹 从 地方 哪 来 挖地　　　妹从何方来种地？

Rih  maz  jamx bisbyug,
地 什么 绿 油油　　　地里种的什么绿油油？

Rihxug rox rihbah?
熟地 或 开荒地　　　是熟地还是开荒地？

Rih daais rox rih gvaanl?
地 外婆 或 地 丈夫　　　是娘家的还是夫家的？

Rih daais nuangx xih daanl,
地 外婆 妹 就 开口　　　是娘家地请妹开口，

Rih gvaanl neec xih qyies.
地 丈夫 妹 就 罢了　　　是夫家地妹可不言。

6

女：

Dagtdais hongz lac rinl,
蟋蟀　　叫　下　石

蟋蟀在石头底下叫，

Dagtinl hongz nazxeeh.
蚂蚱　　叫　烂田

蚂蚱在烂田里边鸣。

Meeh rox bux dauc raiz?
雌　或　雄　来　叫

是男人或是女子？

Jail rox jaec dauc ngaauh?
远　或　近　来　唱

是远方或是近邻？

Dungxsaauh rox bohraanz?
相等　　或　男当家

是单身或当家的？

Dungxsaauh nuangx xih haanl,
相等　　妹　就　答

是单身汉妹就唱，

Bohraanz naangz xih qyies.
男当家　妹　就　罢

是当家汉妹就不言。

# WEANL HANH
# 赞美歌

## （一）

男：

Rogrues mbinl dais lauz laez maz?
戴帽雀　飞　从　楼　哪　来

戴帽雀从哪座楼阁飞来？

Rogruaz mbinl dais lauz laez dauc?
孔雀　飞　从　楼　哪　来

孔雀从哪栋绣楼飞到？

Fead gvax dinl miz qyabt,
翅膀　盘旋　脚　不　闪动

翅膀扇动脚不动，

情
友
歌

邀
约
歌

7

Wenz laez sagt dinlbyaaic mengz nuangx?
人　哪　着色　　脚　你　妹　　　　　谁给小妹绣的鞋？

Bux laez sagt dinlbyaaic mengz naangz?
个　哪　着色　脚　你　　小姐　　　　谁给小姐绣的鞋？

Reeuz xih bas mengz nuangx deg ral,
流传　角　嘴　你　　妹　被　夸　　　传说你的嘴巧受人夸，

Reeuz xih dal mengz nuangx deg hanh.
流传　角　眼　你　　妹　被　称赞　　听说你的眼灵惹人爱。

Deg hanh langl deeuz eeul,
被　称赞　为　条　颈　　　　　　　　人人称赞你的颈项美，

Deg reeuz langl deeuz raangh.
被　流传　为　条　身材　　　　　　　个个羡慕你的好身材。

Xaangh jiezlaez dauc sagt?
匠　　哪里　来　着色　　　　　　　　哪里巧匠配的衣服色？

Mag jiezlaez dauc weeh?
墨　哪里　来　画　　　　　　　　　　衣服彩色颜料哪里来？

Weeh gueh fungh reeux luangz,
画　做　凤　和　　龙　　　　　　　　画的龙飞又凤舞，

Leeux beangz ranl duc ngaeh,
全　地方　见　都　发呆　　　　　　　人们见了被迷住，

Bozdul gauc yieh ngaeh.
我们　看　也　发呆　　　　　　　　　我们见了也发呆。

（二）

男：

Raangh nuangx ndil wanz ndil,
身材　妹　好　又　好　　　　　　　　妹的身材真是好，

Ndil lumc gol faixsil hoh naaux,
好　像　棵　吊竹　节　修长　　　　　　像那竹子好苗条，

Lumc sanc saaux faixbyaaul.
像　　根　竹竿　　水竹　　　　　　　如同竹竿一样美。

Dinl fengz haaul gvaams jais,
脚　手　白　　壳　蛋　　　　　　　手脚嫩白像鸡蛋，

Bas mais lumc lizxil,
嘴　粉红　像　荔枝　　　　　　　　嘴唇粉红像荔枝，

Ndaangl ndil dauc deg hanh.
身体　　好　来　被　称赞　　　　　有好身材人人赞。

# WEANL XAMZ
# 玩耍歌

## （一）

男：

Lix nis rauz dungx xamz,
还　小　我们　相　　玩　　　　　　从小我们在一起玩耍，

Aul roongljaus gueh ndongx wis ramz,
要　桐树叶　做　簸箕　簸　糠　　　用桐叶做簸箕簸米糠，

Aul roongljal gueh ndongx wis naamh.
要　笋壳　做　簸箕　簸　土　　　　拿笋壳做簸箕簸泥沙。

Daanh bail dal xih daic,
弹　去　眼　就　哭　　　　　　　　泥沙飞进眼睛只会哭，

Meeh eeux faix mal riangz,
娘　折　木棍　来　跟　　　　　　　妈妈拿着鞭子要来打，

Rauz xih sadt gogt xiangz bail unx.
咱们 就 跑 脚 墙 去 那边　　　　　我们就顺着墙角溜走。

Reeul xieznyumx dungxxus,
笑 眯眯 相互　　　　　　　　　　笑眯眯地不说话，

Reeul xieznyaaic dungxxus.
笑 嘻嘻 相互　　　　　　　　　　笑嘻嘻地不说话。

（二）

男：

Xaxnauz genzmbenl deel rox xis,
如果 天上 它 会 做　　　　　　要是天上它会兴，

Lacdih deel rox xaaux,
地下 它 会 造　　　　　　　　要是人间它会定，

Buxjees buxlaaux rauz rox aanl,
老人 大人 咱们 会 安排　　　　父母大人会安排，

Rauz xih banz gvaanlbaz bilgvas,
咱们 就 成 夫妇 去年　　　　　咱们去年就成对，

Banz jaaucyah bildaul,
成 夫妻 前年　　　　　　　　　咱们前年就成亲，

Banz aulbaex bilmos.
成 娶媳妇 明年　　　　　　　　明年儿大将娶媳。

Xeznix genzmbenl daaus rox xis,
现在 天上 倒 会 做　　　　　　如今天上倒会兴，

Ndilhamz lacdih miz rox xaaux,
最恨 地下 不 会 造　　　　　　可恨人间不会定，

Buxjees buxllaaux miz rox aanl,
老人 大人 不 会 安排　　　　　大人也不会安排，

Rauz xih banz gvaanlbaz gaadtdoonh,
咱们 就 成 夫妇 中断　　　　　　我们只能做半路夫妇，

Banz buxmaix gaadtdoonh.
成 夫妻 中断　　　　　　　　　　咱们只能成半途夫妻。


# WEANL GOCSIZ
# 惋惜歌

## （一）

男：

Gocsiz daaml gocsiz,
惋惜 又 惋惜　　　　　　　　　　真可惜啊真惋惜，

Gocsiz dois byal yuz ndael dah.
惋惜 对 鱼 游 内 河　　　　　　惋惜河里鱼成双。

Bix siangh qvas bail aul,
哥 想 走 去 要　　　　　　　　哥想下河把鱼捉，

Hamz gaez boh rauz fih saanl meangx,
恨 那 父 咱们 未 编 网　　　　　只恨我爹没织网，

Boh bix fih saanl reel.
父 哥 未 编 拦河网　　　　　　　我爹没有织渔网。

Ngoonz xeel byal rongz raais,
观看 丢 鱼 下 水滩　　　　　　　空望鱼儿下滩去，

Ngoonz xeel nuangx rongz raais.
观看 让 妹 下 水滩　　　　　　　眼看情妹走他乡。

（二）

男：

Gocsiz daaml gocsiz,
可惜　又　可惜　　　　　　　　　　真可惜啊真可惜，

Gosiz byagtgaagt fih banz xaauc,
可惜　青菜　未　成　炒，　　　　　可惜青菜刚长成，

Gocsiz nuangx fih laaux jiclaail.
可惜　妹　未　大　几多　　　　　　可惜妹小未成年。

Boh nuangx hanl gaail nuangx genl gah,
父　妹　忙　卖　妹　吃　价钱　　　妹爹忙嫁妹收礼，

Hanl has nuangx genl xeenz.
忙　嫁　妹　吃　钱　　　　　　　　你爹忙嫁你收钱。

Gaail beengz bail lix umx,
卖　妹　去　还　抱　　　　　　　　还小就将你许配，

Gaail nuangx bail lix numh.
卖　妹　去　还　幼　　　　　　　　让你幼年就出嫁。

# WEANL GEAX
# 埋怨歌

（一）

男：

Meeh mengz xaz gul hoc,
母　你　嫌　我　穷　　　　　　　　你妈嫌我穷，

Boh mengz xaz gul moongl,
父　你　嫌　我　脏　　　　　　　　你爹嫌我贫，

Xiez gueh ndoongl yieh jiangh.
约　做　亲家　也　犟　　　　　　　我去说亲他不肯。

Xaz gul lumc faixndogt byaail gons,
嫌　我　像　麻竹　稍　断　　　　　嫌我像那断稍竹，

Xaz gul lumc  faixnonh  mbael dinc,
嫌　我　像　五倍子树　叶　短　　　嫌我树小不成荫，

Xaz gul yinc miz beah.
嫌　我　裙　不　衣　　　　　　　　嫌我无衣又无裙。


（二）

男：

Lumc beanl jis ndaangl neec meanh nix,
像　本　己　身　妹　时　这　　　　像妹自己这时候，

Genl ramx mbos xih lunz ramx ric,
吃　水　井　就　忘　水　溪　　　　喝了井水忘河水，

Genl daauzxic xih lumz daauzhas,
吃　红桃　就　忘　白桃　　　　　　得了红桃忘白桃，

Genl masngaanx xih lumz lizxil,
吃　桂圆　就　忘　荔枝　　　　　　吃了桂圆忘荔枝，

Ndaix buxndih xih lumz buxqyas.
得　富人　就　忘　穷人　　　　　　跟了富人忘穷人。

# WEANL BYAH
# 离别歌

## （一）

Byah baislos rogwagt dinl foonx,
别 了啰 秧鸡 脚 黑

分别了啊好朋友，

Byah baislos rogroomc dinl haaul.
别 了啰 乌雀 脚 白

离别了啊好伙伴。

Genzmbenl gaaul haec rauz dungxbyah,
天上 交 给 咱们 相别

苍天让我们分别，

Ndaaulndiex gaaul haec rauz dungxbyah.
星星 交 给 咱们 相别

星星让我们分离。

Byah banz leeul daangs daic,
别 成 火把 各 把

从今火把分两束，

Byah banz faix daangs gol.
别 成 树木 各 棵

树木分两棵。

Xelhoz bail daangs baaih,
心思 去 各 边

同心分两处，

Daangs bux qvaais daangs jiez.
各 人 走 各 处

各自奔前程。

Liez xib bol guc naaux,
离 十 坡 九 岭

分隔十坡九岭，

Liez xib hoongc guc naangh,
离 十 谷 九 岗

远离十谷九岗，

Daangs bux qvaais daangs mianl.
各 人 走 各 面

各在天一隅。

Ndianl ngonz xius dungx xius,
月 日 照 同 照

日月同照耀，

14

Bux yius bux miz ranl,
人　看　人　不　见　　　　　　　　彼此不见面，

Saml dagtdaauc liclanh.
心　　忐忑　　不安　　　　　　　　心志忑不安。

(二)

Byah banz leeul daangs daic,
别　成　火把　各　　把　　　　　　火把分两束，

Byah banz faix daangs gol,
别　成　树木　各　　棵　　　　　　树木分两株，

Xelhoz bail daangs baaih.
心思　去　各　　边　　　　　　　同心分两处。

Xoh nuangx qvaaih bail raanz,
明天　妹　　走　去　　家　　　　明日妹回去，

Naanz ndaix dauc siangc woih.
难　得　来　相　会　　　　　　难得再相逢。

Byah lumc bidt byah waail,
别　像　鸭　别　水坝　　　　　　像那鸭子离水坝，

Byah lumc waaiz byah meeh.
别　像　水牛　别　母　　　　　　像那小牛离亲娘。

Bidt byah waail lix sonc nazxeeh,
鸭　别　水坝　还吸食　烂田　　　鸭子离水坝有烂田觅食，

Waaiz byah meeh lix genl nyalwaic,
水牛　别　母　还　吃　野草　　　小牛离亲娘还有青草充饥，

Bix byah nuangx xih daic leeuxxeeuh.
哥　别　妹　就　哭　　全辈　　　哥离情妹就遗憾终身。

# WEANL SINS
# 信　歌

　　《信歌》是布依族情友歌中比较精彩的一首古典情歌。男女双方对唱,由男方起头。主要讲述恋人之间互相通信的事。开始男方通过各种渠道(如托人、鸟、水车等)给女方寄去若干书信和信物,但女方都不承认收到,说男方的信已"落别人手中"或信被送信人隐瞒了,要求重新寄,男方不厌其烦,接连给女方寄了一封又一封的信。后来,男方干脆不托人送信,想要约女方到场坝来当面交信,而女方又推说信被男方"老婆"抢走了,男方无奈又接连给女方寄信。如此反复直到第十二封信,虽然信寄到了,可是女方又推说自己如何笨拙、不会纺纱、不会织布,配不上男方,又把信退还男方,并劝男方趁早另寻新欢。最终,二人分手,结束了这段美好的爱情。

　　歌词委婉动听,感情丰富,情意真切,扣人心弦,是布依族人喜闻乐唱且百听不厌的一部情友歌。这首歌民间流传有另一种版本,歌的结尾是女方收到男方的信后,男方摆酒席、放鞭炮来庆祝。其他部分的内容与本部大同小异。

男:

Lumc beanl jis beanl goy meanh nix,
　像　本　己　本　哥　时　这　　　　　像哥本身这时候,

Gvaangl xuangs sins bail nauz,
　少爷　放　信　去　说　　　　　　　哥用信去说,

Bix xuangs ndaul bail dingh.
　哥　放　钱　去　定　　　　　　　哥拿银去定。

Dingh nuangx naangz gueh yux,
　定　妹　小姐　做　情人　　　　　把你讲做情人,

Dingh nuangxneec gueh yaiz.
　定　小妹　做　情侣　　　　　　把你定做情侣。

Aul ndaix bail xamzmaiz xaaux qyies,
要 得 去 玩乐 才 罢
一定要和你去玩耍才罢，

Aul ndaix bail xamz yux xaaux qyies.
要 得 去 玩 表 才 罢
一定要同你去玩乐才休。

Gul daaus nauz mengz nuangx,
我 又 说 你 妹
我又给妹说，

Bix daangs beangz dauc gaangc riangz nih,
哥 另 地方 来 讲 跟 你
外地哥哥跟你讲，

Yiangh beanl jis beanl goy meanh nix,
样 本 己 本 哥 时 这
像哥自己这时候，

Bix lac waanh jiezraaix,
哥 要 玩 真的
哥是真心玩，

Gvaail lac waanh gueh dangz.
哥 要 玩 做 到
哥要玩到底。

Gul miz qyaml mengz naangz mbaanx roh,
我 不 隐瞒 你 小姐 寨 外
我不瞒你外乡妹，

Bix miz qyaml mengz neec mbaanx roh.
哥 不 隐瞒 你 小妹 寨 外
哥不瞒你外乡人。

Meanh nix ndianllaab bix fungl diangz,
时 这 腊月 哥 封 糖
从今腊月哥包糖，

Ndianlxiangl goy fungl sins,
正月 哥 封 信
正月哥包信，

Sins bix jis bail fungl daz idt.
哥 信 寄 去 封 第 一
哥信已寄第一封。

Sins bix jis ndianlxiangz,
哥 信 寄 正月
哥信正月寄，

17

Liangz bix byaaic ndianl ngih.
信　哥　走　月　二　　　　　　　到二月信走。

Sins bix jis dauc fungl daz idt,
哥　信　寄　来　封　第　一　　　　哥信寄走第一封，

Sins bix jis haec weazjis mbaanx lac,
哥　信　寄　给　伙伴　　寨　下　　哥信寄给下寨伙伴，

Jis haec xamhbaanc mbaanx jaangl.
寄　给　同　伴　寨　　中　　　　哥信寄给中寨同伴。

Sins bix waangl dangz naangz roxfih?
信　哥　拐　到　小姐　没有　　　信寄到你那里没有？

Ndaul bix bail dangz neec roxfih?
钱　哥　去　到　小妹　没有　　　钱寄到妹那里没有？

Fih dangz jis fungl mos,
未　到　寄　封　新　　　　　　　未到就重新寄，

Bix jis doh ndeeul deeml.
哥　寄　次　一　　再　　　　　　哥来重新寄一封。

Aul sins dangz beengz gaml xaaux qyies,
要　信　到　妹　捏　才　罢　　　要你收到才罢，

Aul ndaul dangz nuangx jiams langc qyies.
要　信　到　妹　捡　才　罢　　　要妹拿到才休。

Yiangh gaaishaaus bixgoy xih nauz yiangh nix,
样　那　话　哥哥　就　说　样　这　哥的话就这样讲，

Ndiab deengl bas xih baangc rauz xux,
想　对　口　就　帮　我们　接　　认为对口你就把歌接，

Liangh dogtis dogtdungx xih waz.
想　合心　合意　就　接　　　　　觉得合意妹就接起唱。

Xaz bix bux daangs beangz los mengz xih qyies,
嫌　哥　人　另　地　助　你　就　罢　嫌哥是外地人就罢了，

Xianx bix wenz daangs siangc loc neec xih qyies.
嫌 哥 人 另 乡 助 妹 就 罢　　嫌哥是远乡人就算了。


女：

Fih dangz bas los neec nyamz xux,
未 到 嘴 助 妹 忙 接　　　　歌未到嘴边妹忙接，

Fih dangz dungx los neec nyamz haanl.
未 到 肚 助 妹 忙 答应　　　歌未到肚边妹忙应。

Lingsnauz hanl xaaux raanz yieh nangh,
即使 忙 当 家 也 坐　　　　哪怕忙当家也坐，

Lingsnauz hanl xaaux eeux yieh nangh.
即使 忙 建 家 也 坐　　　　哪怕忙成家也坐。

Gul aans nangh riangz gvaangl jizndaix,
我 本 坐 跟 少爷 值得　　　我跟哥坐很开心，

Neec yiez nangh riangz bix jizxeenz.
妹 也 坐 跟 哥 值钱　　　　妹同哥坐最快乐。

Laaul mengz nangh riangz beengz waaih xaangh,
怕 你 坐 跟 妹 坏 匠　　　怕你跟妹坐失颜面，

Laaul mengz nangh riangz neec waaih xaangh.
怕 你 坐 跟 小妹 坏 匠　　怕哥同妹坐不光荣。

Liangh xonz haaus jiezbanh mengz bix,
想 句 话 刚才 你 哥　　　想你刚才说的话，

Rauz roxnyiel mengz nauz jiezbanh,
我们 听到 你 说 刚才　　　听你刚才发的言，

Bas daaml bas mengz goc nauz nix:
嘴 接 嘴 你 哥 说 这　　　你口口声声这样讲：

Bix lac waanh jiezraaix,
哥 要 玩 真的　　　　　　哥是真心玩，

Gvaangl lac waanh gueh dangz,
哥　要　玩　做　到　　　　　哥要玩到底，

Gul miz qyaml mengz naangz mbaanx roh,
我　不　隐瞒　你　小姐　寨　外　　哥不瞒你外乡妹，

Bix miz qyaml mengz neec mbaanx roh.
哥　不　隐瞒　你　妹　寨　外　　哥不瞒你外乡人。

Meanh nix ndianllaab bix fungl diangz,
时　这　腊月　哥　封　糖　　从今腊月哥包糖，

Ndianlxiangl goy fungl sins,
正月　　哥　封　信　　　　正月哥包信，

Sins bix jis bail fungl dazidt.
信　哥　寄　去　封　第一　　哥信寄了第一封。

Sins bix jis ndianlxiangz,
信　哥　寄　　正月　　　　哥信正月寄，

Diangz bix byaaic ndianl ngih.
糖　哥　走　月　二　　　　到二月信走。

Sins bix jis dauc fungl daz idt,
信　哥　寄　来　封　第一　　哥信寄来第一封，

Sins bix jis haec weazjis mbaanx lac,
哥　信　寄　给　伙伴　寨　下　哥信寄给下寨的伙伴，

Jis haes xamhbaanc mbaanx jaangl.
寄　给　同伴　寨　中　　　哥信寄给中寨的同伴。

Sins bix waangl dangz naangz roxfih?
信　哥　拐　到　小姐　没有　　信寄到你那里没有？

Sins bix bail dangz neec roxfih?
信　哥　去　到　小妹　没有　　钱寄到妹那里没有？

Gul daaus nauz mengz bix,
我　又　说　你　哥　　　　我又说你哥，

Miz lix genl dauc gaangc riangz nih.
没 有 吃 来 讲 同 你　　　　饥寒妹妹跟你讲。

Sins bix jis dauc fungl dazidt,
信 哥 寄 来 封 第一　　　　哥信寄来第一封，

Sins bix jis haec weazjis mbaanx lac,
信 哥 寄 给 伙伴 寨 下　　　哥信寄给下寨的伙伴，

Jis haec xamhbaanc mbaanx jaangl.
寄 给 同伴 寨 中　　　　　哥信寄给中寨的同伴。

Sins bix waangl bail fengz bux ens,
信 哥 拐 去 手 个 别　　　哥信寄到别人手，

Ndaul bix waangl bail rungc bux ens.
钱 哥 拐 去 胸怀 个 别　　哥信落到别人怀。

Lumc beanl jis beanl neec meanh nix,
像 本 己 本 妹 时 这　　　像妹本身这时候，

Neec miz rox xih meangh daaml mangx,
妹 不 知 就 盼 连 等　　　妹不知道还在等呀等，

Nuangx miz rox xih mangx daaml hel,
妹 不 知 就 等 连 望　　　妹不知情仍在盼呀盼，

Sins bix bail dogt fengz buxens,
信 哥 去 落 手 别人　　　哥信已寄到别人手，

Ndaul bix bail dogt rungc buxens.
钱 哥 去 落 胸怀 别人　　哥信已落到别人怀。

Yiangh beanl jis beanl goy meanh nix,
样 本 己 本 哥 时 这　　　像哥这时候，

Mengz lix saml xih dauc fungl mos,
你 有 心 就 又 封 新　　　你有心就重新寄，

Lix xoh xih dauc fungl deeml.
有 名 就 来 封 再　　　　哥有情就再寄一封。

情友歌

邀约歌

Xamz yux laaul bail xeenz xih qyies,
玩　表　怕　去　钱　就　罢　　　　　玩表怕花钱就罢了，

Xamz yux laaul beangl nganz xih qyies.
玩　表　怕　费　银　就　罢　　　　　玩表怕费银就算了。


Haaus nuangxneec xih nauz yiangh nix,
话　　小妹　　就　说　样　这　　　　妹的话就这样说，

Liangh deengl bas xih baangc rauz xux,
想　　对　口　就　帮　我们　接　　　认为对口你就把歌接，

Liangh deengl dungx xih nauz.
想　　合　肚　就　唱　　　　　　　觉得合心就接着唱。

Lingsnauz xamz yux saml miz mauz xih qyies,
假使　　玩　表　心　不　贪　就　罢　如无心思就算了，

Xamz yux saml miz maaic xih qyies.
玩　表　心　不　爱　就　罢　　　　　如无心情就罢了。


男：

Fih dangz bas los goy nyamz xux,
未　到　嘴　哟　哥　忙　接　　　　　歌未到嘴巴哥忙接，

Fih dangz dungx los bix nyamz haanl.
未　到　肚　哟　哥　忙　答应　　　　歌未到肚边哥忙应。

Lingsnauz xamz yux bail nganzxeenz yieh waanh,
即使　　玩　表　去　银钱　　也　玩　哪怕花费金钱也玩，

Xamz yux bail nganzdic yieh waanh.
玩　表　去　银元　　也　玩　　　　　哪怕浪费银子也玩。

Yiangh beanl jis beanl goy meanh nix,
样　本　己　本　哥　时　这　　　　　像哥这时候，

22

Dos ndaix waanh nuangxneec gueh yux，
只要　得　玩　小妹　做　情人　　　　　只要得妹做情人，

Dos ndaix waanh nuangxneec gueh saaul.
只要　得　玩　小妹　做　情侣　　　　　只要得妹做情侣。

Bail xeenzhaaul los goy mbox qyians，
去　白银　助哥　不　后悔　　　　　　花费白银不后悔，

Bail nganzxiex los bix mbox qyians.
去　银子　助哥　不　后悔　　　　　　耗费银子不后悔。


Liangh gaais haaus mengz neec nauz xaux：
想　那　话　你　妹　说　早　　　　　回想妹先前说的话：

Goy lix saml xih dauc fungl mos，
哥　有　心　就　来　封　重新　　　　　哥有心就重新寄，

Lix xoh xih dauc fungl deeml.
有　名　就　来　封　再　　　　　　　哥有意就再寄一封。

Xamz yux laaul bail xeenz xih qyies，
玩　表　怕　去　钱　就　罢　　　　　玩表怕花钱就算了，

Xamz yux laaul beangl nganz xih qyies.
玩　表　怕　费　银　就　罢　　　　　玩表怕费银就罢了。

Gul daaus nauz mengz nuangx，
我　又　说　你　妹　　　　　　　　　我又说了妹，

Dauc bix nauz mengz ges.
来　哥　说　你　呀　　　　　　　　　来哥跟妹说：

Meanh nix ndianllaab bix fungl diangz，
时　这　腊月　哥　封　糖　　　　　　现在腊月哥包糖，

Ndianlxiangl goy fungl sins.
正月　哥　封　信　　　　　　　　　　正月哥包信。

Gul yieh ndiab mengz laail，
我　也　想念　你　多　　　　　　　　我很想念你，

Gul daaus laaiz fungl mos,
我 又 来 封 重新

我又重新寄，

Goy daaus byaaic fungl deeml.
哥 又 走 封 再

哥再寄一封。

Laaix miz gvas dol gaail reengz dolneeh,
多 不 过 多 卖 力 多点

顶多我多卖力一点，

Duezbix dol mauzhoongl dolneeh.
情哥 多 贪活 多点

情哥多干活一点。


Sins bix jis bail fungl lab fungl,
信 哥 寄 去 封 连 封

哥信寄出封连封，

Meanh nix jis bail fungl dazngih.
时 这 寄 去 封 第二

现在寄走第二封。

Sins bix jis haec bux bail rih,
信 哥 寄 给 人 去 地

哥信寄给种地人，

Sins bix jis haec bux bail naz.
信 哥 寄 给 人 去 田

哥信寄给种田人，

Sins bix bail dangz raz roxfih?
信 哥 去 到 你 没有

信寄到你没有？

Ndaul bix bail dangz neec roxfih?
钱 哥 去 到 妹 没有

钱寄到妹没有？


Lumc beanl jis beanl goy meanh nix,
像 本 己 本 哥 时 这

像哥这时候，

Ndianllaab bix fungl diangz,
腊月 哥 封 糖

腊月哥包糖，

Ndianlxiangl goy fungl sins.
正月 哥 封 信

正月哥包信。

24

Gul yieh ndiab mengz nuangx laaillaail，
我　也　想念　你　妹　　多多

我也很想你，

Xez nix bix gvaail byaaic fungl mos，
时　这　哥　聪明　走　封　新

如今哥再寄一封，

Gul xih jis bail fungl dazsaaml.
我　就　寄　去　封　　第三

哥又寄来第三封。

Ndianl laez ndianl miz hauc　lachos，
月　哪　月　不　赶　罗斛(场)

哪月不赶罗斛①，

Hoobt laez hoobt miz hauc　lacmuh，
场　哪　场　不　赶　罗暮(场)

哪场不赶罗暮，

Aul ndaix　jobt　xiqmief dongx soonx，
要　得　斗笠　细篾　相　　摞

哪场妹都买斗笠，

Heeh mengz honc fengz rox haail fengz，
不知　你　拢　手　或　开　手

不知你是否有决心，

Heeh mengz yunz dangz byaail haec goy rox miz，
不知　你　跟　到　尾　给　哥　或　不

不知你跟哥玩多久，

Ngail dangz jay haec bix rox mbaus?
爱　　到　家　给　哥　或　否

不知你是否跟我做一家？


Yangl gaais haaus bixgoy xih nauz yiangh nix，
样　那　话　哥　就　说　样　这

我的话就这样说，

Ndiab deengl bas xih baangc rauz xux，
想　对　口　就　帮　我们　接

认为对口妹就接歌，

Liangh deenglis deengldungx xih waz.
想　合意　　合肚　　就　抓

觉得合意你就接唱。

Xaz bix ndax los mengz xih qyies，
嫌　哥　贫　唔　你　就　罢

若嫌我贫穷就算了，

———————————

①罗斛及下句的罗暮，均为地名，在罗甸县境内。

25

Xianx bix hoc loc neec xih qyies.
嫌　表　穷　唷　妹　就　罢　　　　　　　　若嫌哥寒酸就罢了。

女：

Weanl dies weanl xih xux,
歌　搁　歌　就　接　　　　　　　　　　　唱歌就要歌来接，

Bux dies bux xih aul.
人　搁　人　就　要　　　　　　　　　　　一个唱了一个接。

Xamz yux laaul diey nauz miz qyies,
玩　表　怕　爹　说　不　算　　　　　　　玩表怕爹说不算，

Xamx yux laaul diey manc miz qyies.
玩　表　怕　爹　吓　不　算　　　　　　　玩表怕爹吼不算。

Meanh nix neec miz qyaml xus mbugt,
时　这　妹　不　隐藏　放　襁褓　　　　　如今妹不躲在襁褓里，

Neec miz dugt xos xaul.
妹　不　裹　放　袋　　　　　　　　　　　妹不藏在口袋里。

Yux ndanldal gah gauc meiflij,
由　眼睛　自　看　梅李　　　　　　　　　美不美丽任你瞧，

Xanx ndanlsaml gah maaic meiflij.
由　心思　自　爱　梅李　　　　　　　　　喜不喜欢随你心。

Yiangh beanl jis beanl neec meanh nix.
样　本　己　本　妹　时　这　　　　　　　像妹这时候。

Gul miz qyies riangz goy hoz nix,
我　不　放弃　跟　哥　心　这　　　　　　我已真心爱上你，

Neec miz qyies riangz goy hoz sail,
妹　不　放弃　跟　哥　心　这　　　　　　妹已不能离开哥，

Aul ndaix bail xamz maiz xaaux qyies，
要 得 去 玩 耍 才 罢 　　　　要得一起玩耍才罢，

Aul ndaix bail xamz gaangc xaaux qyies.
要 得 去 玩 摆谈 才 罢 　　　　要得一起玩乐才休。


Lumc gaais haaus jiezbanh mengz bix，
像 那 话 刚才 你 哥 　　　　像你先前说的话，

Rauz roxnyiel mengz nauz jiezbanh：
我们 听到 你 说 刚才 　　　　像哥刚才发的言：

Sins bix jis saauhlaez miz dangz，
信 哥 寄 许多 不 到 　　　　哥信寄了好多都不到，

Leeuxhaanx goy daaus bail fungl mos，
无奈 哥 又 去 封 新 　　　　无奈哥又重新寄，

Sins bix jis dauc fungl dazngih.
信 哥 寄 来 封 第二 　　　　哥信寄来第二封。

Sins bix jis haec bux bail rih，
信 哥 寄 给 人 去 地 　　　　哥信寄给种地人，

Ndaul bix jis haec bux bail naz.
钱 哥 寄 给 人 去 田 　　　　哥信寄给种田人。

Sins gul bail dangz raz rox fih？
信 我 去 到 小妹 没有 　　　　哥信寄到你没有？

Ndaul gul bail dangz neec rox fih？
钱 我 去 到 小妹 没有 　　　　钱寄到妹没有？


Gul daaus nauz mengz bix，
我 又 说 你 哥 　　　　我又说你哥，

Miz lix genl dauc gaangc riangz nih.
没 有 吃 来 讲 跟 你 　　　　饥寒妹妹跟你讲。

Sins bix jis dauc fungl dazngih,
信　哥　寄　来　封　　第二

哥信寄来第二封，

Mengz xih wenz jis wenz miz jis,
你　　就　人　寄　人　不　寄

你呀该寄的人你不寄，

Mengz maz jis haec bux bail rih,
你　怎么　寄　给　人　去　地

你怎么寄给种地人，

Lix maz jis haec bux bail naz.
有　啥　寄　给　人　去　田

你怎么托给种田人。

Bux deel qyaml sins raz bail yungh,
人　那　隐瞒　信　你　去　用

别人瞒你信去用，

Bux deel qyaml sins goy bail yungh.
人　那　隐瞒　信　哥　去　用

别人瞒哥信去用。

Qyaml bail yungh gueh leeux gueh runz,
隐瞒　去　用　做　完　做　光

瞒钱去用完用光，

Sins miz mal dangz lunz laezndeh,
信　不　来　到　妹　的呀

没有什么信到我手中，

Ndaul miz mal dangz neec laezndeh.
钱　不　来　到　妹　的呀

不见什么钱到妹怀里。

Lumc gaais haaus jiezbanh mengz bix：
像　那　话　刚才　你　哥

想哥先前说的话：

Sins bix jis saauhlaez miz dangz,
信　哥　寄　许多　不　到

哥信寄了好多都不到，

Ndilhamz gvaangl jis mos,
气愤　少爷　寄　新

气愤哥又重新寄，

Bix daaus jis dauc fungl dazsaaml.
哥　又　寄　来　封　　第三

哥又寄来第三封。

Faanl laez faanl mengz miz hauc Lachos,
场　哪　场　你　不　赶　罗斛

哪场你不赶罗斛，

Hoobt laez hoobt nuangx miz hauc Lacmuh，
周　哪　周　妹　不　赶　罗暮　　　哪场妹不赶罗暮，

Aul ndaix jobt xiqmeef dongx soonx，
要　得　斗笠　细篾　相　重　　　场场妹都买斗笠，

Heeh mengz honc fengz rox haail fengz，
不知　你　拢　手　或　开　手　　　不知你是否有决心，

Heeh mengz yunz dangz byaail haec goy roxmiz，
不知　你　跟　到　尾　给　哥　或不　不知你跟哥玩多久，

Ngail dangz jay haec bix rox mbaus.
爱　到　家　给　哥　或　否　　　不知你是否跟我做一家。


Dauc gul waanz xonz haaus，
来　我　回　句　话　　　　来我回你话，

Mal nuangx daaus xonz gaangc：
来　妹　还　句　讲　　　　来妹答你言：

Bix nauz jis dauc fungl dazsaaml，
哥　说　寄　来　封　　第三　　　你说寄来第三封，

Faanl faanl gvaangl duy hauc Lachos，
周　周　少爷　都　赶　罗斛　　　场场哥都赶罗斛，

Hoobt hoobt goy duy hauc Lofmuq.
场　场　哥　都　赶　罗暮　　　周周哥都赶罗暮。

Qyox ranl gul los goy xih gvinx，
看　见　我　助　哥　就　溜　　　哥见了我就溜走，

Mengz xih xunz bail lac bail genz，
你　就　遊　去　下　去　上　　　你就绕去又绕来，

Heeh sins mengz jis haangx rox jis jaangl?
不知　信　你　寄　下段　或　寄　中段　　不知你信寄街头或街尾？

Sins gvaangl miz mal dangz maz nuangx，
信　少爷　不　来　到　什么　妹　　哥信根本寄不到我这，

Ndaul bixgoy miz dangz maz ruangh.
钱　哥哥　不　到　什么　我　　　　哥钱根本寄不到妹这。

Lumc beanl jis beanl goy meanh nix,
像　本　己　本　哥　时　这　　　　像哥这时候，

Mengz lix saml xih dauc fungl mos,
你　有　心　就　来　封　重新　　　你有心就重新寄，

Lix xoh xih dauc fungl langl.
有　名　就　来　封　后　　　　　你有意就补一封。

Xamz yux laaul beangl nganz xih qyies,
玩　表　怕　费　银　就　罢　　　玩表①怕花钱就算了，

Xamz yux laaul beangl xeenz xih qyies.
玩　表　怕　费　钱　就　罢　　　玩表怕费银就罢了。


Lumc beanljis beanl neec meanh nix,
像　本　己　本　妹　时　这　　　　像妹这时候，

Gul miz meangh mengz danc soongl soonx,
我　不　盼　你　穿　双　重　　　我不靠你来给我送衣裳，

Gul miz meangh mengz danc saaml soonx.
我　不　盼　你　穿　三　重　　　我不望你来给我送服装。

Neec miz unl aul bix joonc gueh raabt,
妹　不　求　要　哥　合　做　挑　妹不求同你成对，

Nuangx miz unl gabt gueh eeux gueh raanz.
妹　不　求　合　做　房　做　家　妹不求跟你成家。

Dos ndaix gvas ronlbaanz gaangclengx,
只要　得　过　平路　　讲话　　只要能在一起走路，

Dos ndaix gvas ronlgungx gaangcliangz.
只要　得　过　弯路　　谈心　　只要能在一起说话。

　　　①玩表，方言词，指谈情说爱。

Ronl qyianlxamz dungx gaangc yieh xauh,
路　玩　耍　相　讲　也　好　　　能同路玩耍就好，

Ronl xamzmaiz dungx gaangc yieh xauh.
路　玩　乐　相　讲　也　好　　　能同路玩乐就好。

Haaus nuangxneec xih nauz yiangh nix,
话　小妹　就　说　样　这　　　妹的话就这样说，

Liangh deengl bas xih baangc rauz xux,
想　对　口　就　帮　我们　接　　　认为对口你就把歌接，

Liangh dogt is dogt dungx xih nauz.
想　合　意　合　肚　就　唱　　　觉得合意你就接起唱。

Lingsnauz xamz yux saml miz mauz xih qyies,
假使　玩　表　心　不　贪　就　罢　　　若无心思就算了，

Xamz yux saml miz maaic xih qyies.
玩　表　心　不　爱　就　罢　　　若无心情就罢了。


男：

Fih dangz bas los goy nyamz xux,
未　到　嘴　助　哥　忙　接　　　歌未到嘴边哥忙接，

Fih dangz dungx los bix nyamz haanl.
未　到　肚　助　哥　忙　答应　　　歌未到肚边哥忙应。

Dangz jaanglbaanz los bix nyamz qyuangs,
到　半路　助　哥　忙　伸手　　　到半路哥就伸手接，

Dangz jaanglmbangx los goy nyamz qyuangs.
到　半空　助　哥　忙　垫脚　　　到半空哥就踮脚要。

Baiz nix ndaix haaus nuangx dangz ndaangl,
次　这　得　话　妹　到　身　　　这回得妹心里话，

Genl haux waanl geh neeh,
吃　饭　香　多　点　　　吃饭香多了，

Haux genl xiangy geh neeh.
饭　吃　香　多　点　　　　　　　　　饭吃香多了。


Yiangh xonz haaus jiezbanh mengz nuangx,
样　句　话　刚才　你　　妹　　　　　像妹刚才说的话，

Rauz roxnyiel mengz nauz jiezbanh：
我们　听到　　你　说　刚才　　　　听你刚才发的言：

Sins bix jis dauc fungl lab fungl,
信　哥　寄　来　封　连　封　　　　　哥信寄来封连封，

Miz lix fungl laez dangz.
没　有　封　哪　到　　　　　　　　　没有哪封寄给妹。

Bil lix saml xih dauc fungl mos,
哥　有　心　就　来　封　新　　　　　哥有心就重新寄，

Lix xoh dauc fungl deeml.
有　名　来　封　再　　　　　　　　　哥有情就再寄来。

Aul beengz ndaix xaaux qyies,
要　宝贵　得　才　罢　　　　　　　要妹收到才算，

Aul nuangx ndaix xaaux qyies.
要　妹　得　才　罢　　　　　　　　要妹接到才算。

Lumc beanl jis beanl goy meanh nix,
像　本　己　本　哥　时　这　　　　　像哥这时候，

Lohlaez loh banz nix,
既然　已　成　这　　　　　　　　　既然是这样，

Bix dauc jis fungl mos.
哥　来　寄　封　新　　　　　　　　哥来重新寄。

Ngonznix jis bail fungl dazsis,
今天　寄　去　封　第四　　　　　　现在寄来第四封，

Jis haec rog jimlgvis dongh lac,
寄 给 鸟 杜鹃 坝 下

寄给下坝杜鹃鸟，

Jis haec rog jimlgvac dongh jaangl.
寄 给 鸟 紫鹃 坝 中

寄给中坝紫鹃鸟。

Sins bix bail dangz naangz roxfih?
信 哥 去 到 小姐 没有

哥信寄到你那里没有？

Ndaul bix bail dangz neec roxfih?
钱 哥 钱 到 小妹 没有

哥钱寄到妹那里没有？

Lingsnauz fih dangz nuangx,
假使 未 到 妹

假如信还没寄到，

Lingsnauz fih dangz naangz.
假使 未 到 小姐

假如钱还未寄拢。

Bix bail waanz fungl mos,
哥 去 回 封 新

哥来重新寄，

Jis bail sos ndeeul deeml.
寄 去 次 一 再

哥再寄一封。

Aul yux beengz ndaix gaml xaaux qyies,
要 情人 宝贵 得 捏 才 罢

一定要妹收到才行，

Aul maixnaangz ndaix jiamc xaaux qyies.
要 大小姐 得 捡 才 罢

一定要妹接到才罢。


Meanh nix mbenl labtfeamx fihfauz,
时 这 天 昏暗 漆黑

现在已是傍晚天昏暗，

meeh feax heeuh legfeax genl xauz,
母亲 别人 喊 小孩别人 吃 晚饭

别家已喊小孩吃晚饭，

Gul lix qyus dullauz fungl sins.
我 还 在 楼门 封 信

我还在楼门包信。

Meanhnix sins bix jis bail fungl dazhac,
这时 信 哥 寄去 封 第五

现在哥信寄来第五封，

Jis haec bux logt jac ndael damz,
寄 给 人 扯 秧 苗 里 塘　　　　　寄给田里的扯秧人，

Jis haec bux logt jac ndael naz,
寄 给 人 扯 秧 苗 里 田　　　　　寄给田里的拔秧人。

Sins bix bail dangz raz roxfih?
信 哥 去 到 你 没有　　　　　　哥信寄到你那里没有？

Ndaul bix bail dangz neec roxfih?
钱 哥 去 到 妹 没有　　　　　　哥钱寄到妹那里没有？

Lingsnauz fih dangz nuangx,
假使 未 到 妹　　　　　　　　假如信还没寄到，

Lingsnauz fih dangz naangz,
假使 未 到 小姐　　　　　　　假如钱还未寄拢，

Bix bail waanz fungl mos,
哥 去 回 封 新　　　　　　　　哥来重新寄，

Jis bail sos ndeeul deeml,
寄 去 次 一 再　　　　　　　　哥再寄一封。

Aul haec ndaangl nuangx beengz ndaix yungh,
要 给 身 妹 宝贵 得 用　　　　一定要让你得用，

Aul haec ndaangl nuangxneec ndaix yungh.
要 给 身 小妹 得 用　　　　　一定要让妹得用。

Meanh nix ndidt rab bol yisyaauc,
时 这 阳光 遮 山 缓缓　　　　现在太阳已落坡，

Meanh nix ndidt rab bol yicyauz.
时 这 阳光 遮 坡 急急　　　　现在太阳已落山。

Meeh feax heeuh leg feax genl xauz,
母亲 别人 喊 小孩 别人 吃 晚饭　　别家已喊小孩吃晚饭，

Goy lix qyus lac lauz fungl sins.
哥 还 在 下 楼 封 信　　　　　　　　我还在楼脚包信。

Meanh nix sins bix jis bail fungl dazrogt,
时 这 信 哥 寄 去 封 第六　　　　　现在哥信寄来第六封，

Jis haec logt bansramx bail damz,
寄 给 水车 转水 去 塘　　　　　　　寄给车水的水车，

Jis haec logt bansramx bail naz.
寄 给 水车 转水 去 田　　　　　　　寄给转水的水轮。

Sins bix bail dangz raz roxfih?
信 哥 去 到 你 没有　　　　　　　　哥信寄到你那里没有？

Ndaul bix bail dangz neec roxfih?
钱 哥 去 到 妹 没有　　　　　　　　哥钱寄到妹那里没有？

Lingsnauz fih dangz nuangx,
假使 未 到 妹　　　　　　　　　　　假如信还没寄到，

Lingsnauz fih dangz naangz.
假使 未 到 小姐　　　　　　　　　　假如钱还未寄拢。

Bix bail waanz fungl mos,
哥 去 回 封 新　　　　　　　　　　　我来重新寄，

Jis bail sos ndeeul deeml.
寄 去 次 一 再　　　　　　　　　　　哥再寄一封。

Aul haec ndaangl nuangx beengz ndaix yungh,
要 给 身 妹 宝贵 得 用　　　　　　　一定要让情人得用，

Aul haec ndaangl nuangxneec ndaix yungh.
要 给 身 小妹 得 用　　　　　　　　一定要让情妹得用。

Yangl gaais haaus bixgoy xih nauz yiangh nix,
样 那 话 哥哥 就 说 样 这　　　　　　哥的话就这样说，

Ndiab deengl bas xih baangc rauz xux,
想 对 口 就 帮 我们 接　　　　　　　认为对口你就把歌接，

Liangh deengl dungx xih waz.
想　合　肚　就　抓　　　　　　觉得合意你就接着唱。

Xaz bix ndax los mengz xih qyies,
嫌　哥　贫　助　你　就　罢　　嫌我贫穷就算了，

Xianx bix hoc los neec xih qyies.
嫌　表　穷　助　妹　就　罢　　嫌我寒酸就罢了。

女：

Weanl dies weanl xih xux,
歌　搁　歌　就　接　　　　　　唱歌就用歌来接，

Bux dies bux xih aul.
人　搁　人　就　要　　　　　　一个唱来一个接。

Lumc gaais gaul jeeuc doongh byiangh genl,
像　那　藤　缠　桩　坪坝　上　　像上坪那藤蔓缠树，

Lumc gaais gaul jeeuc doongh byiangh lac.
像　那　藤　缠　桩　坪坝　下　　像下坪那葛藤缠桩。

Gaul dungxjeeuc banz xaz,
藤　相　缠　成　蓬　　　　　　葛藤相缠成蓬蓬，

Neec ranl leeux hozfaz gvasfanh,
妹　见　最　合法　过分　　　　我看它们很合心，

Leeux hoz sinc gvasfanh.
最　合　心　过分　　　　　　　妹看它们很合意。

Lumc beanl jis beanl neec meanh nix,
像　本　己　本　妹　时　这　　像妹这时候，

Daail miz xuangs mengz goy fengz soix,
死　不　放　你　歌　手　左　　我要拉你左手死不放，

Lix miz xuangs bixgoy fengz gvaz.
活　不　放　哥哥　手　右　　　我要抓你右手死不松。

Laailneec gul lac waz baangxmbas,
多少　我　要　抓　　肩膀　　　　　　　多少都要抓你肩膀，

Laailneec nuangx lac goc baangxmbas.
多少　　妹　要　拉　　肩膀　　　　　　如何也要拉你手臂。


Liangh xonz haaus jiezbanh mengz bix,
想　　句　话　刚才　　你　哥　　　　　想你刚才说的话，

Rauz roxnyiel mengz nauz jiezbanh,
我们　听到　　你　说　　刚才　　　　　刚才听你这么说，

Rauz roxnyiel mengz gaangc jiezbanh:
我们　听到　　你　讲　　刚才　　　　　刚才听哥这么讲：

Sins bix jis saauhlaez miz dangz,
信　哥　寄　许多　　　不　到　　　　　哥信寄了多少都不到，

Ndilhamz daaus jis mos,
气愤　　　又　寄　新　　　　　　　　　哥气愤又重新寄，

Daaus jis doh ndeeul deeml.
又　寄　遍　一　　　再　　　　　　　　哥又重新寄一封。

Aul haec beengz ndaix yungh,
要　给　宝贵　　得　　用　　　　　　　要给你得用，

Aul haec neec ndaix yungh.
要　给　妹　得　　用　　　　　　　　　要让妹得用。

Meanh nix mbenl labtfeamx liclauz,
时　这　天　　昏暗　　漆黑　　　　　　现在天色已昏暗，

Meeh feax heeuh leg feax genl xauz.
母亲　别人　喊　小孩　别人　吃　晚饭　　别家已喊吃夜饭。

Gul lix ndunl dullauz baaul sins,
我　还　站　　楼门　　包　信　　　　　我还在楼脚包信，

Gul lix ndunl lac siec baaul sins.
我　还　站　下　屋檐　包　信　　　　　我还在屋檐下包信。

Meanh nix sins bix jis bail fungl dazsis，
时　这　信　哥　寄　去　封　第四

现在哥信寄来第四封，

Jis haec rog jimlgvis dongh lac，
寄　给　鸟　杜鹃　坝　下

寄给下坝的杜鹃鸟，

Jis haec rog jimlgvac dongh jaangl.
寄　给　鸟　紫鹃　坝　中

寄给中坝的紫鹃鸟。

Sins bix bail dangz naangz roxfih?
信　哥　去　到　小姐　没有

哥信寄到你那里没有？

Ndaul bix bail dangz neec roxfih?
钱　哥　去　到　妹　没有

哥钱寄到妹那里没有？


Dauc gul waanz xonz haaus，
来　我　回　句　话

来我回你话，

Dauc gul daaus xonz gaangc：
来　我　还　句　讲

来我答你言：

Lumc beanl jis beanl goy meanh nix，
像　本　己　本　哥　时　这

像你这时候，

Bux saml miz xih banz yiangh gah，
人　心　无　就　成　样　怪

无情的人就是不同，

Bux dungxqyas xih banz yiangh liangl.
人　心毒　就　成　样　另外

心毒的人真不一样。

Mengz xih duez jis duez miz jis，
你　就　个　寄　个　不　寄

该寄的你偏不寄，

Lix maz jis haec rog jimgvis dongh lac，
凭　啥　寄　给　鸟　杜鹃　坝　下

你怎么寄给下坝杜鹃鸟，

Jis haec rog jimlgvac dongh jaangl.
寄　给　鸟　紫鹃　坝　中

你怎么寄给中坝紫鹃鸟。

Sins mengz waangl bail fengz buxens，
信　你　拐　去　手　别人

你信已寄到别人手中，

Sins bix waangl bail rungc buxens.
信 哥 拐 去 胸怀 别人　　　　　　哥信已寄到别人怀里。


Yangl gaais haaus mengz goy nauz xaux：
样 那 话 你 哥 说 早　　　　　　想你先前说的话：

Jis saaullaez miz dangz,
寄 许多 不 到　　　　　　　　　　寄了许多都不到。

Leeux hamz gvaangl jis mos,
很 气愤 少爷 寄 新　　　　　　　我气愤又重新寄，

Bix jis doh ndeeul deeml.
哥 寄 遍 一 再　　　　　　　　　哥再重新寄一回。

Aul deel bail dangz beengl xaaux qyies,
要 它 去 到 宝贵 才 罢　　　　　　要你收到为止，

Aul deel bail dangz neec xaaux qyies.
要 它 去 到 妹 才 罢　　　　　　要妹收到方休。


Sins bix jis dauc fungl lab fungl,
信 哥 寄 来 封 连 封　　　　　　哥信寄来封连封，

Meanh nix jis dauc fungl dazhac.
时 这 寄 来 封 第五　　　　　　　现在寄来第五封。

Jis haec bux logt jac ndael damz,
寄 给 人 扯 秧苗 里 塘　　　　　　寄给田里的扯秧人，

Jis haec bux logt jac ndael naz.
寄 给 人 扯 秧苗 里 田　　　　　　寄给田里的拔秧人。

Sins bix bail dangz raz roxfih?
哥 信 去 到 你 没有　　　　　　　哥信寄到你那里没有？

Ndaul bix bail dangz neec roxfih?
钱 哥 去 到 妹 没有　　　　　　　哥钱寄到妹那里没有？

Gul daaus nauz mengz bix,
我　转　说　你　哥　　　　　　　　　　　我来说你哥，

Miz lix genl dauc gaangc riangz nih:
不　有　吃　来　讲　跟　你　　　　　　　饥寒的情妹跟你说：

Sins bix jis dauc fungl lab fungl,
信　哥　寄　来　封　连　封　　　　　　　哥信寄来封连封，

Sins bix jis dauc fungl dazhac.
信　哥　寄　来　封　第五　　　　　　　　哥信寄来第五封。

Wenz jis wenz miz jis,
人　寄　人　不　寄　　　　　　　　　　　该寄的人你不寄，

Mengz bail jis haec bux logt　jac　ndael damz,
你　去　寄　给　人　扯　秧苗　里　塘　　你去寄给田里扯秧人，

Bix bail jis haec bux logt　jac　ndael naz.
哥　去　寄　给　人　扯　秧苗　里　田　　哥去寄给田里拔秧人。

Bux logt　jac　deel saml miz ndil,
人　扯　秧苗　他　心　不　好　　　　　　那扯秧人他心不好，

Bux deel aul sins bix bail yungh,
人　那　要　信　哥　去　用　　　　　　　那人拿哥信去用，

Bux deel ndaix xeenz goy bail yungh.
人　那　得　钱　哥　去　用　　　　　　　那人拿哥钱去花。

Lumc beanl jis beanl neec meanh nix,
像　本　己　本　妹　时　这　　　　　　　像妹自己这时候，

Miz rox langc lix meangh daaml mangx,
不　知　还　有　盼　连　等　　　　　　　不知道还在等呀等，

Langc lix mangx daaml hel.
还　有　等　连　望　　　　　　　　　　　还在盼呀盼。

Langc lix meangh sins mengz dauc yungh,
还　有　盼　信　你　来　用　　　　　　　还在等哥信来看，

Meangh xeenz ndaul bixgoy dauc yungh.
盼　钱　信　哥哥　来　用　　　　　　还在盼哥钱来用。

Lumc xonz haaus jiezbanh mengz bix：
像　句　话　刚才　你　哥　　　　　　像哥刚才说的话：

Jis saauhlaez miz dangz,
寄　许多　不　到　　　　　　　　　　寄了许多都不到，

Ndilhamz gvaangl jis mos.
气愤　少爷　寄　新　　　　　　　　　哥气愤又重新寄。

Sins bix jis dauc fungl lab fungl,
信　哥　寄　来　封　连　封　　　　　哥信寄来封连封，

Meanh nix jis dauc fungl dazrogt.
时　这　寄　来　封　第六　　　　　　现在寄来第六封。

Jis haec logt soongl rux,
寄　给　水车　两　轴　　　　　　　　寄给双轴的水车，

Jis haec logt saaml rux,
寄　给　水车　三　轴　　　　　　　　寄给三轴的水轮，

Jis haec bux bail naz.
寄　给　人　去　田　　　　　　　　　寄给种田人。

Sins bix bail dangz raz roxfih?
信　哥　去　到　你　没有　　　　　　哥信寄到你那里没有？

Ndaul bix bail dangz neec roxfih?
钱　哥　去　到　妹　没有　　　　　　哥钱寄到妹那里没有？

Gul daaus nauz mengz bix,
我　又　说　你　哥　　　　　　　　　我又说你哥，

Miz lix genl daaus gaangc riangz nih：
没　有　吃　又　讲　同　你　　　　　饥寒的情妹跟你说：

Sins bix jis dauc fungl lab fungl,
信　哥　寄　来　封　连　封　　　　　哥信寄来封连封，

情友歌　邀约歌

Sins bix jis dauc fungl dazrogt.
信 哥 寄 来 封 第六 　　　　　哥信寄来第六封。

Lix maz jis haec logt soongl rux mus yux?
有 啥 寄 给 水车 两 轴 呀 表 　　为何寄给双轴水车呀情人？

Lix maz jis haec logt saaml rux mus bix?
有 啥 寄 给 水车 三 轴 呢 哥 　　为何寄给三轴水车呀情哥？

Mengz xih lix maz jis haec bux bail naz?
你 就 凭 啥 寄 给 人 去 田 　　你为啥要寄给种田人？

Bux deel qyaml sins raz bail yungh,
人 那 隐瞒 信 你 去 用 　　　那人瞒哥信去看，

Bux deel qyaml ndaul goy bail yungh.
人 那 隐瞒 钱 哥 去 用 　　　那人瞒哥钱去花。

Qyaml bail yungh gueh leeux gueh runz,
隐瞒 去 用 做 完 做 光 　　　瞒去用完用光了，

Miz liel ndaul mengz rengz dangz ngoh,
不 剩 钱 你 漏 到 我 　　　　不让哥信寄给我，

Miz liel ndaul bixgoy dangz ngoh.
不 剩 钱 哥哥 到 我 　　　　不让哥钱寄给妹。

Mengz lix saml xih dauc fungl mos,
你 有 心 就 来 封 重新 　　　你有心就重新寄，

Lix xoh xih dauc fungl deeml.
有 名 就 来 封 另外 　　　　有意就再寄一封。

Bail yux laaul bail xeenz xih qyies,
去 玩乐 怕 去 钱 就 罢 　　　赶表怕花钱就算了，

Xamz yux laaul beangl nganz xih qyies.
玩 表 怕 费 银 就 罢 　　　　玩表怕费银就罢了。

Haaus nuangxneec xih nauz yiangh nix,
话 小妹 就 说 样 这 　　　　妹的话就这样说，

Liangh deengl bas xih baangc rauz xux,
想　对　口　就　帮　我们　接　　　　认为对口你就把歌接，

Liangh deengl dungx xih nauz.
想　合　肚　就　唱　　　　　　　觉得合意你就接起唱。

Lingsnauz xamz yux saml miz mauz xih qyies,
假使　玩表　信　不　贪　就　罢　　假如玩表无心情就算了，

Xamz yux saml miz maaic xih qyies.
玩　表　心　不　爱　就　罢　　　赶表无心思就罢了。


男：

Fih dangz bas los goy nyamz xux,
未　到　嘴　助　哥　忙　接　　　歌未到嘴边哥忙接，

Fih dangz dungx los bix nyamz aul.
未　到　肚　助　哥　忙　要　　　歌未到肚边哥忙要。

Bail yux saml leeux mauz gvasfanh,
赶　表　心　最　贪　过分　　　赶表我是很高兴，

Xamz yux saml leeux maaic gvasfanh.
玩　表　心　最　爱　过分　　　玩表哥是最喜欢。


Lumc gaais haaus jiezbanh mengz nuangx:
像　那　话　刚才　你　妹　　　像妹刚才说的话：

Lix saml xih dauc fungl mos,
有　心　就　来　封　新　　　　有心你就重新寄，

Lix xoh xih dauc fungl deeml.
有　名　就　来　封　另外　　　有意就再寄一封。

Bail yux laaul bail xeenz xih qyies,
赶　表　怕　去　钱　就　罢　　　赶表怕花钱就算了，

Xamz yux laaul beangl nganz xih qyies.
玩 表 怕 费 银 就 罢　　　　　　　玩表怕费银就罢了。

Gul daaus nauz mengz jis,
我 又 说 你 妹　　　　　　　　　　我又说你吧,

Goy genlyis daaus nauz mengz nuangx：
哥 忧郁 又 说 你 妹　　　　　　　　忧郁的情哥跟你说:

Banz danghnix laail laail,
成 这样 多 多　　　　　　　　　　既然到这步,

Damznaz goy lac mbogt xih mbogt,
粮田 哥 要 浅 就 浅　　　　　　　哥家的粮田要蚀就蚀了,

Xogtwaaiz bix lac leeux xih leeux.
耕牛 哥 要 完 就 完　　　　　　　哥家的耕牛要死就死吧。

Laaix mizgvas xih xeel meeuz eeux miz ndal,
多 不过 就 丢 庄稼 家 不 开工　　顶多丢庄稼不种,

Xeel meeuz naz miz raangc.
丢 庄稼 田 不 耕种　　　　　　　丢田地不耕。

Xoml xib xaangz nganzloic xih rauh,
丢失 十 两 铜钱 就 很　　　　　　最多再损掉十两铜钱,

Xoml xib ndanl nganzluangz xih rauh.
丢失 十 个 铜币 就 很　　　　　　最多再损失十个铜币。


Meanh nix mbenl labtfeamx liclauz,
时 这 天 昏暗 漆黑　　　　　　　　现在天色全昏暗,

Meeh feax heeuh leg feax genl xauz,
母亲 别人 喊 儿子 别人 吃 晚饭　　别家已喊吃夜饭,

Gul lix ndunl dul lauz baaul sins.
我 还 站 门 楼 包装 信　　　　　　我还站楼脚包信。

Sins bix jis bail fungl lab fungl,
信 哥 寄 去 封 连 封　　　　　　　哥信寄去封连封,

Meanh nix jis bail fungl dazxadt.
时 这 寄 去 封 第七 现在寄来第七封。

Sins bix jis xus reegt hingz haux,
信 哥 寄 放 旁边 市 米 哥信寄放米市旁,

Jis xos jauc hingz mail.
寄 放 头 市 线 哥信寄在线行边。

Gvaanl nuangx jabt ndaix bail xex haux,
丈夫 妹 抢 得 去 买 米 你丈夫抢去买米,

Jaauc nuangx jabt ndaix bail xex laauz,
老公 妹 抢 得 去 买 油 你老公抢去买油,

Miz banz saaul haec rauz siangc woih,
不 成 情人 给 我们 相 会 不让我俩来见面,

Miz banz saaul haec goy siangc woih.
不 成 情人 给 哥 相 会 不让我们来相会。

Yiangh beanl jis beanl goy meanh nix,
样 本 己 本 哥 时 这 像哥本已这时候,

Lohlaz loh banz nix,
既然 已 成 这 既然是这样,

Lohlaz loh banz qyal.
既然 已 成 此 既然是如此。

Bail yux aul bungz raz langc qyies,
赶 表 要 遇 妹 才 罢 赶表要得见面才罢,

Xamz yux aul ndaix gaangc langc qyies.
玩 表 要 得 讲话 才 罢 玩表要得说话方休。

Meanh nix gvaangl jis fungl ndeeul mos,
时 这 少爷 寄 封 一 新 现在我又重新寄,

Bix jis doh ndeeul deeml,
哥 寄 遍 一 另外 哥再寄一封,

情友歌 邀约歌

Xez nix jis bail fungl dazbeedt.
时 这 寄 去 封 第八　　　　　　　　现在寄来第八封。

Jis haec bux dez reedt rad haux jaangl damz,
寄 给 让 带 剪刀 剪 谷穗 中 塘　　　　寄给那田里剪谷穗的人，

Jis haec bux dez reedt rad haux jaangl naz.
寄 给 让 带 剪刀 剪 谷穗 中 田　　　　寄给那田里割稻穗的人。

Sins gul bail dangz raz roxfih?
信 我 去 到 你 没有　　　　　　　　我信寄到你那里没有？

Ndaul bix bail dangz neec roxfih?
钱 哥 去 到 妹 没有　　　　　　　　哥钱寄到妹那里没有？


Yians mengz aans miz meangh xeenz bozgoy,
原 你 本 不 盼 钱 哥哥　　　　　　本来你也不盼望哥的信，

Nuangx yieh aans miz meangh nganz bozbix.
妹 也 本 不 盼 银子 哥哥　　　　　　本来妹也不稀罕哥的钱。

Mengz lix xeenz ndael xaul mal yungh,
你 有 钱 里 包包 来 用　　　　　　你有背包里的钱来用，

Mengz lix nganz ndael dox dauc yungh.
你 有 银子 里 荷包 来 用　　　　　　你有荷包里的钱来花。

Yiangh beanl jis beanl goy meanh nix,
样 本 己 本 哥 时 这　　　　　　　像哥这时候，

Ndiab mengz nuangx laail laail.
想念 你 妹 多 多　　　　　　　　　很是想念你。

Mengz miz daailxix goy yieh jis.
你 不 稀罕 哥 也 寄　　　　　　　你不稀罕哥也寄，

Mengz miz mangx los goy yieh jis.
你 不 靠望 助 哥 也 寄　　　　　　你不需求哥也寄。

Sins bix jis bail fungl lab fungl,
信 哥 寄 去 封 连 封　　　　　　　哥信寄走封连封，

Meanh niz jis bail fungl dazguc.
时　这　寄　去　封　第九　　　　　　现在寄来第九封。

Jis haec bux gvaail laaux luax,
寄　给　人　聪明　怕　狡猾　　　　　寄给聪明人怕寄落，

Jis haec bux qvax laaul lumz.
寄　给　人　傻　怕　忘记　　　　　　寄给傻瓜怕忘记。

Xac　yux　ndil mal xunz langc yianh,
等　情人　好　来　玩　再　递　　　　等你来玩才传递，

Xac　yux　ndil gul dauc langc yianh.
等　情人　好　我　来　再　递　　　　等妹来了当面递。

Liangh gusnix dauc dangz,
像　这些　来　到　　　　　　　　　想到这些来，

Laaix mizgvas basbeanl damc basbaauh.
赖　不过　锛口　对　刨口　　　　　　赖不过锛口对刨口。

Bas mbaaus damc bas saaul,
嘴　情哥　对　嘴　情妹　　　　　　　情哥情妹当面说，

Langcxiz haaul banz fanc lianx mianh.
才能　白　成　粉条　连　面条　　　　情况双方皆明白。


Lumc beanl jis beanl goy meanh nix,
像　本　己　本　哥　时　这　　　　　像哥自己这时候，

Ndiab gusnix dauc dangz,
想　这些　来　到　　　　　　　　　想到这些来，

Jaiz dangz laail bix byaaic fungl mos,
想　到　多　哥　走　封　新　　　　　想多哥又重新寄，

Jis bail doh ndeeul deeml.
寄　去　遍　一　再　　　　　　　　　哥又重新寄一封。

Aul nuangx beengz ndaix gaml xaaux qyies,
要　妹　宝贵　得　捏　才　罢　　　　要你收到信才罢，

Aul yux ndil ndaix jiamc xaaux qyies.
要 情妹 好 得 收藏 才 罢　　　　　要妹接到信方休。


Sins bix jis bail fungl lab fungl,
信 哥 寄 去 封 连 封　　　　　哥信寄走封连封，

Meanh nix jis bail fungl dazxib.
时 这 寄 去 封 第十　　　　　现在寄走第十封。

Gul daaus hams mengz nuangx,
我 又 问 你 妹　　　　　我又问你妹，

Xianx sins miz xianx sins?
嫌 信 不 嫌 信　　　　　嫌信不嫌信？

Xianx sins rox xianx wenz?
嫌 信 或 嫌 人　　　　　嫌信或嫌人？

Xianx sins bix xih dimz,
嫌 信 哥 就 补　　　　　嫌信少了哥就补，

Xianx wenz goy xih gaanx,
嫌 人 哥 就 无法　　　　　嫌哥人品哥无法，

Mengz xianx mbaanx los goy xih gaanh.
你 嫌 寨子 嘛 哥 就 无谈　　　　　嫌寨不好哥无法。


Lumc beanl jis beanl neec meanh nix,
像 本 己 本 妹 时 这　　　　　像妹自己这时候，

Gul daaus hams mengz nuangx.
我 又 问 你 妹　　　　　我再问你妹。

Sins bix xoml wangz rox xoml raais,
信 哥 丢失 水塘 或 丢失 河滩　　　　　哥信丢在水塘或河滩，

Xoml wangz bix bail saais,
丢失 水塘 哥 去 寻找　　　　　丢在水塘我去找，

布依族口传歌谣系列

Xoml raais bix bail ndaml.
丢失 河滩 哥 去 寻觅　　　　　　　　丢在河滩哥去觅。

Aul ndaix mal nuangx gaml xaaux qyies,
要 得 来 妹 捏 才 罢　　　　　　　　要拿到你手头才罢，

Aul ndaix mal nuangx jiamc xaaux qyies.
要 得 来 妹 藏 才 罢　　　　　　　　要拿到妹身上方休。


女：

Weanl dies weanl xih xux,
歌 搁 歌 就 接　　　　　　　　　　唱歌就用歌来接，

Bux dies bux xih haanl.
人 搁 人 就 接　　　　　　　　　　你唱歌了我就接。

Laaixmizgvas jobt miz saanl xizleeux,
大不了 斗笠 不 编 罢了　　　　　　大不了斗笠不编，

Meeuzhaux gul miz saangc miz ngaaih,
庄稼 我 不 动 无 碍　　　　　　　　误了庄稼不种也无妨，

Jaais meeuzhaux miz gvaih yieh bail.
丢荒 庄稼 不 做 也 去　　　　　　　误了庄稼也要唱。

Dos ndaix bail xamzmaiz riangz nih,
只要 得 去 玩乐 和 你　　　　　　　只要得跟你玩乐，

Dos ndaix bail xunz beangz riangz nih.
只要 得 去 游 地方 和 你　　　　　　只要得同哥游玩。


Meanh nix gul saanl jobt lac lail,
时 这 我 编 斗笠 下 楼梯　　　　　　现在我在梯下编斗笠，

Neec saanl beahmail lac lauz.
妹 编 毛衣 下 楼　　　　　　　　　妹在楼脚织毛衣。

Rauz roxnyiel mengz nauz soil ruangh,
我们 听到 你 说 很 忧愁
听到你说话很忧愁,

Rauz roxnyiel mengz gaangc soil ruangh.
我们 听到 你 讲 很 忧心
听到你讲得很伤心。

Sins bix jis saauhlaez miz dangz,
信 哥 寄 许多 不 到
哥信寄了许多都不到,

Leeux hamz gvaangl jis mos.
很 气愤 少爷 寄 新
非常气愤又重寄。

Meanh nix mbenl labtfeamx liclauz,
时 这 天色 昏暗 漆黑
已是傍晚天色暗,

Meeh feax yeeuh leg feax genl xauz,
母亲 别人 喊 儿子 别人 吃 晚饭
别家已喊吃夜饭,

Bix lix ndunl lac lauz baaul sins.
哥 还 站 下 楼 包装 信件
哥还在楼脚包信。

Sins bix jis bail fungl dazxadt,
信 哥 寄 去 封 第七
哥信寄来第七封,

Sins bix jis xus reegt hingz haux,
信 哥 寄 放 旁边 市 米
哥信寄放米市旁,

Sins bix jis xus jauc hingz mail.
信 哥 寄 放 头 市 线
哥信寄放线行边。

Gvaanl nuangx jabt ndaix bail xex haux,
丈夫 妹 抢 得 去 买 米
你丈夫抢得去买米,

Jaauc nuangx jabt ndaix bail xex laauz.
老公 妹 抢 得 去 买 油
妹老公夺得去买油。

Miz banz saaul haec rauz siangc woih,
不 成 情人 给 我们 相 会
不让我俩来见面,

Miz banz saaul haec goy siangc woih.
不 成 情妹 给 哥 相 会
不让我们来相会。

布依族 口传歌谣系列 BUYIZU KOUCHUAN GEYAO XILIE

Gul daaus nauz mengz bix,
我 又 说 你 哥　　　　　　我又说你哥，

Miz lix genl dauc gaangc riangz nih：
没 有 吃 来 讲 同 你　　　饥寒的情妹跟你讲：

Sins bix jis dauc fungl dazxadt,
信 哥 寄 来 封 第七　　　哥信寄来第七封，

Sins bix jis xus reegt hingz haux,
信 哥 寄 放 旁边 市 米　　哥信寄放米市旁，

Sins bix jis xus jauc hingz bangz,
信 哥 寄 放 头 市 布　　　哥信寄放布行边，

Yah bix dangz aul daaus.
老婆 哥 到 要 转回　　　嫂子来到又收回。

Deel aul daaus bail raanz xex haux,
她 要 回 去 家 买 米　　她又拿回去买米，

Deel aul daaus bail raanz xex laauz.
她 要 回 去 家 买 油　　她又拿回去买油。

Myaec bix mal xamz saaul baaihroh,
不 给 哥 来 玩 表 外面　　不给哥在外玩表，

Myaec goy mal xamz maiz baaihroh.
不 给 哥 来 玩 乐 外面　　不让哥在外玩乐。


Lumc gaais haaus mengz goy xez xaux：
像 那 话 你 哥 时 早　　　像哥先前说的话：

Sins bix jis dauc fungl lab fungl,
信 哥 寄 来 封 连 封　　　哥信寄来封连封，

Sins bix jis dauc fungl dazbeedt.
信 哥 寄 来 封 第八　　　哥信寄来第八封。

Jis haec bux dez reedt rad haux ndael damz,
寄 给 人 带 剪刀 剪 谷穗 里 塘　寄给田里剪谷穗的人，

Jis haec bux dez reedt rad haux ndael naz.
寄 给 人 带 剪刀 剪 谷穗 里 田　　　　寄给田里割稻穗的人。

Sins bix bail dangz raz roxfih?
信 哥 去 到 你 没有　　　　哥信寄到你那里没有？

Ndaul bix bail dangz neec roxfih?
钱 哥 去 到 妹 没有　　　　哥钱寄到妹那里没有？


Gul daaus nauz mengz bix,
我 又 说 你 哥　　　　我又说你哥，

Miz lix genl dauc gaangc riangz nih:
没有 吃 来 讲 同 你　　　　饥寒的情妹跟你讲：

Sins bix jis dauc fungl lab fungl,
信 哥 寄 来 封 连 封　　　　哥信寄来封连封，

Sins bix jis dauc fungl dazbeedt.
信 哥 寄 来 封 第八　　　　哥信寄来第八封。

Mengz xih bux jis bux miz jis,
你 就 人 寄 人 不 寄　　　　你呀该寄的人你不寄，

Lix maz jis haec bux rad haux ndael damz?
有 啥 寄 给 人 剪 谷穗 里 塘　　　　为啥寄给田里剪谷穗的人？

Lix maz jis haec bux rad haux ndael naz,
有 啥 寄 给 人 剪 谷穗 里 田　　　　为何寄给田里割稻穗的人？

Bux deel qyaml sins raz bail yungh,
人 那 隐瞒 信 你 去 用　　　　别人瞒你信去看，

Bux deel qyaml xeenz goy bail yungh.
人 那 隐瞒 哥 哥 去 用　　　　别人瞒哥钱去花。

Qyaml bail yungh ndoil ndoil,
隐瞒 去 用 白 白　　　　他瞒信去白白看，

Xeenz miz roil dangz ngoh,
钱 不 漏 到 我　　　　钱没寄到我，

52

Nganz miz waaic dangz ngoh.
银子 不 走 到 我　　　　　　　　　　银没寄到我。


Liangh gaais haaus mengz goy xez xaux:
想 那 话 你 哥 时 早　　　　　　　　想哥先前说的话：

Sins bix jis dauc fungl lab fungl,
信 哥 寄 来 封 连 封　　　　　　　　哥信寄来封连封，

Sins bix jis dauc fungl dazguc.
信 哥 寄 来 封 第九　　　　　　　　哥信寄来第九封。

Jis haec bux gvaail laaul luax,
寄 给 人 聪明 怕 狡猾　　　　　　　寄给聪明人怕寄落，

Jis haec bux qvax laaul lumz.
寄 给 人 傻 怕 忘记　　　　　　　　寄给傻瓜怕他忘记。

Xac nuangx gvaail mal xunz xaaux yianh,
等 妹 聪明 来 玩 才 递　　　　　　等你来玩才传递，

Xac yux ndil gul dauc xaaux yianh.
等 情人 好 我 来 才 递　　　　　　等妹来到当面递。

Bix xih yianh fengz soix,
哥 就 递 手 左　　　　　　　　　　哥拿左手递，

Nuangx xih roix fengz gvaz.
妹 就 伸 手 右　　　　　　　　　　妹用右手接。

Sins bix bail dangz raz jiezbanh,
信 哥 去 到 你 刚才　　　　　　　哥信已经寄到你，

Ndaul bix bail dangz neec jiezbanh.
钱 哥 去 到 妹 刚才　　　　　　　哥钱已经传到妹。


Gul daaus nauz mengz bix,
我 又 说 你 哥　　　　　　　　　　我又说你哥，

Miz lix genl dauc gaangc riangz nih:
没 有 吃 来 讲 同 你　　　　　　饥寒的情妹跟你讲：

Sins bix jis dauc fungl lab fungl,
信 哥 寄 来 封 连 封　　　　　　哥信寄来封连封，

Sins bix jis dauc fungl dazguc.
信 哥 寄 来 封 第九　　　　　　哥信寄来第九封。

Jis haec bux gvaail laaul luax,
寄 给 人 聪明 怕 狡猾　　　　　寄给聪明人怕寄落，

Jis haec bux qvax laaul lumz.
寄 给 人 傻 怕 忘记　　　　　　寄给傻瓜怕他忘记。

Xac nuangx gvaail mal xunz xaaux yianh,
等 妹 聪明 来 玩 才 递　　　　等你来玩才传递，

Xac yux ndil gul dauc xaaux yianh.
等 情人 好 我 来 才 递　　　　等妹来到当面递。

Lumc gaais haaus mengz goy nauz nix,
像 那 话 你 哥 说 这　　　　　照你哥哥这么说，

Lumc beanl jis beanl neec meanh nix,
像 本 己 本 妹 时 这　　　　　像妹本身这时候，

Ngonz laez ngonz nuangxneec miz laangs,
天 哪 天 小妹 不 玩　　　　　哪一天不出门玩，

Haamh laez haamh nuangxneec miz xunz.
晚 哪 晚 小妹 不 遊　　　　　哪一日不出去逛。

Miz ranl fengz bixgoy gaml sins,
不 见 手 哥哥 捏 信　　　　　不见哥你手拿信，

Miz ranl ndaangl bixgoy dez sal.
不 见 身 哥哥 带 纸　　　　　未见哥你手拿包。

Heeh mengz sins faz rox sins faix?
不 知 你 信 铁 或 信 木　　　　不知你信是铁还是木？

Sins faz neec mbox ndaix,
信　铁　妹　没　得　　　　　　　　　是铁的我也没看见，

Sins faix neec mbox bungz.
信　木　妹　不　遇　　　　　　　　　是木的妹也没遇着。

Sins bix xoml xos fengz buxens,
信　哥　丢　在　手　别人　　　　　　哥信已丢在别人手中，

Ndaul bix xoml dogt rungc buxens.
钱　哥　丢　落　胸怀　别人　　　　　哥钱已落入别人怀里。

Lumc xonz haaus mengz goy nauz xaux：
像　句　话　你　哥　说　早　　　　　像哥先前说的话：

Jis saauhlaez miz dangz,
寄　许多　不　到　　　　　　　　　　信寄许多都不到，

Ndilhamz gvaangl jis mos.
气愤　少爷　寄　新　　　　　　　　　气愤哥又重新寄。

Sins bix jis dauc fungl lab fungl,
信　哥　寄　来　封　连　封　　　　　哥信寄来封连封，

Sins bix jis dauc fungl dazxib.
信　哥　寄　来　封　第十　　　　　　哥信寄来第十封。

Goy lac hams mengz nuangx,
哥　要　问　你　妹　　　　　　　　　哥要问你妹，

Xianx sins miz xianx sins?
嫌　信　不　嫌　信　　　　　　　　　嫌信不嫌信？

Xianx sins rox xianx wenz?
嫌　信　或　嫌　人　　　　　　　　　嫌信或嫌人？

Xianx sins bix xih dimz,
嫌　信　哥　就　补　　　　　　　　　嫌信少了哥就补，

Xianx wenz goy xih gaanx,
嫌　人　哥　就　无法　　　　　　　　嫌哥人品哥无法，

Mengz xianx mbaanx los goy xih gaanh.
你　嫌　寨子　助哥　就　无话　　　　　　嫌寨不好哥无法。


Gul daaus nauz mengz bix,
我　又　说　你　哥　　　　　　　　　　我又说你哥，

Miz lix genl dauc gaangc riangz nih:
没　有　吃　来　讲　同　你　　　　　　寒酸的情妹跟你说：

Mengz nauz sins bix jis dauc fungl lab fungl,
你　说　信　哥　寄　来　封　连　封　　你说哥信寄来封连封，

Sins bix jis dauc fungl dazxib.
信　哥　寄　来　封　第十　　　　　　　哥已寄来第十封。

Yiangh beanl jis beanl neec meanh nix,
样　本　己　本　妹　时　这　　　　　　像妹这时候，

Gul daaus hams mengz bix,
我　又　问　你　哥　　　　　　　　　　我来问你哥，

Sins bix sins salndingl rox sins salheenc?
信　哥　信　红纸　或　信　黄纸　　　　你信是红纸或黄纸？

Sins salheenc rox sins salhaaul?
信　黄纸　或　信　白纸　　　　　　　　是黄色的或白色的？

Mengz maz xonz lox saaul xinghxingh,
你　何　句　哄　情妹　专门　　　　　　你专门说话哄情妹，

Xonz lox ndaangl nuangxneec xinghxingh.
句　哄　身　小妹　专门　　　　　　　　你专门说话哄情人。


Gul daaus nauz mengz bix,
我　又　说　你　哥　　　　　　　　　　我又说你哥，

Miz lix genl dauc gaangc riangz nih:
没　有　吃　来　讲　同　你　　　　　　寒酸的情妹跟你说：

Nuangx aans meangh sins bix dangz ndaangl,
妹　本　盼　信　哥　到　身　　　妹本盼哥信到身，

Meangh ndaul gvaangl dangz fengz.
盼　钱　少爷　到　手　　　　妹本盼哥信到手。

Ndaix sins mengz dangz ndaangl seeuc ruangh,
得　信　你　到　身　少　愁　　哥信到身少挂念，

Ndaix ndaul goy dangz rungc seeuc ruangh.
得　钱　哥　到　胸怀　少　愁　哥信到怀少忧愁。

Lumc beanl jis beanl neec meanh nix,
像　本　己　本　妹　时　这　　像妹这时候，

Nuangx yieh mbox xianf sins,
妹　也　不　嫌　信　　　　妹也不嫌信，

Neec yieh mbox xianf wenz.
妹　也　不　嫌　人　　　　妹也不嫌人。

Hamz sins gvaangl miz rengz xih gaanh,
恨　信　少爷　不　露　就　无法　只恨哥信不露面，

Hamz ndaul gvaangl miz dauc xih gaanh.
恨　钱　少爷　不　来　就　无法　只恨哥钱不现影。


Banz danghniz leeuxlaail,
成　这等　得很　　　　到了这地步，

Gul daaus nauz mengz bix,
我　又　说　你　哥　　我又说你哥，

Mengz lix saml xih dauc fungl mos,
你　有　心　就　来　封　新　你有心就重新寄，

Lix xoh dauc fungl deeml.
有　名　来　封　另外　　哥有意就再寄一封。

Aul deel mal dangz beengz xaaux qyies,
要　它　来　到　宝贵　才　罢　要寄给妹才算数，

Aul deel mal dangz neec xaaux qyies.
要 它 来 到 妹 才 罢

要妹收到才算数。

Yiangh haaus neec xih nauz yiangh nix,
样 话 妹 就 说 样 样

妹的话就这样说，

Liangh deengl bas xih xux.
想 对 口 就 接

认为对口哥就接。

Bail yux laaul yah nauz xih qyies,
去 情人 怕 老婆 说 就 罢

去玩怕老婆讲就算了，

Xamz yux laaul yah manc xih qyies.
玩 情人 怕 老婆 骂 就 罢

玩表怕老婆骂就罢了。

男：

Weanl dies weanl xih xux,
歌 搁 歌 就 接

唱歌就要歌来接，

Bux dies bux xih aul.
人 搁 人 就 要

情妹唱来情哥接。

Bix dez bangz saaml ngaul bail xumh,
哥 拿 布 三 角 去 包

哥要三角布去裹，

Gvaangl aul mbael soujiny bail xumh.
少爷 要 张 手巾 去 包

哥拿手巾帕去包。

Gul aul xumh ndeeul xos diec daux,
我 要 包 一 放 底 斗

我拿一包藏箱底，

Xumh ndeeul qyaux diec xongl.
包 一 藏 底 背包

一包藏放背包里。

Aul deel baanx honl rauz bail rih,
要 它 陪伴 魂 咱 去 地

让它陪我去地头，

58

Baanx gaais honl bixgoy bail rih.
陪伴 那 魂 哥哥 去 地　　　　　让它伴哥去种地。


Yiangh xonz haaus mengz neec nauz xaux,
样 句 话 你 妹 说 早　　　　　像妹之前说的话，

Rauz roxnyiel mengz nauz jiezbanh,
我们 听到 你 说 刚才　　　　　我们刚才听你说，

Bix roxnyiel mengz gaangc jiezbanh,
哥 听到 你 讲 刚才　　　　　情哥刚才听你讲，

Bas daaml bas mengz neec nauz nix:
嘴 接 嘴 你 妹 说 这　　　　　你口口声声这么说：

Sins bix sins faz rox sins faix,
信 哥 信 铁 或 信 木　　　　　哥信是铁还是木，

Sins faz neec mbox ndaix,
信 铁 妹 不 得　　　　　是铁信我也看不见，

Sins faix neec mbox bungz.
信 木 妹 不 碰　　　　　是木信妹也遇不着。

Sins mengz xoml xus fengz buxens,
信 你 丢失 放 手 别人　　　　　哥信寄在别人手，

Sins bix xoml dogt rungc buxens.
信 哥 丢失 落 胸怀 别人　　　　　哥信落入别人怀。


Mal gul waanz xonz haaus,
来 我 回 句 话　　　　　来我回你话，

Dauc gul daaus xonz gaangc:
来 我 还 句 讲　　　　　来我答你言：

Sins miz deg sins faz,
信 不 是 信 铁　　　　　信不是铁信，

Sins mbox deg sins faix.
信　不　是　信　木　　　　　　　　　　　信不是木信。

Sins bix sins gaail waais Jeexmauc，
信　哥　信　卖　棉花　　兔场　　　　　那是我在兔场卖棉花得的钱，

Sins gaail haux Jeexxiz.
信　卖　米　龙场　　　　　　　　　　　那是哥在龙场卖米得的钱。

Deg xeenz ndil xinghxingh，
是　钱　好　　全部　　　　　　　　　　那钱完全是好钱，

Deg nganz ndil nganzloic xinghxingh.
是　银　好　铜币　　　全部　　　　　　那钱全是真银子。


Lumc beanl jis beanl neec meanh nix，
像　本　己　本　妹　时　这　　　　　　像妹自己这时候，

 Yux ndil nauz yux ndil saml soh，
情人　好　说　情人　好　心　直　　　　情妹说情妹老实，

 Yux doh nauz yux doh saml meanl.
情人　独　说　情人　独　心　诚实　　　情人说情人诚实。

Gaais mengz ndianl ndeeul saaml duez yux，
那　你　月　一　三　个　情人　　　　　你一月玩三个情人，

Saaml ndianl guc fungl sins.
三　月　九　封　信　　　　　　　　　　三月收九封情书。

Ranl mengz sins jiezlaez yieh xux，
见　你　信　哪里　也　接　　　　　　　见你哪里的信都接，

Sins bux laez yieh aul，
信　人　哪　也　要　　　　　　　　　　见你哪个的信都收，

Mengz xih ndaix ndaul bix lamslaais.
你　就　得　钱　哥　恍惚　　　　　　　你收到哥信就恍惚。

Sins bix sins gaail waais jeexmauc，
信　哥　信　卖　棉花　　兔场　　　　　哥信是兔场卖棉花的钱，

Sins gul sins gaail haux jeexxiz.
信 我 信 卖 米 龙场　　　　　　　　我信是龙场卖米的钱。

nuangx haaix xoml lox nuangx xiz bengz?
妹 搞 丢失 或 妹 是 甩　　　　　　　你是打落还是甩丢了？

Mengz deg xoml lox mengz xiz weengh?
你 是 丢失 或 你 是 扔　　　　　　　你是丢失还是扔掉了？


Liangh gaais haaus mengz neec nauz xaux:
想 那 话 你 妹 说 早　　　　　　　想起你先前说的话：

Mengz lix saml xih dauc fungl mos,
你 有 心 就 来 封 新　　　　　　　哥有心就重新寄，

Lix xoh dauc fungl deeml.
有 名 来 封 另外　　　　　　　　　你有意就再寄一封。

Bail yux laaul beangl xeenz xih qyies,
赶 表 怕 费 钱 就 罢　　　　　　　赶表怕花钱就算了，

Laaul beangl nganz los goy xih qyies.
怕 费 银 助 哥 就 罢　　　　　　　玩表怕费银就罢了。


Gul daaus nauz mengz jis,
我 又 说 你 妹　　　　　　　　　　我又说你妹，

Goy genlyis daaus nauz mengz nuangx.
哥 忧郁 又 说 你 妹　　　　　　　忧郁的情哥跟你说。

Ndiab gaais bus jongsrauz xez xaux,
想 那 段 我们 时 早　　　　　　　回忆我们过去相玩乐，

Haaus nauz bail xih daz miz daaus.
话 说 去 就 拉 不 回　　　　　　　立下的誓言收不回。

Lumc gaais yiangh ndaml wal,
像 那 样 栽 花　　　　　　　　　　就像栽花一样，

Lumc gaais yiangh ndaml faix.
像 那 样 栽 树　　　　　　就像栽树一样。

Honl wal dogt bail lac xih ngaz,
种子 花 落 去 下 就 发芽　　　　花种撒下就要发芽,

Jac faix ndaml bail lac xih rah.
秧苗 树 栽 去 下 就 生根　　　　树苗栽下就要生根。

Meanh nix mengz miz aul yieh yianh,
时 这 你 不要 也 递　　　　如今你不要信哥也递,

Ndaangl nuangxneec miz aul yieh yianh.
身 小妹 不要 也 递　　　　如今妹不接信哥也给。


Lumc beanl jis beanl goy meanh nix,
像 本 己 本 哥 时 这　　　　像哥这时候,

Ndiab gusnix dauc dangz.
想 这些 来 到　　　　想到这些来。

Ndianllaab bix fungl diangz,
腊月 哥 包 糖　　　　腊月哥包糖,

Ndianlxiangl goy fungl sins.
正月 哥 包 信　　　　正月哥包信。

Sins bix jis bail fungl lab fungl,
信 哥 寄 去 封 连 封　　　　哥信寄来封连封,

Xez nix jis bail fungl xibidt.
时 这 寄 去 封 十一　　　　现在寄来第十一封。

Jis haec bux daez bidt laaux yuax,
寄 给 人 守 鸭 怕 失落　　　　寄给看鸭人怕丢失,

Jis bux qvax laaul lumz.
寄 人 傻 怕 忘记　　　　寄给傻瓜怕忘记。

Xac yux ndil mal xunz langc yianh,
等 情人 好 来 玩 才 递　　　　等情人来玩才传递,

Xac yux gvaail gul dauc langc yianh.
等 情人 聪明 我 来 才 递　　　等情妹来到当面给。


Lumc xonz haaus mengz neec nauz xaux,
像 句 话 你 妹 说 早　　　像妹先前说的话：

Sins bix dies jaucraanz mengz ndux,
信 哥 搁 房角 你 先　　　哥信先搁放屋角边，

Ndaul bix xeel jaucsiec mengx goons.
钱 哥 留 屋檐 你 先　　　哥信先留在屋檐下。

Bas daaml bas mengz nauz yiangh nix:
嘴 接 嘴 你 说 样 这　　　你口口声声这么说：

Woic ros xih aul doonghdog,
牵 布线 就 要 树桩　　　牵线要有树桩，

Woic bog xih aul doonghdux,
牵 头帕 就 要 树桩　　　牵线要有木桩，

Xamz yux xih aul lix buxses.
玩 表 就 要 有 媒人　　　玩表要有媒人。

Lix buxses qyus jaec,
有 媒人 在 近　　　有媒人在近，

Lix buxlaaux qyus ndeenl.
有 大人 在 旁　　　有大人在旁。

Nuangx gaml xeenz langc manh,
妹 捏 钱 才 稳　　　妹拿哥钱才放心，

Maixruangx gaml nganzloic langc manh.
姑娘 捏 铜币 才 稳　　　妹接哥银才安心。


Gul daaus nauz mengz jis,
我 又 说 你 妹　　　我又说你妹，

Goy genlyis daaus nauz mengz nuangx:
哥 忧郁 转 说 你 妹      忧郁的情哥跟你说：

Lumc beanl jis beanl goy meanh nix,
像 本 己 本 哥 时 这      像哥这时候，

Woic ros mbox aul doonghdog,
牵线 不 要 树桩      牵线不要树桩，

Woic bog mbox aul doonghdux.
牵 头帕 不 要 树桩      牵线不需木桩。

Bail yux mox lix buxses,
赶 表 不 有 媒人      玩表不需媒人，

Mbox lix ses lix moiz.
没 有 媒 有 妁      不用媒人媒妁。

Bail yux ndoil langc ngaaih,
赶 表 空 才 简单      赶表无媒才简单，

Bail yux ndoilndoil goy langc ngaaih.
赶 表 空空 哥 才 方便      玩表无媒最方便。

Lumc beanl jis beanl goy meanh nix,
像 本 己 本 哥 时 这      像哥这时候，

Aul buxses laaul nyaaux,
要 媒人 怕 骚扰      要媒人怕他骚扰，

Aul buxlaaux laaul nyaz.
要 大人 怕 生气      要大人怕他生气。

Fengz soix deeml fengz gvaz dungx yianh,
手 左 跟 手 右 相 递      宁可左手跟右手传递，

Raz deeml bix soongl bux gah yiangh.
妹 同 哥 两 人 自 递      哥同妹自相传递。

Gul yianh mengz xih xux,
我 递 你 就 接      情哥递来情妹接，

Nauz yux gvaail miec binc sins ngoh.
说　情人　聪明　别　赖　信　我　　　　　情妹接到别耍赖。

Binc sins goy ndoil yux,
赖　信　哥　失去　玩表　　　　　　　　你要赖哥就无路赶表,

Binc sins bix ndoil xunz.
赖　信　哥　失去　赶表　　　　　　　　妹要赖哥就无法玩乐。


Yiangh beanl jis beanl goy meanh nix,
样　　本　己　本　哥　时　这　　　　　像哥自己这时候,

Raaus feax genl ianl dungx genl ianl,
照常　别人　吃　烟　同　吃　烟　　　　平时别人抽烟又抽烟,

Feax genl ianl xunc ianl,
别人　吃　烟　代替　烟　　　　　　　　别人抽烟来解闷,

Goy genl ianl xunc fex,
哥　吃　烟　代替　饭　　　　　　　　　情哥抽烟当吃饭,

Bix bail yux xunc baz.
哥　访　情人　代替　老婆　　　　　　　情哥拿情人当爱人。

Baizniz xaaml nuangxraz miec jiangh,
这回　求　　情妹　　别　拒接　　　　　现在请你别拒接,

Xaaml nuangxneec miec jiangh.
求　　小妹　　别　拒接　　　　　　　　请妹别回绝。

Yiangh beanl jis beanl neec meanh nix,
样　　本　己　本　妹　时　这　　　　　像妹这时候,

Ndiab gusnix dauc dangz.
想　这些　来　到　　　　　　　　　　　想到这些来。

Mengz xih ragthamz aul bais nuangx,
你　就　发恨　要　了　妹　　　　　　　你就决心收信吧,

Mengz xih lamx saml jiamc bais naangz.
你　就　塌　心　藏　了　妹　　　　　　你就踏踏实实收信吧。

Gul daaus nauz mengz nuangx,
我 又 说 你 妹　　　　　　　　我又再说妹，

Dauc bix nauz mengz ges.
来 哥 说 你 吧　　　　　　　　来哥跟你说。

Meanh mengz ndaix saaml haadt,
时 你 得 三 朝　　　　　　　　你刚满三朝时，

Gvaangl ndaix sins bail dongc maixruangh,
少爷 得 信 去 通 妹　　　　　　我就去信通知你，

Bix ndaix sins bail dongc maixnaangz.
哥 得 信 去 通 小姐　　　　　　哥就去信通知妹。

Miec gaais ndaangl nuangxneec os beangz,
不许 那 身 小妹 出 地方　　　　不让妹你玩出村，

Miec gaais ndaangl nuangxlunz os mbaanx.
不许 那 身 幺妹 出 寨　　　　　不让妹身玩出寨。

haec mengz waanx buxdoh xac gvaangl,
让 你 玩 独人 等 少爷　　　　　让你单身等情哥，

Xiangs ndaangl luab xac ngoh.
打扮 身 漂亮 等 我　　　　　　打扮漂亮等情郎。


Liangh gusnix dauc dangz,
想 这些 来 到　　　　　　　　想到这些来，

Gul xih bail fungl mos,
我 就 去 封 重新　　　　　　　我就重新寄，

Bix jis doh ndeeul deeml.
哥 寄 遍 一 再　　　　　　　　哥又寄一封。

Aul nuangx beengz ndaix gaml xaaux qyies,
要 妹 宝贵 得 捏 才 罢　　　　要情人收到才罢，

Aul nuangxneec ndaix jiamc xaaux qyies.
要　小妹　得　藏　才　罢　　　　　要情妹接收方休。


Sins bix jis dauc fungl lab fungl,
信　哥　寄　来　封　连　封　　　　哥信寄来封连封,

Meanh nix jis dauc fungl xibngih.
时　这　寄　来　封　十二　　　　现在寄来第十二封。

Gul nauz jis haec bux daez bidt,
我　说　寄　给　人　守　鸭　　　我想寄给放鸭人,

Bux daez bidt deel degtxeenz laaux,
人　守　鸭　他　赌钱　大　　　　放鸭人他喜欢赌钱,

Bux deel ngaaux xeenz laail.
人　那　攀　钱　多　　　　　　　放鸭人他喜欢赌博。

Laaul deel qyaml sins goy bail leeux,
怕　他　隐瞒　信　哥　去　完　　怕他瞒哥信去看,

Laaul deel gveeux sins bix bail runz.
怕　他　挪　信　哥　去　光　　　怕他拿哥钱去花。

Xac yux ndil mal xunz langc yianh,
等　情人　好　来　完　才　递　　等情人来玩才递,

Xac yux gvaail gul dauc langc songs.
等　情人　聪明　我　来　才　送　等情妹来到才给。


Gul songs sins los mengz xih aul,
我　送　信　来　你　就　要　　　我送信来你就接吧,

Bix songs ndaul los neec xih waz,
哥　送　钱　来　妹　就　接　　　哥送钱来妹就收吧,

Nuangxraz xih nyah binc sins ngoh.
小妹　就　别　赖　信　我　　　　情妹不要拒我信。

Bih   mengz binc sins yieh miec binc leeux，
即使   你   赖   信   也   不要   赖   完          即使拒信也不要全拒，

Xaaml mengz qyaml sins miec qyaml bas，
求   你   隐瞒   信   不要   隐瞒   嘴          求你瞒信别瞒嘴，

Qyaml ndaul miec qyaml gas.
隐瞒   钱   不要   隐瞒   歹          瞒钱别瞒太过分。

Laaul mengz genl masdueh duezbix jeenx hoz，
怕   你   吃   黄豆   哥哥   卡   喉咙          怕你贪多吞不下，

Laaul mengz neec dagxog langl sins，
怕   你   小妹   挨捆   为   信          怕你为信挨捆绑，

Laaul mengz nuangx dez lungc langl sins.
怕   你   妹   带   锁   为   信          怕你因信戴手铐。

Banz danghnix leeuxlaail，
成   这   等   得   很          到了这地步，

Mengz xih lamxsaml aul bais nuangx，
你   就   塌心   要   罢   妹          你就死心塌地收下吧，

Mengz xih lamxsaml jiamc bais ruangh.
你   就   塌心   藏   助   妹          妹就死心塌地接了吧。

女：

Lumc beanl jis beanl neec meanh nix，
像   本   己   本   妹   时   这          像妹自己这时候，

Lohlaz loh ndaangl neec banz nix，
既然   已   身   妹   成   这          既然妹的名誉已如此，

Lohlaz loh ndaangl nuangx banz laanl.
既然   已   身   妹   成   烂          既然妹的面子已这样。

Soongl feangh doc miec dos raanz laaux，
双   方   都   别   造   房   大          双方都别想当家，

Soongl feangh doc miec xaaux raanz genl.
双　方　都　别　建　家庭　吃　　　　　双方都别建家庭。

Bail yux riml xeeuh wenz xaaux qyies,
赶　表　满　辈　人　才　罢　　　　　决心赶表一辈子,

Xamz yux riml xeeuh noomc langc qyies.
玩　表　满　辈　年轻　才　罢　　　　决定玩表过青春。


Lumc beanl jis beanl neec meanh nix,
像　本　己　本　妹　时　这　　　　　像妹本身这时候,

Byalludt xunz diec haaic,
泥鳅　游　底　海　　　　　　　　　犹如泥鳅游海底,

Byaljaaic xunz diec dauz.
鲇鱼　游　底　苔　　　　　　　　　犹如鲇鱼游苔下。

Rauz roxnyiel mengz nauz unsdunh,
我们　听到　你　说　嫩芽　　　　　听到你说话很委婉,

Rauz roxnyiel mengz gaangc unsdunh.
我们　听到　你　讲　嫩芽　　　　　听到你讲话很温柔。

Unsdunh leeux ndil ndadt,
嫩芽　最　好　掐　　　　　　　　　说话委婉很动听,

Unsdunh leeux ndil eeux.
嫩芽　最　好　折　　　　　　　　　话语温柔最感人。


Liangh xonz haaus mengz gvaangl nauz xaux:
想　句　话　你　少爷　说　早　　　想哥先前说的话:

Rogrues ings rogrues gungh gaul,
戴帽雀　与　戴帽雀　共　角　　　　戴帽雀与戴帽雀共窝,

Rograul ings rograul gungh ngeeh(rauz).
斑鸠　与　斑鸠　共　边　　　　　　斑鸠鸟与斑鸠鸟共巢,

Yux doh nauz yux doh saml meanl.
情人 独 说 情人 独 心 诚实　　　　　情妹说情妹诚实。

Nuangx maz ndianl ndeeul saaml duez yux?
妹 怎么 月 一 三 个 情人　　　　　妹怎么一月玩三个情人？

Saaml ndianl guc fungl sins?
三 月 九 封 信　　　　　　　　怎么三月收九封情书？

Sins jiezlaez los mengz yieh xux,
信 哪里 助 你 也 接　　　　　　哪里的信你都接，

Sins bux laez los neec yieh aul.
信 人 哪 助 妹 也 要　　　　　　那个的钱你都收。

Nuangx xih ndaix ndaul bix lamclaais,
妹 就 得 钱 哥 恍惚　　　　　　接到哥信就恍惚，

Xux nganz goy lamclaais.
接 银 哥 恍惚　　　　　　　　　收到哥钱就恍惚。


Dauc gul waanz xonz haaus,
来 我 回 句 话　　　　　　　　来我回你话，

Mal gul daaus xonz gaangc haec bix：
来 我 还 句 讲 给 哥　　　　　　来我答你言：

Sins mengz miz jis mengz xih laaih gul qyaml,
信 你 不 寄 你 就 赖 我 隐瞒　　你信寄不来就怪我隐瞒，

Ndaul bix miz dangz mengx xih laaih gul lox.
钱 哥 不 到 你 就 赖 我 撒谎　　你钱寄不到就说我撒谎。

Mengz xih nyinh aul haaus nox jauc duezwenz,
你 就 胡乱 要 话 击 头 人　　　你就胡乱恶语伤人，

Nyinh aul xonz haaix jauc maix ruangh.
胡乱 要 句 打 头 妹 愁　　　　胡乱凶言来伤我。

70

Nih gaais haaus mengz goy nauz xaux:
念　那　话　你　哥　说　早　　　　　回想哥先前说的话，

Jis saauhlaez miz dangz,
寄　许多　不　到　　　　　　　　　寄了多少信都不到，

Ndilhamz gvaangl jis mos.
气愤　少爷　寄新　　　　　　　　　气愤我又重新寄。

Sins bix jis dauc fengl xibidt,
信　哥　寄　来　封　十一　　　　　哥信寄来第十一封，

Jis haec bux daez bidt laaux yuax,
寄　给　人　守　鸭　怕　失落　　　寄给看鸭人怕丢失，

Jis haec bux qvax laaul lumz.
寄　给　人　傻　怕　忘记　　　　　寄给傻瓜怕他忘记。

Xac yux gvaail mal xunz xaaux jis,
等　情人　聪明　来　玩　才　寄　　等情妹来玩才寄，

Xac nuangx beengz gul dauc xaaux jis.
等　妹　宝贵　我　来　才　寄　　　等情妹来到才给。

Lumc beanl jis beanl goy meanh nix,
像　本　己　本　哥　时　这　　　　像哥这时候，

Woic ros mbox aul doonghdog,
牵　线　不　要　树桩　　　　　　　牵线不用树桩，

Woic bog mbox aul doonghdux,
牵　头帕　不　要　树桩　　　　　　牵线不用木桩，

Bail yux mox lix buxses.
赶　表　不　有　媒人　　　　　　　玩表不需媒人。

Aul buxses xaangh nyaaux,
要　媒人　会　骚扰　　　　　　　　要媒人他会骚扰，

Aul buxlaaux xaangh nyaz.
要　大人　会　生气　　　　　　　　要大人他会生气。

Fengz soix deeml fengz gvaz dungx yianh,
手　左　和　手　右　相　递　　　宁可左手跟右手传递，

Raz deeml goy soongl bux gah yianh.
妹　同　哥　两　人　自　递　　　哥同妹自相传递。


Gul daaus nauz mengz bix,
我　又　说　你　哥　　　　　　我又说你哥，

Woic ros aul doonghdog,
牵　线　要　柱桩　　　　　　　牵线必须要柱桩，

Woic bog aul doonghdux,
牵　头帕　要　树桩　　　　　　牵线必须用木桩，

Bail yux xih aul lix buxses.
赶　表　就　要　有　媒人　　　玩表必须有媒人。

Lix buxses buxlaaux qyus heenz,
有　媒人　大人　　在　旁　　　有大人媒人在旁边，

Nuangx gaml xeenz langc manh,
妹　捏　钱　才　稳　　　　　　妹拿哥钱才放心，

Gaml nganz ndaangl bixgoy xaaux manh.
捏　银　身　哥哥　才　稳　　　妹用哥钱才安心。

Yiangh xonz haaus jiezbanh mengz bix:
样　句　话　刚才　你　哥　　　想你刚才说的话：

Binc sins nyah binc leeux,
赖　信　别　赖　完　　　　　　拒信别全拒，

Binc sins nyah binc runz,
赖　信　别　赖　光　　　　　　拒信别拒完，

Binc dingzndeeul xih qyies.
赖　一半　就　　　　　　　　拒一半罢了。

Lingsnauz bins sins bix los neec xoml ndaangl,
假使　赖信　哥助　妹损耗　身　如妹拒信要损失，

Binc sins gvaangl los neec xoml xeeuh.
赖　信　哥　助　妹　损耗　辈　　　　　妹拒哥信必吃亏。


Mal gul waanz xonz haaus,
来　我　回　句　话　　　　　　　　　来我回你话，

Dauc gul daaus xonz gaangc haec bix：
来　我　还　句　讲　给　哥　　　　　来我答你言：

Lumc beanl jis beanl goy meanh nix,
像　本　己　本　哥　时　这　　　　　像哥这时候，

Dah lix byal langc gaaic,
河　有　鱼　才　改　　　　　　　　　河中有鱼你才打，

Lix dazraaix langc nauz,
有　真实　才　说　　　　　　　　　弄清真相才说话，

Soh miz ndaix gueh gauz.
直　不　得　做　弯　　　　　　　　　直的不能强作弯。

Nacndaix nauz ndoil byac miz bah,
宁可　说　空　雷　不　劈　　　　　如果光说而已雷不劈，

Laaih gul ndoil los mbenl xaangx gac,
诬陷　我　空　助　天　必　杀　　　　要是诚心陷害天必打，

Laaih nuangx ndoil los byac xaangx bah.
诬陷　妹　空　助　雷　必　劈　　　　诬陷情妹雷必打。

Bah mengz ngonz banz ndigt,
劈　你　天　成　晴　　　　　　　　　雷要打你在晴天，

Byac miz mbidt mengz ngonz banz wenl.
雷　不　扭　你　天　成　雨　　　　　雷不劈你在雨天。

Ngonz laez bumz xaxriex,
天　哪　阴　沉沉　　　　　　　　　哪天阴沉沉，

Ndaaulndiex mbinl lac weac xaangx bah.
星宿　　飞　下　云　才　劈　　　　那时满天星宿雷才劈。

Lumc beanl jis beanl goy meanh nix,
像　本　己　本　哥　时　这　　　　　　　　像哥自己这时候，

Laaih gul ndoil los mbenl xih gac mengz bix.
诬陷　我　空　助　天　就　杀　你　哥　　如诬陷我就天打你。

Meanh nix baaihgenz gaaus dangz byac,
时　这　上方　告　到　雷　　　　　　　　如今上方已告到雷公，

Baaihlac gaaus dangz sianl.
下方　告　到　神仙　　　　　　　　　　下方也告到神仙。

Gaaus nauz bix laauxlianl haais ngoh,
告　说　哥　老练　害　我　　　　　　　告你情哥诬陷我，

Gvaangl daangs beangz haais ngoh.
少爷　另　乡　害　我　　　　　　　　　外乡少爷诬陷我。


Liangh xonz haaus jiezbanh mengz bix:
想　句　话　刚才　你　哥　　　　　　　想你之前说的话：

Banz qyanglnix leeuxlaail,
成　这样　多多　　　　　　　　　　　　既然成这样，

Leeux hamz gvaail jis moc.
很　气愤　少爷　寄　新　　　　　　　　气愤又重寄。

Sins bix jis dauc fungl lab fungl,
信　哥　寄　来　封　连　封　　　　　　哥信寄来封连封，

Meanh nix jis dauc fungl xibngih.
时　这　寄　来　封　十二　　　　　　　现在寄来第十二封。

Jis haec bux daez bidt,
寄　给　人　守　鸭　　　　　　　　　　打算寄给看鸭人，

Bux daez bidt deel degtxeenz laaux,
人　守　鸭　他　赌博　大　　　　　　　那看鸭人他喜欢赌博，

Bux daez bidt deel ngaaux xeenz laail.
人　守　鸭　他　攀　钱　多　　　　　　那放鸭人他喜欢赌大钱。

Xeel bix gvaail riangz nuangx gah yianh,
留 哥 聪明 同 妹 自 递　　　　　留哥自己递给你，

Fengx bix gvaail riangz neec gah yianh.
手 哥 聪明 同 妹 自 递　　　　　留哥亲手交给你。

Mengz xih gaml siamh gaml bees jis,
你 就 捏 就 捏 了 妹　　　　　你就接纳吧小妹，

Gaml siamh gaml bees naangz.
捏 就 捏 了 小姐　　　　　你就接收吧小姐。

Gaml langcxih banz yux,
捏 才能 成 情人　　　　　收下了才成情人，

Jiamc langcxih banz yaiz.
藏 才能 成 情侣　　　　　接纳了方成情侣。

Bail yux dol dungx jaiz dol neeh,
赶 表 多 相 爱 多 点　　　　　这样赶表才乐意，

Xamz yux dol dungx maaic dol neeh.
玩 表 多 相 爱 多 点　　　　　这样玩表才欢心。


Gul daaus nauz mengz bix,
我 又 说 你 哥　　　　　我又说你哥，

Miz lix genl dauc gaangc riangz nih:
没 有 吃 来 讲 同 你　　　　　寒酸的情妹跟你说：

Sins bix jis dauc fungl lab fungl,
信 哥 寄 来 封 连 封　　　　　哥信寄来封连封，

Bix gvaail jis dauc fungl xibngih.
哥 聪明 寄 来 封 十二　　　　　哥信寄来第十二封。

Lumc benal jis beanl neec meanh nix,
像 本 己 本 妹 时 这　　　　　像妹自己这时候，

Mal sois nac naz jaangl,
来 洗 脸 田 中　　　　　来田边洗脸，

Mal sois fengz nazeeux,
来 洗 手 房边田　　　　　　　　　来寨旁洗手，

Sois leeux gul bail raanz.
洗 完 我 去 家　　　　　　　　　洗了就回家。

Meehleeuz gul raanz genz mal heeuh,
叔娘 我 家 上 来 喊　　　　　　　上房的叔娘来喊，

Meehlaaux gul raanz lac mal baaus:
伯娘 我 家 下 来 报　　　　　　　下房的伯娘来报：

Sins gvaangl byaaic dangz mbaanx,
信 少爷 走 到 寨　　　　　　　　哥信已到寨，

Sins bix byaaic dangz raanz.
信 哥 走 到 家　　　　　　　　　郎钱已到家。

Mengz banz aul sins qyaux roxfih?
你 成 要 信 捡 没有　　　　　　　你该接收了吧？

Mengz banz aul ndaul jiamc roxfih?
你 成 要 钱 藏 没有　　　　　　　你该收藏了吧？

Lumc ndaangl jis ndaangl neec meanh nix,
像 身 己 身 妹 时 这　　　　　　　像妹自己这时候，

Gul xih sadt bail raanz hams may,
我 就 跑 去 家 问 妈　　　　　　　我就跑回家问阿妈，

Maix ruangx sadt huifjay hams meeh:
姑娘 忧愁 跑 回家 问 娘　　　　　　妹就跑回屋问亲娘：

Meeh es meeh may es may,
娘 助 娘 妈 助 妈　　　　　　　　娘呀娘 妈呀妈，

Ngonz nix sins gvaangl byaaic dangz mbaanx,
天 这 信 少爷 走 到 寨子　　　　　如今哥信已到寨，

Sins bix byaaic dangz raanz.
信 哥 走 到 家　　　　　　　　　郎钱已到家。

Haec gul aul miz leeh?
给　我　要　不　呢　　　　　　　　　给我收没有？

Haec ndaangl xoml nix jiamc miz leeh?
给　身　损耗　这　藏　不　呢　　　　让我藏没有？


Meeh gul waanz xonz ndeeul yiangh nix：
母亲　我　回　句　一　样　这　　　　母亲这样回一句：

Lumc beanl jis beanl neec meanh nix，
像　本　己　本　妹　时　这　　　　　像你这姑娘，

Gas mengz ndaix xibsaaml，
当　你　得　十三　　　　　　　　　你才十三岁，

Fih rox gaml jeenl suac.
未　懂　捏　杆　纺纱车　　　　　　还不会纺纱。

Gas mengz ndaix xibsis xibhac，
当　你　得　十四　十五　　　　　　你才十四十五岁，

Fih rox gaml daangswaais.
未　懂　捏　纱桄子　　　　　　　　还不懂绕线。

Ngonz nix sins bix dauc ronl jail，
天　这　信　哥　来　路　远　　　　如今信从远方来，

Miz lix jeeul mailwaais laez yianh，
没　有　丝　棉线　哪　递　　　　　无一根棉线相送，

Miz lix yeengs wacreez laez yianh.
没　有　块　棉布　哪　递　　　　　无一块棉布相赠。


Ndiab gusnix dauc dangz，
想　这些　来　到　　　　　　　　　说到这些来，

Ndaangl gul xih aans hugt，
身　我　就　原　迟钝　　　　　　　妹本来就迟钝，

Ndaangl nuangx hugt faixfaaiz.
身　　妹　　笨　　楠竹　　　　　　　　妹原本就笨拙。

Lumc ndaangl jis ndaangl neec meanh nix,
像　　身　　己　　身　　妹　　时　　这　　　像我这时候,

Sins bix daaus haec bix,
信　哥　还　给　哥　　　　　　　　　　哥信还给哥,

Sins gvaangl daaus haec gvaangl.
信　少爷　还　给　少爷　　　　　　　　郎钱退给郎。

Waanz bix bail jiez mos,
回话　哥　去　处　新　　　　　　　　　叫哥去别处,

Waanz bix gvaail gul byaaic jiez mos.
回话　哥　聪明　我　走　处　新　　　　劝哥走他乡。

Bail jiez mos yieh yux,
去　处　新　也　玩表　　　　　　　　　去别处也是玩耍,

Bail jiez nac yieh yaiz.
去　处　另　也　玩乐　　　　　　　　　到他乡也是玩乐。

Jaiz dol luamc geh neeh,
关心　更　好　多　点　　　　　　　　　也许玩得更开心,

Jaiz dol nagt geh neeh.
关心　更　重　多　点　　　　　　　　　也许照顾得更好。

Lumc beanl jis beanl goy meangh nix,
像　　本　己　本　哥　时　这　　　　　像哥这时候,

Bail jiez mos los goy lix xaux,
去　处　新　助　哥　还　早　　　　　　哥到别处玩耍还不晚,

Bail jiez mos los bix ndaix bangz.
去　处　新　助　哥　得　布　　　　　　哥到他乡玩耍还得礼物。

Xamz riangz gul loc goy ndaix bius,
玩　同　我　助　哥　得　空　　　　　　哥跟我就空手归,

78

Xamz riangz neec los bix ndaix ndoil.
玩　同　妹　助　哥　得　空　　　　哥跟妹就空手回。

Dez soil mengz bais goy mbaanx roh,
得　罪　你　了　哥　寨　外　　　　得罪你了外地哥，

Dez soil mengz bais bix beangz roh.
得　罪　你　了　哥　地方　外　　　　得罪你了外乡人。

# WEANL DANGS XUNZ
# 邀 约 歌

　　《邀约歌》是一首内容丰富多彩的古典情友歌。由女方起头先唱,以女方为主角。主要唱述热恋中的青年男女在分别之后,女方主动邀约男方来相会。起初,女方想邀男方到自己家里玩,但苦于找不到吉日,故推辞说因自家没有房屋居住不好意思邀请,等等。当择到吉日后,女方便从正月开始邀约,一直邀到男方答应为止。逢年过节邀约男方来"看望母亲""拜访爹娘",在春播秋收农忙季节请男方来帮忙,并准备美酒佳肴等待。女方一次次的邀约,但每次男方都以家里农活繁忙为借口而推辞。最后,在腊月冰天雪地的季节里,男方被女方的真情所感动,欣然答应女方的邀约,穿"大衣""棉袄"和"丁丁鞋"冒着严寒去赴约。女方家很高兴,放鞭炮迎接,杀猪宰羊招待。

　　这首歌从头到尾语气温柔,情感深切,高潮迭起,让人听后回味无穷。

女:

Bas xiz nauz gueh yux,
嘴 虽 说 做 情人　　　　　　　　虽说是情人,

Bas xiz nauz gueh yaiz.
嘴 虽 说 做 恋人　　　　　　　　虽说是情侣。

Miz ndaix ral ngonz ndil haec bix dauc xunz,
不 得 找 日 好 给 哥 来 完　　　　没有择吉日让哥来玩,

Miz ndaix haanx ngonz ndil haec goy dauc qyams.
不 得 约 日 好 给 哥 来 访　　　　没有选良辰让哥来访。

Nauz mengz mbidt nac dauc gul nauz,
说 你 转 脸 来 我 说　　　　　　你歪脸来听我说,

Gauz ndaangl dauc gul sos:
弯 身 来 我 诉　　　　　　　　哥躬身来听我讲:

Meanh dazidt los xez meanhndux,
时　第一　助　时　　初　始　　　　　　　　当初开始时,

Gul yieh sianghnauz dangs bixgvaail gul dauc,
我　也　想　说　　邀　兄　乖　我　来　　我本想邀情哥来玩,

Nuangx yieh sianghnauz haanx duezbix gul mal.
妹　也　想　说　　约　哥哥　我　来　妹想叫情哥来访。

Dangs bix dauc yieh dais ronl nyal,
邀　哥　了　也　从　路　草　　　　　　邀哥来要走山路,

Haanx bix mal yieh gvas ronl reenz,
约　哥　来　也　过　路　岩　　　　　　约哥来要过岩坎,

Beenz gazgaais ronl raanx ronl rinl.
攀　那些　路　岩　路　石　　　　　　尽是爬岩走沙路。

Gul xih laaul guh maad lacdinl goy byaaiz,
我　就　怕　双　袜子　脚底　哥　破　我就怕哥走破脚上袜,

Laaul guh haaiz lacdinl goy myonh.
怕　双　鞋　脚底　哥　烂　　　　　我就怕哥走烂脚底鞋。


Gul daaus nauz mengz bix,
我　又　说　你　哥　　　　　　　　我又说你哥,

Dauc nuangx nauz mengz ges.
来　妹　说　你　吧　　　　　　　　来妹说你听吧。

Meanh dazidt los xez meanhndux,
时　第一　助　时　　初　始　　　　　　　　起初开始时,

Gul yieh sianghnauz dangs bixgvaail gul dauc,
我　也　想　说　　邀　兄　乖　我　来　　我本想邀情哥来玩,

Nuangx yieh sianghnauz haanx duezbix gul mal.
妹　也　想　说　　约　哥哥　我　来　妹想叫情哥来访。

Laec dangs mboxlix mbaanx,
想　邀　没有　寨子　　　　　　　　想邀哥玩耍无寨子,

Laec haanx mboxlix raanz.
想　约　没有　房子　　　　　　　想约哥玩耍无房屋。

Dangs bix dauc jaanglbaanz qyasyiangh,
邀　哥　来　半路　　不好样　　　邀哥来半路相会不好，

Haanx bix mal lacsiec qyasyiangh.
约　哥　来　屋檐下　　不好样　　约哥来屋檐下见面不好。

Gul daaus nauz mengz bix,
我　又　说　你　哥　　　　　　　我又说你哥，

Dauc nuangx nauz mengz ges.
来　妹　说　你　吧　　　　　　　来妹说你听吧。

Lumc beanl jis beanl neec meanh nix,
像　本　己　本　妹　时　这　　　像妹自己这时候，

Gul lix degt gonsgongc,
我　还　讨　　树桩　　　　　　　我还在挖树桩，

Gul lix longc fenzroz.
我　还　推　干柴　　　　　　　　我还在捡干柴。

Neec lix xol raanz meeuh,
妹　还　寻　房　　庙　　　　　　妹还在寻庙宇，

Ndaangl nuangxneec lix henc raanz meeuh,
身　　小妹　还　登　房　庙　　　小妹还在登庙店，

Henc raanz meeuh bail mal.
上　房　庙　去　来　　　　　　　我还来往庙房里。

Duezbixgvaangl miz xaz xih qyams,
哥哥　　不嫌　就　访　　　　　　情哥不嫌弃就来访，

Ndaangl bixgoy miz xianf xih qyams.
身　哥哥　不　嫌　就　访　　　　情郎不厌弃就来会。


Gul daaus nauz mengz bix,
我　又　说　你　哥　　　　　　　我又说你哥，

Nuangx ndaanglndeeul daaus gaangc riangz nih：
妹　　身　单　又　讲　跟　你　单身妹来跟你讲：

Meanh dazidt los xez meanhndux，
　时　第一　助　时　初　始　　　起初开始时，

Gul yieh sianghnauz dangs bix gvaail gul dauc，
我　也　想　说　邀　兄　乖　我　来　我本想邀情哥来玩，

Nuangx yieh sianghnauz haanx duezbix gul mal.
妹　也　想　说　约　哥哥　我　来　妹想叫情哥来访。

Hamz nuangx ral miz ndaix ngonz laez ndil，
恨　妹　找　不　得　天　哪　好　恨妹未择到吉日，

Svil miz ndaix ngonz laez gveengs.
选　不　得　天　哪　晴朗　恨我未择到良辰。

Gul daaus hams mengz goy，
我　又　问　你　哥　　　　我来问你哥，

Gul daaus hams mengz bix：
我　又　问　你　哥　　　　妹问哥一句：

Baaih laez lix buxmol？
边　哪　有　摩公　　　　哪方有摩公①？

Bol laez lix buxdaauh？
坡　哪　有　道士　　　　那面有道士？

Lix buxmol gauc sel，
有　摩公　看　书　　　　要摩公来测历书，

Lix buxdaauh gauc sal.
有　道士　看　纸　　　　要道士来测甲子。

Gul lac ral ngonz ndil haec mengz dauc qyams，
我　想　找　日　好　给　你　来　访　我要择吉日让哥来访，

Gul lac ral ngonz ndil haec goy dauc qyams.
我　想　找　日　好　给　哥　来　访　妹要择良辰让哥来会。

──────────

①摩公：即布依族民间做解绑、驱邪等仪式的先生。

Yiangh beanl jis beanl neec meanh nix,
样　本　己　本　妹　时　这　　　像妹自己这时候，

Ngaauh gvaanglgunl xih nauz yianghnix,
歌　　光棍　　就　说　这样　　单身的人就这么说，

Qvaailqvix gul lac dies.
拐角　　我　要　搁　　　　我要交歌给哥接唱了。

Mengz liangh deengl bas xih baangc rauz xux,
你　想　对　口　就　帮　我们　接　你认为对口就接歌，

Liangh deengldungx xiz baangc rauz nauz.
想　对肚　　久　帮　我们　说　你觉得合意就接唱。

Ingsnauz xaauxeeux saml miz mauz xih qyies.
假使　　当家　　心　不　贪　就　罢　若无心思就算了。

Xaauxraanz saml miz maaic xih qyies.
当家　　心　不　爱　就　罢　若无心情就罢了。


男：

Weanl dies weanl xih xux,
歌　搁　歌　就　接　　　唱歌就把歌来接，

Bux dies bux xih aul.
人　搁　人　就　要　　　一个唱来一个接。

Saml leeux mauz gvas ngaanx,
心　最　贪　过　分　　　我的心呀最乐意，

Leeuxhaanx saml leeux maaic gvasfanh.
全部　心　最　爱　过分　　哥的意呀最欢喜。

Saml xih maaic lumc gaais hac xeenl jais,
心　就　爱　像　那　牛油　煎　蛋　欢喜像牛油煎鸡蛋，

Maaic lumc byagtwaaih xaauc yuz.
爱　像　折耳根　炒　油　　　　欢喜像猪油炒折耳根①。

Saml xih fuz langl saaul xaangh baih,
心　就　服　为　情人　能　摆　　　心儿为你的甜言蜜语全陶醉,

Fuz langl saaul xibhac xaangh baih.
服　为　情人　十五　能　摆　　　人被你的年轻美貌全迷茫。


Yiangh beanl jis ndaangl goy meanh nix,
样　本　己　身　哥　时　这　　　像哥自己这时候,

Meangh xonz haaus mengz gueh xinl,
盼　句　话　你　做　真　　　　　希望你说的是心里话,

Ximl xonz haaus nuangx gueh liangh.
看　句　话　妹　做　想　　　　　希望妹说的是内心语。

Yiangh xonz haaus mengz nauz yianghnix:
样　句　话　你　说　这样　　　　像你的话这么说:

Meanh dazidt siangh nauz dangs bix mal,
时　第一　想　说　邀　哥　来　　当初想邀情哥来玩,

Siangh nauz haanx bixgvaangl dauc.
想　说　约　哥　少爷　来　　　　想喊情郎来访。

Lac dangs miz lix mbaanx,
想　邀　没有　寨子　　　　　　想邀哥玩耍无寨子,

Lac haanx yieh miz lix raanz.
想　约　也　没有　家　　　　　想约哥玩耍无房屋。

Dangs bix dauc jaangl xaanz qyasyiangh,
约　哥　来　中　晒台　坏样　　　约哥来晒台不好,

Haanx bix mal lac siec qyasyiangh.
约　哥　来　下　屋檐　不好样　　约哥来屋檐下不好。

――――――――

①折耳根,学名鱼腥草。

Yiangh beanl jis beanl neec meanh nix,
样　本　己　本　妹　时　这　　　　像妹这时候，

Gul lix degt gonsgongc,
我　还　讨　　树桩　　　　　　　我还在挖树桩，

Gul lix longc fenzroz.
我　还　推　干柴　　　　　　　　我还在捡干柴。

Neec lix xol raanz meeuh,
妹　还　寻　房　庙　　　　　　　妹还在寻庙宇，

Ndaangl nuangxneec lix henc raanz meeuh,
身　　小妹　还　登　房　庙　　　小妹还在登庙店，

Henc raanz meeuh bail mal.
上　房　庙　去　来　　　　　　　我还来往庙房里。

Duezbixgvaangl miz xaz xih qyams,
哥哥　　不　嫌　就　访　　　　情哥不嫌弃就来访，

Ndaangl bixgoy miz xianf xih qyams.
身　哥哥　不　嫌　就　访　　　　情郎不厌弃就来瞧。

Gul daaus nauz mengz nuangx,
我　又　说　你　妹　　　　　　　我又说你妹，

Bas mengz gvaail liamz hauc,
嘴　你　乖　镰刀　锋利　　　　　你的嘴巴锋利像镰刀，

linx mengz gvaiy liamz haz.
舌　你　乖　镰刀　草　　　　　　你的舌条最灵巧。

Raanz nuangx basdul faz,
家　妹　门口　铁　　　　　　　　妹家安的是铁门，

Miz jaiz daaml haec raz bail qyams,
不　想　介绍　给　我　去　访　　不想给我们去访，

Miz jaiz daaml haec goy bail qyams.
不　想　介绍　给　哥　去　访　　不想让情哥去访。

Miz jaiz daaml haec goy bail xunz,
不 想 介绍 给 哥 去 玩　　　　不想让情哥去玩，

Mengz xih aul gueh lumz gueh laaih.
你 就 要 做 忘 做 小事　　　　你就推三又推四。

Gul daaus nauz mengz nuangx,
我 又 说 你 妹　　　　　　　我又说你妹，

Miz lix mbaanx xih bail laez songz?
没 有 寨子 就 去 哪 宿　　　　没有寨子去哪里住？

Miz lix raanz xih bail laez qyus?
没 有 房 就 去 哪 住　　　　没有房子去何方宿？

Yiangh ndaangl jis ndaangl neec meanh nix,
样 身 己 身 没 时 这　　　　像妹自己这时候，

Nuangx xih qyus raanz laaux xadt gaul,
妹 就 住 房 大 七 翘　　　　妹住的是七翘楼房，

Qyus raanz lauz guc duabt.
住 房 楼 九 瓣　　　　　　妹住的是九瓣广厦。

Gul daaus nauz mengz nuangz,
我 又 说 你 妹　　　　　　　我又说你妹，

Raanz nuangx qyus basluangs xih leeux ndil xunz.
家 妹 在 村 口 就 最 好 玩　妹家在村口方便玩。

Mengz miz dangs los bix xih gungz,
你 不 邀 助 哥 就 无法　　　你不约哥就无路，

Mengz miz haanx los goy xih gaanh.
你 不 约 助 哥 就 无法　　　你不邀哥就无法。

Yiangh gaais haaus mengz neec xez xaux,
样 那 话 你 妹 时 早　　　你过去这么说过：

Gul yieh sianghnauz dangs bixgvaail gul dauc,
我 也 想 说 邀 兄 乖 我 来　我本想邀情哥来玩，

Nuangx yieh sianghnauz haanx duezbix gul mal.
妹　也　想　说　约　哥哥　我　来　　　妹想叫情哥来访。

Dangs bix dauc yieh dais ronl nyal,
邀　哥　了　也　从　路　草　　　　　邀哥来要走山路，

Haanx bix mal yieh gvas ronl reenz,
约　哥　来　也　过　路　岩　　　　　约哥来要过岩坎，

Beenz gazgaais ronl raanx ronl rinl.
攀　那些　路　岩　路　石　　　　　尽是爬岩走沙路。

Gul xih laaul guh maad lac dinl goy byaaiz,
我　就　怕　双　袜子　底　脚　哥　破　　我怕哥走破脚上袜，

Laaul guh haaiz lac dinl goy myonh.
怕　双　鞋　底　脚　哥　烂　　　　我怕郎走烂脚底鞋。


Gul daaus nauz mengz nuangx,
我　又　说　你　妹　　　　　　我又说了妹，

Lumc beanl jis beanl goy meanh nix,
像　本　己　本　哥　时　这　　　　像哥自己这时候，

Aansyians bix yieh meangh mengz dangs,
本来　哥　也　盼望　你　邀　　　　本来哥就盼望你邀请，

Aansyians bix yieh meangh mengz haanx.
本来　哥　也　盼望　你　约　　　　本来哥就盼望你邀约。

Bih banz lings banz raanx los goy yiez beenz,
即使　成　陡　成　崖　助　哥　也　攀　哪怕是陡壁悬崖哥也攀，

Bih banz reenz banz qyuangx bix yieh binl.
即使　成　峭壁　成　岩　哥　也　爬　哪怕是岩山石坎哥也爬。

Aul ndaix leenh yuxjiml langc qyies,
要　得　看　情人　才　罢　　　　决心要去会情人，

Aul ndaix ximl saaullunz langc qyies.
要　得　瞧　情妹　才　罢　　　　决定要去见情妹。

Lumc beanl jis beanl goy meanh nix,
像　本　己　本　哥　时　这　　　　　像哥自己这时候，

Dos　ndaix qyamh yuxjiml.
只要　得　访　情人　　　　　　　只要得去访情人。

Roix guh haaiz lac dinl mizqyians,
烂　双　鞋　下　脚　不悔　　　　烂掉脚底鞋也不悔，

Myonh guh danc lac dinl mizqyians.
烂　双　穿　下　脚　不悔　　　　坏掉脚底袜也不怨。


Liangh gaais haaus mengz neec xez xaux：
想　那　话　你　妹　时　早　　　想你过去说的话：

Baaih laez lix buxmol？
边　哪　有　摩公　　　　　　　　哪里有摩公？

Bol laez lix buxdaauh？
坡　哪　有　道士　　　　　　　　何方有道士？

Deel rox gauc ngonz ndil,
他　会　看　日　好　　　　　　　他会择日子，

Deel rox sil ngonz ndil dauc qyams.
他　会　推　天　好　来　访　　　他会测吉日来相会。


Xonz nuangx neec xih nauz yiangh nix,
句　妹　小　就　说　样　这　　　妹你这么说，

Dauc bix nauz mengz geas：
来　哥　说　你　吧　　　　　　　来哥告诉你：

Baaih Lachos deel lix buxmol,
边　罗斛　那　有　摩公　　　　　罗斛①那边有摩公，

———————
①罗斛，即指罗甸。　　　　　　　　　　　　　　　89

Ndaelroongz lix buxdaauh,
桑　郎　有　　道士　　　　　　　　　桑郎①有道士，

Lix bux suans ngonz ndil.
有　人　算　天　好　　　　　　　　　有会择日子的先生。

Deel xih haail gaais Yuqxafjiq dauc leenh,
他　就　开　那　玉匣记　来　　看　　他拿《玉匣记》②来看，

Haail gaais sel lifsuy dauc leenh.
开　那　书　历书　来　　看　　　　　他翻历书来推。

Deel gauc bail gauc mal,
他　看　去　看　来　　　　　　　　　他择来择去，

Deel nauz ral bil nix.
他　说　找　年　这　　　　　　　　　他择到今年。

Bil nix deg bil ndil,
年　这　是　年　好　　　　　　　　　今年是好年，

Ngonz ndil qyus ndianlxiangz ngonz mauc,
日　好　在　正月　　　日　卯　　　　吉日在正月卯日。

Ndianlxiangl ngonz mauc bail xunz ndil dungx sil,
正月　　　日　卯　去　遊　好　相　找　正月卯日好寻人，

Ndianl ngih ngonz xiz ndil dungx dangs.
月　二　日　辰　好　相　　邀　　　　二月辰日好约会。

Gus daaus nauz mengz nuangx,
我　又　说　你　　妹　　　　　　　　我又说你妹，

Ngonz ndil goy ral ndaix,
天　好　哥　找　得　　　　　　　　　吉日我已择到，

Ndianl ndil bix raz banz,
月　好　哥　找　成　　　　　　　　　佳期哥已选好，

―――――――――――

①桑郎，指望谟县桑郎镇。
②《玉匣记》，为民间流传的择吉日的书。

布依族

口传歌谣系列

Miz rox nuangx xuangssaml rox mbaus?
不 知 妹 放 心 或 否 　　　　　不知妹是否放心？

Miz rox neec yungxsinc rox mbaus?
不 知 妹 满 心 或 否 　　　　　不知妹是否满意？

Ings nauz nuangx lix saml,
假 说 妹 有 心 　　　　　　　假如妹有心，

Dangz ngonz mengz xih dangs.
到 期 你 就 邀 　　　　　　　到时妹就邀。

Gul daaus nauz mengz nuangx,
我 又 说 你 妹 　　　　　　　我又说了妹，

Mengz miz dangs los goy xih gungz,
你 不 邀 助 哥 就 无法 　　　你不邀我就无法，

Mengz miz daanl los bix xih gaanh.
你 不 吭声 助 哥 就 无奈 　　妹不约哥就无路。


Gul aul gogt weanl saauhnix daux,
我 要 根底 歌 这么 撑 　　　我接的歌就到此，

Qyaux weanl saauhnix dies.
抬 歌 这么 搁 　　　　　　　歌唱到此给妹接。

Liangh deengl bas mengz xih baangh rauz xux,
想 对 口 你 就 帮 我们 接　你认为对口就接起，

Liangh hoz is hoz dungx xih fuz.
想 合 意 合 肚 就 复 　　　你觉得合意就接唱。

Miz jaiz dangs haec xunz xih qyies,
不 想 邀 给 玩 就 罢 　　　若不想玩耍就算了，

Miz jaiz daanl haec byaaic xih qyies.
不 想 喊 给 走 就 罢 　　　若不想来往就罢了。

女：

Fih dangz bas los neec nyamz xux,
未 到 嘴 助 妹 速 接　　　　歌未到嘴边妹忙接，

Fih dangz dungx los neec nyamz genl.
未 到 肚 助 妹 忙 吃　　　　歌未到肚来妹忙吞。

Gul aans meangh bixgvaail dauc xunz,
我 原本 盼 哥哥 来 玩　　　我很盼情哥来玩，

Lunz aans mangx bixgvaail dauc qyams.
妹 原本 望 哥哥 来 访　　　妹很盼情郎来访。

Yiangh beanl jis beanlneec xez nix,
样 本 己 本妹 时 这　　　　像妹自己这时候，

Gul yieh ndiex bumz lac gol jaais,
我 也 躲 阴 下 棵 青杠　　　我躲阴凉在青杠树下，

Qyasnaais lac gol raul.
休息 下 棵 枫香　　　　　　休息在枫香树脚。

Rauz roxnyiel mengz nauz jiezbanh,
我 听到 你 说 刚才　　　　听到你刚才说的话，

Rauz roxnyiel mengz gaangc jiezbanh.
我 听到 你 讲 刚才　　　　闻见哥刚才讲的话。

Mengz maz bas daaml bas nauz nix:
你 怎么 口 接 口 说 这　　你怎么口口声声这样说：

mix lix mbaanx xih bail laez songz?
不 有 寨 就 去 哪 住　　　没有寨子去何处住？

Miz lix raanz xih bail laez roongs?
不 有 家 就 去 哪 宿　　　没有房子去何方宿？

Nuangx xiz qyus raanz ngvax xadt gaul,
妹 其实 住 房 瓦 七 翘　　妹住的是七翘大瓦舍，

Qyus raanz lauz xadt xaans.
在 房 楼 七 层　　　　　　妹住的是七层大楼房。

Nuangx miz dangs los goy xih gungz,
妹　不　邀　助　哥　就　无奈　　　　妹不邀请哥就无路，

Miz haanx ndianl los bix xih gaanh.
不　约　月　助　哥　就　无法　　　　妹不约定哥就无法。


Dauc gul nauz mengz jis,
来　我　说　你　哥　　　　　　　　来我跟你说，

Neec genlhis daaus nauz mengz bix.
妹　忧郁　又　说　你　哥　　　　　忧郁的情妹跟你讲。

Gul miz lenh los mengz miz rox,
我　不　诉说　助　你　不　知　　　我不说来你不知，

Nuangx miz　sil　los bix miz reeh.
妹　　不　叙述　助　哥　不　通　　妹不道来哥不明。

Lumc ndaangl jis ndaangl neec meanh nix,
像　身　己　身　妹　时　这　　　　像情妹这时候，

Gul xiz qyus basluangs dungxlumc duezmax,
我　还　住　村口　　同样　　野马　　还住院坝像野马，

Qyus jaanglndax dungxlumc duezyuangz.
住　露天　　同样　　山羊　　　　　还宿露天像山羊。

Gul lix qyus jaanglbeangz basbyaux,
我　还　住　　地方　　游闲　　　　我还在寨中游浪，

Gul lix ndunl jaanglguanc sazqyaus.
我　还　站　荒村　　犹豫　　　　　还在露天彷徨。


Liangh xonz haaus jiezbanh mengz bix:
想　句　话　刚才　你　哥　　　　　想起你刚才说的话：

Dos　nuangx siamh dangs goy mal qyams,
只要　妹　真心　邀　哥　来　访　　只要妹邀哥来访，

Dos neec siamh dangs bix mal xunz.
只要 妹 真心 邀 哥 来 玩　　　　　　只要妹约哥来玩。

Bih banz lings banz raanx los goy yieh beenz,
即使 成 陡 成 崖 助 哥 也 攀　　　　哪怕是陡壁悬崖哥也攀，

Bih banz reenz banz qyuangx bix yieh binl.
即使 成 峭壁 成 岩 哥 也 爬　　　　哪怕是岩山石坎哥也爬。

Dos ndaix qyamh yuxjiml,
只要 得 访 情人　　　　　　　　　　只要得去访情人，

Roix guh haaiz lacdinl miznyianh,
烂 双 鞋 下足 不悔　　　　　　　　烂掉脚底鞋也不悔，

Myonh guh danc lacdinl miznyianh.
烂 双 穿 下足 不悔　　　　　　　　坏掉脚底袜也不怨。


liangh xonz haaus mengz goy nauz nix:
想 句 话 你 哥 说 这　　　　　　　想起你说这句话：

Baaih Lashos deel lix buxmol,
边 罗斛 那 有 摩公　　　　　　　　罗斛那边有摩公，

Ndaelroongz lix buxdaauh.
桑郎 有 道士　　　　　　　　　　　桑郎有道士。

Lix buxmol gauc sel,
有 摩公 看 字　　　　　　　　　　有道士看经书，

Lix buxdaauh gauc sal,
有 道士 看 书　　　　　　　　　　有先生推算甲子。

Nauz xonz xinl haec raz roxreeh,
说 句 真 给 你 知道　　　　　　　实话说给你知道，

Dianl xonz xinl haec neec roxreeh.
谈 句 真 给 小妹 知道　　　　　　真话讲给妹知晓。

94

Gul daaus nauz mengz bix,
我 又 说 你 哥

我又说你哥，

Dauc nuangx nauz mengz las
来 妹 说 你 吧

妹来跟你说：

Mengz nauz Lachos lix buxmol,
你 说 罗斛 有 摩公

你说罗斛有摩公，

Ndaelroongz lix buxdaauh.
桑郎 有 道士

桑郎有道士。

Gul yieh baais soongl wenz bail xux,
我 也 派 两 人 去 接

我已派两人去接，

Neec yieh baais soongl bux bail raiz.
妹 也 派 两 个 去 请

妹已派两人去请。

Gul yieh bail hams bohleeuz raanz lac,
我 也 去 问 叔父 家 下

我也问了下房叔父，

Bail hams bohlaaux raanz genz,
去 问 伯父 家 上

我也问了上家伯父，

Soongl wenz bail hams gongy raanz ens.
二 人 去 问 公 家 另外

还派两人去问寨老。

Bozdeel nauz xonz ndeeul yiangh nix：
他们 说 句 一 样 这

他们说这样一句：

Dangs yux dangs ngonz mauc,
邀 情人 邀 日 卯

邀情人要邀卯日，

Haanx yux haanx ngonz xiz,
约 情人 约 日 辰

约情人要约辰日，

Ngonz deel ndil dol neeh.
天 那 好 多 点

卯日辰日最吉利。

Ngonz deel deg ngonz bumz ngonz xamx,
天 那 是 天 阴 天 凉

卯日辰日是阴天，

95

Duezyux deel byaaic ganx dol neeh.
情人 他 走 精神 多 点　　　　情人走路最精神。


Ndiab gusnix dauc dangz,
想 这些 来 到　　　　　　　　想到这些来，

Gul xih dangs mengz dauc ndianlxiangl ngonz mauc,
我 就 邀 你 来 正月 日 卯　我就邀你正月卯日来，

Haanx bix dauc ndianl ngih ngonz xiz,
约 哥 来 月 二 日 辰　　　约你二月辰日访。

Ngonz deel ndil dol neeh,
天 那 好 多 点　　　　　　　那天最吉利，

Ngonz deel duezyux dol byaaic ganc dol neeh.
天 那 情人 多 走 精神 多 点　那天情人走路最精神。

Dauc gul nauz mengz jis,
来 我 说 你 哥　　　　　　　来我跟你说，

Neec genlhis daaus nauz mengz bix：
小妹 忧郁 又 说 你 哥　　　忧郁的情妹跟你讲：

Gul dangs bix dauc ndianlxiangl,
我 邀 哥 来 正月　　　　　　我邀你正月来，

Haanx bix mal ngonz mauc.
约 哥 来 天 卯　　　　　　　约哥卯日访。

Ndianlxiangl ngonz xohidt,
正月 日 初一　　　　　　　　正月初一那一天，

Raanz feax gac bidt banz,
家 别人 杀 鸭 成　　　　　　别家已杀好鸭，

Raanz feax gac gais banz.
家 别人 杀 鸡 成　　　　　　别人已杀好鸡。

Gac bidt xus xoongz nais,
杀 鸭 放 桌 矮　　　　　　　杀鸭祭祖宗，

Gac gais xos xoongz saangl.
杀 鸡 放 桌 高　　　　　　　　　　　　杀鸡祭天神。

Gah liel ndaangl nuangxneec qyus nix dangs yux,
只 剩 身 小妹 在 此 邀 情人　　只有妹在此邀情人，

Gax lix gul qyus nix dangs mbaaus.
只 有 我 在 此 邀 情哥　　　　　　独有我在此约情哥。


Gul dangs bixgvaangl dauc miz dauc?
我 邀 情哥 来 不 来　　　　　　　我邀情人不知来不来？

Dangs duezbix gul mal miz mal?
邀 哥哥 我 来 不 来　　　　　　　我约情哥不知到不到？

Xez nix gul daaus haanx daaus mos,
时 这 我 又 约 回 新　　　　　　现在我又重新邀，

Gul daaus haanx daaus langl.
我 又 约 回 后　　　　　　　　　我再重新约一次。

Gul daaus dangs bix dauc ndianlxiangl,
我 又 邀 哥 来 正月　　　　　　我又邀你正月来，

Haanx bix gvaail gul dauc ndianlngih.
约 兄 乖 我 来 二月　　　　　　约哥二月访。

Ndianl ngih bail xibngih,
月 二 去 十二　　　　　　　　　二月十二那一天，

Doh beangz xaaux dinl rih,
整 地方 开挖 脚 地　　　　　　整个地方在开荒，

Doh beangz xih dinl sianl.
整 地方 理 脚 园　　　　　　　人们开始理菜园。

Gah lix nuangx laauxlianl qyus nix dangs yux,
独 有 妹 多情 在 此 邀 情人　唯独情妹在此邀情人，

Gah lix maix haanxsaml qyus nix dangs mbaaus.
独 有 姑娘 痴情 在 此 邀 情郎　唯独情妹在此约情哥。

Gul lac dangs bixgvaangl dauc miz dauc?
我 要 邀 情哥 来 不 来？　　　　　　我邀情人不知来不来？

Dangs duezbix gul mal miz mal?
邀 哥哥 我 来 不 来　　　　　　　　我约情哥不知到不到？

Xez nix gul daaus haanx daaus mos,
时 这 我 又 约 回 新　　　　　　现在我又重新邀，

Gul daaus haanx daaus langl.
我 又 约 回 后　　　　　　　　　　我再重新约一次。

Gul daaus dangs bix dauc ndianlxiangl,
我 又 邀 哥 来 正月　　　　　　　邀我情哥正月来，

Haanx bix gvaail gul dauc saamlnguad.
约 兄 乖 我 来 三月　　　　　　　约我情郎三月访。


Saamlnguad bail xibsaml,
三月 去 十三　　　　　　　　　　　三月十三那一天，

Gul xih sadt bail raanz hams may,
我 就 跑 去 家 问 妈　　　　　　我跑回屋问阿妈，

Nuangx huifjay hams meeh:
妹 回家 问 娘　　　　　　　　　　妹跑回家问亲娘：

Meeh es meeh, may es may,
娘 助 娘 妈 助 妈　　　　　　　　妈呀妈、娘呀娘，

Ngonznix mas jic doc hauxfoonx?
今天 泡 几多 糯米　　　　　　　今天你泡了多少糯米饭？

Soomx jic doc mbaelraul?
舂 几多 枫香叶　　　　　　　　　舂了几多枫香叶①？

---

①将枫香叶舂碎后，用其汁浸泡糯米一整夜，煮熟即是枫香糯米饭。

Ngonznix yux gul nauz lac dauc,
今天 情人 我 说 要 来

今天我情人他要来，

Deel nauz lac dauc raanz qyams may,
他 说 要 来 家 访 妈

他说要来拜访妈，

Deel nauz lac dangz jay qyams meeh.
他 说 要 到 家 访 娘

他说要来拜见娘。


Meeh gul haaus xonz ndeeul nauz nix:
娘 我 话 句 一 说 这

阿妈回答一句话：

Gul ndaix mas saaml doc hauxfoonx,
我 得 泡 三 十筒 糯米

我泡了三十筒①糯米，

Meeh ndaix foomx sis doc mbaelraul.
娘 得 舂 四 笼 枫香叶

娘舂了四笼枫香叶。

Dos duezyux basgvaail mengz dauc,
只要 情人 嘴乖 你 来

只要你的乖嘴情人来，

Lauc miz lix los diey bail ral,
酒 不 得 助 爹 去 找

酒不得你爹去找，

Byal miz lix los may bail xies.
鱼 没 有 助 妈 去 借

鱼没有妈妈去借。

Xies haec yux mengz genl,
借 给 情人 你 吃

借来给你情人吃，

Dos duezyux dalmenl qyams may,
只要 情人 细眼 访 妈

但愿她经常来望，

Dos duezyux xibhac qyams meeh.
只要 情人 十五 访 娘

但愿他时常来访。

———————————

①筒,过去的量米容器,一筒约2市斤。

Liangh gusnix dauc dangz,
想　这些　来　到　　　　　　　　　想到这些来，

Gul dangs mengz xih dauc miz dauc mos bix?
我　邀　你　就　来　不　来　呀　哥　　我邀你到底来不来呀哥？

Ngaanx mengz dangz miz dangz?
估计　你　到　不　到　　　　　　　我约你究竟到不到？

Xez nix nuangx haanxsaml daaus dangs doh mos,
时　这　妹　寒心　又　邀　次　新　现在我寒心又重新邀，

Nuangx daaus dangs bix doh ndeeul deeml.
妹　又　邀　哥　次　一　补　　　妹再补邀哥一次。

Gul xiz aul yux beengz qyams may,
我　必　要　情人　贵　访　妈　　一定要你拜访我母亲，

Aul bix gvaail dangz jay qyams meeh.
要　兄　乖　到　家　访　娘　　一定要哥拜见我爹娘。

Yiangh beanl jis beanl neec meanh nix,
样　本　己　本　妹　时　这　　像妹自己这时候，

Gul xih dangs mengz dauc ndianlsaaml,
我　就　邀　你　来　三月　　　我就邀你三月来，

Haanx mengz dauc ndianlsis.
约　你　来　四月　　　　　　　妹又约你四月来。

Ndianlsis bail xibsis,
四月　去　十四　　　　　　　　四月十四那一天，

Naz lac daangs raanz neec dumh leeux,
田　下　寨　家　妹　淹　完　　妹家寨脚田已蓄满水，

Naz lac eeux dumh xaiz.
田　下　房　淹　全　　　　　　屋边田也水泡透。

Gul lix dangs gaais yux dalmbail dauc rais,
我　还　邀　那　情人　小姐　来　耙　我就叫情哥来耙，

Neec lix dangs yux nyaaux dauc xail.
妹 还 邀 情人 操心 来 犁　　　　妹就喊情郎来犁。

Meangh gaais yux dalmbail qyams meeh，
盼望 那 情人 小姐 访 娘　　　　盼望情哥来拜访母亲，

Meangh gaais gvaangl xadtdaauc qyams meeh.
盼望 那 少爷 精品 访 娘　　　　盼望情郎来看望老人。


Dauc gul nauz mengz jis，
来 我 说 你 哥　　　　　　　来我跟你说，

Neec genlhis daaus nauz mengz bix：
小妹 忧郁 又 说 你 哥　　　　忧郁的情妹跟你讲：

Mengz liangh banz dauc xih dauc，
你 想 成 来 就 来　　　　　你想来就来拜望，

Gauc banz mal xih mal.
看 成 来 就 来　　　　　　　你想来就来拜访。

Meeh nuangxneec aans mangx，
娘 小妹 肯定 等待　　　　　我母亲真心在等待，

Nyangx bozdul qyus jay aans meangh.
娘 我们 在 家 实在 盼望　　　我老人在家直盼望。

Meangh gaais bix dalmbail qyams meeh，
盼望 那 哥 小姐 访 娘　　　　盼望我聪明情哥来会面，

Meangh gaais gvaangl bafxiy qyams meeh.
盼望 哪 少爷 八西 访 娘　　　盼望我远乡情郎来拜访。

Meanhnix gogt miz lix lac qvaail，
这时 根底 不 有 要 让　　　　现在歌无头了我要交，

Byaail mizlix lac dieh.
尾 没有 要 搁　　　　　　　歌无尾了妹要搁。

Mengz liangh hoz bas xih baangc rauz xux,
你　想　对口　就　帮　我们　接　　　　　你认为对口就把歌接，

Liangh hozis hozdungx xih haanl.
想　合意　合心　就　答　　　　　　　你觉得合意就接着唱。

Gul lix meangh bixgvaangl qyams may,
我　还　盼望　哥少爷　访　妈　　　　我仍盼情哥拜访母亲，

Gul lix mangx gvaangl xibhac qyams meeh.
我　还　盼　少爷　十五　访　娘　　　妹还等情郎拜访爹娘。

男：

Fih dangz bas los goy nyamz xux,
未　到　嘴　助　哥　忙　接　　　　　歌未到嘴边哥忙接，

Fih dangz dungx los bix nyamz haanl.
未　到　肚　助　哥　快　答　　　　　歌未到肚边哥忙应。

Bix yieh siangh nauz qyams dangz raanz,
哥　也　想　说　访　到　家　　　　　哥本想去你家拜访，

Hamz ndaangl bixgvaangl miz waangs.
恨　身　哥少爷　不　空　　　　　　　只恨哥忙难脱身。

Goy miz waangs miz waangx xih gungz,
哥　不　空　不　闲　就　无法　　　　哥忙实在无办法，

Banz lumz anl mengz neeh,
成　忘　恩　你　点　　　　　　　　　好像忘记你恩情，

Banz lumz anl nuangxneec neeh neeh.
成　忘　恩　小妹　点　点　　　　　　忘记妹恩情。

Liangh gaais haaus mengz gvaail nauz xaux：
想　那　话　你　乖巧　说　早　　　　想你先前说这话：

Ndianllaab ngonz nyanz ndil rongz lauc,
腊月　日　寅　好　酿　酒　　　　　腊月寅日好酿酒，

Mauc xiz ndil bail yux.
卯　辰　好　去　玩表　　　　　　　卯日辰日好浪哨。

Siangh nauz dangs bix gvaail gul dauc,
想　说　邀哥　乖　我　来　　　　　想叫我聪明的情哥来，

Siangh nauz dangs bix dauc ndianlxiangl.
想　说　邀哥　来　　正月　　　　　想邀情哥正月来。

Nianlxiangl ngonz xohidt,
正　月　　日　初一　　　　　　　　正月初一那一天，

Raanz feax gac banz bidt,
家　别人　杀　成　鸭　　　　　　　别家已杀好鸭，

Raanz feax gac banz gais.
家　别人　杀　成　鸡　　　　　　　别人已杀好鸡。

Gac bidt xos xoongz nais,
杀　鸭　放　桌　矮　　　　　　　　杀鸭祭祖宗，

Gac gais xos xoongz saangl.
杀　鸡　放　桌　高　　　　　　　　杀鸡祭天神。

Gah liel ndaangl nuangxneec qyus nix dangs yux,
只　剩　身　　小妹　　在　此　邀　情人　只有妹在此邀情人，

Gax lix gul qyus nix dangs mbaaus.
只　有　我　在　此　邀　　情哥　　独有我在此约情哥。


Dauc gul waanz xonz haaus,
来　我　回　句　话　　　　　　　　来我回你话，

Dauc gul daaus xonz gaangc.
来　我　还　句　讲　　　　　　　　来我答你言。

Yiangh ndaangl jis mengz neec nauz nix,
样　身　己　你　小妹　说　这　　　按妹亲口说的话，

103

Xinlraaix miz xinlraaix?
真的　不　真的　　　　　　　　是不是真的?

Xinlraaix miz mos jis?
真的　不　助　妹　　　　　　　是真的吗情人?

Xinlraaix miz mos lunz?
真的　不　助　幺　　　　　　　是真的吗情妹?

Haec bix qyams rox gungz?
给　哥　访　或　弃绝　　　　　是否真的让哥去访?

Haec bixgvaangl bail xunz rox mbaus?
给　哥少爷　去　玩　或　否　　是否真的让哥去玩?


Gul daaus nauz mengz nuangx,
我　又　说　你　妹　　　　　　我又说你妹,

Dos mengz nauz bohmeeh mengz tongy,
只要　你　说　父母　你　通　　只要你把父母讲通,

Dos mengz nauz buxlaaux mengz il.
只有　你　说　大人　你　依　　只要你把大人说服。

Buxlaaux il los rauz xih qyams,
大人　依助我　就　访　　　　大人同意了我就去拜访,

Buxjees il los goy xih qyams.
老人　依助哥　就　访　　　　老人同意了哥就去拜见。

Buxlaaux aangs los bix xih bail,
大人　高兴助哥　就　去　　　大人欢喜哥就去,

Miz xac nuangx gul raiz laail daaus,
不　等　妹　我　请　多　回　　不用情妹邀多次,

Miz xac nuangx gul dangs laail bianl.
不　等　妹　我　邀　多　遍　　不用情妹约多回。

Jaizdangz yux xamznyianl xih qyams,
想到　情人　玩怨　就　访　　想起情人就去拜访,

104

Jaizdangz ndianl xibhac xih qyams.
想 到 月 十五 就 访　　　想到年轻美丽的情妹就起程。

Yiangh ndaangl jis ndaangl gul meanh nix,
样 身 己 身 我 时 这　　　像我自己这时候，

Bih gul qyams xih aul qyams naaus,
假使 我 访 就 要 访 永久　　　如果拜访就要拜访长久，

Bih bix qyams xih aul qyams naanz.
假使 哥 访 就 要 访 长久　　　如果走就要走长远。

Ingsnauz nuangx gul bail xaauxraanz,
假说 妹 我 去 当家　　　假如情妹去当家，

Dangz jaangl baanz los rauz qyas qyams,
到 中 途 助 我 不好 访　　　玩到中途不好访，

Dangz jaangl baanl los goy qyas qyams.
到 中 途 助 哥 不好 访　　　玩到半路哥难访。

Yiangh ndaangl goy meanh nix,
样 身 哥 时 这　　　像哥这时候，

Qyams miz deg qyams ndoil,
访 不 是 访 白　　　访不是白访，

Aul mengz yius banz goiz langc qyams,
要 你 瞧 成 婿 才 访　　　要你看成夫婿我才访，

Qyox bixgvaangl banz jaauc langc qyams.
看 哥 少爷 成 丈夫 才 访　　　你把哥看作丈夫哥才访。

Dauc gul nauz mengz nuangx,
来 我 说 你 妹　　　来我说你妹，

Bix daangs beangz dauc nauz mengz jis:
哥 另 乡 来 说 你 妹　　　外乡情哥跟你讲：

Mengz maz ndianl dangs ndianl miz dangs,
你　怎么　月　邀　月　不　邀　　　　你呀哪月该邀你不邀，

Ngonz haanx ngonz miz haanx.
日　约　日　不　约　　　　　　　　哪天该约你不约。

Mengz bail dangs bix dauc ndianlxiangl.
你　去　邀　哥　来　正月　　　　　你去邀我来正月，

Haanx bixgvaangl mal ngonz xohidt.
约　哥少爷　来　天　初一　　　　　约哥相会大年初一。

Ngonz deel luangs genz hees doh mbaanx,
天　那　村　上　客　满　寨　　　　那天上寨客人满，

Luangs lac riml doh wenz.
村　下　满　遍　人　　　　　　　　下寨客人多。

Bux danc mos danc mos，
人　穿　新　穿　新　　　　　　　　人人都穿好衣服，

Bux danc mangl danc mangl.
人　穿　厚　穿　厚　　　　　　　　个个都着新衣裳。

Gahlix goy daangs beangz danc roix,
只有　哥　各　乡　穿　烂　　　　　只有哥哥穿旧服，

Gahlix bix gvaanglgunl danc byaaiz,
只有　哥　光棍　穿　烂　　　　　　唯独我穿烂衣裳，

Bail dangz laaul ndilraaiz mengz neeh.
去　到　怕　害羞　你　点　　　　　到时恐怕让你脸无光。

Gul daaus nauz mengz nuangx,
我　又　说　你　妹　　　　　　　　我又说你妹，

Ngonz deel sams gaais bux lix maix,
天　那　尽　些　人　有　媳妇　　　那天尽是有媳妇的小伙，

Ngonz deel sams gaais bux lix baz.
天　那　尽　些　人　有　妻　　　　那天全是有妻室的儿郎。

Feax danc foonx lumc nad legidt,
别人 穿 黑 像 颗 葡萄 　　　　　　别人穿的衣服染黑像葡萄①,

Gvaangl xih danc bigt lumc ngvih legmeangx,
我 就 穿 灰 像 仁 马桑包 　　　我穿的衣服灰像马桑包,

Bix gax ruangx dangzndunl.
哥 自 忧愁 站立着 　　　　　　　只有我自身羞愧难当。

Bix mizjaiz bail xunz riangz nih,
哥 不 想 去 玩 和 你 　　　　　我不想去跟你耍,

Gul mizjaiz qyams may riangz nih.
我 不 想 访 妈 和 你 　　　　　我不好意思去拜访。


Yiangh ndaangl jis ndaangl goy meanh nix,
样 身 己 身 哥 时 这 　　　　像哥自己这时候,

Beah bigt may fih nyumx,
衣服 灰 妈 未 染 　　　　　　　青布衣服妈未染,

Beah foonx may fih laauz,
衣服 黑 妈 未 捞 　　　　　　　黑布衣裳妈未缝,

Haaiz haaul may fih sams.
鞋 白 妈 未 绣 　　　　　　　　白鞋娘未绣,

May fih sams haaiz bangz.
妈 未 绣 鞋 布 　　　　　　　　布鞋娘未绣。

Gul mbaangx bail miz banz bais nuangx,
我 可能 去 不 成 了 妹 　　　我可能去不成了,

Bail qyams may miz banz bais ruangh.
去 访 妈 不 成 了 妹 　　　　妹呀,哥去拜访母亲不成了。

_____

①布依族有自纺自染衣服的传统,且大多为黑色,黑色衣服即是指新衣服。

Gul daaus nauz mengz nuangx,
我 又 说 你 妹　　　　　　　　　　我又说你妹，

Ndiab gusnix dauc dangz.
想 这些 来 到　　　　　　　　　　想到这般来。

Mengz lix saml xih xac ndianl mos,
你 有心 就 等 月 另外　　　　　　你有心就等下月，

Lix hoz xih xac ndianl langl,
有 耐心 就 等 月 后　　　　　　　你有情就等下季，

Xac bail dangz ndianlngih.
等 去 到 二月　　　　　　　　　　直接等到二月间。


Ndianlngih bail xibngih，
二月 去 十二　　　　　　　　　　二月十二那一天，

Liangh gaais haaus mengz nauz xez xauz：
想 那 话 你 说 时 早　　　　　　想你先前说的话：

Nianlxiangl feax gueh rih,
正月 别人 做 地　　　　　　　　　正月人家在挖地，

Ndianlngih feax gueh naz.
二月 别人 做 田　　　　　　　　　二月人家在犁田。

Gaxlix raz qyus nix dangs yux,
只有 我 在 此 邀 情人　　　　　　只有我在邀情人，

Gaxlix saaul qyus nix dangs mbaaus.
只有 情妹 在 此 邀 情哥　　　　　独有妹在约情哥。


Gul daaus nauz mengz nuangx,
我 又 说 你 妹　　　　　　　　　　我又说你妹，

Ndianl dangs ndianl miz dangs,
月 邀 月 不 邀　　　　　　　　　　哪月该邀你不邀，

Ndianl haanx ndianl miz haanx.
月　约　月　不　约

哪月该约妹不约。

Mengz bail dangs bix dauc ndianlxiangl,
你　去　邀　哥　来　　正月

你去邀哥正月来，

Haanx gvaangl xunz ndianlngih.
约　我　玩　二月

约哥相会二月间。

Ndianlngih bail xibngih,
二月　去　十二

二月十二哪一天，

Feax gueh rih banz mbal.
别人　做　地　成　片

别人已挖地一大片。

Goy lix ral rih weadt,
哥　还　找　地　砍

哥还不知地在何方，

Goy lix gead daamlgaaul bail ral.
哥　还　扛　长把刀　去　找

哥还现扛长把刀去寻。

Ndianl deel raz miz waangs.
月　那　我　不　空

那月我不空，

Gul miz waangs bail yux hoongl hanl.
我　不　空　去　玩表　活路　忙

我农忙时没空去浪哨。

Banz lumz anl mengz nuangx lacdoh,
成　忘　恩　你　妹　下游

得罪你了下游妹，

Banz wangx sinc mengz neec lacdoh.
成　忘　心　你　小妹　下游

得罪你了下方人。

Mengz lix saml los xac ndianl mos,
你　有　心　助　等　月　新

你有心就等下月，

Lix hoz xac ndianl langl,
有　耐心　等　月　后

你有情就等下季，

Xac bail dangz saamlnguad.
等　去　到　三月

等就等到三月份。

Saamlnguad bail xibsaaml,
三月　去　十三　　　　　　　　　　　三月十三那一天，

Mengz hams meeh xonz ndeeul nauz niz:
你　问　娘　句　一　说　这　　　　　你问母亲一句话：

Meeh es meeh, mac es may,
娘　助　娘　妈　助　妈　　　　　　　妈呀妈、娘呀娘，

Mengz ndaix mas jic doc hauxfoonx?
你　得　泡　几多　糯米　　　　　　　你泡了多少糯米饭？

Foomx jic doc mbaelraul?
舂　几多　枫香叶　　　　　　　　　　你舂了多少枫香叶？

Yux gul nauz lac dauc,
情人　我　说　要　来　　　　　　　　我情人要来，

Lauc banz siul fih meeh?
酒　成　烤　否　娘　　　　　　　　　酒烤成没有？

Mengz nauz meeh xih haanl yiangh nix：
你　说　娘　就　答　样　这　　　　　你说母亲这样答：

Gul ndaix mas saaml doc hauxfoonx,
我　得　泡　三　十筒　糯米　　　　　妈泡了三十筒糯米，

Meeh ndaix foomx sis doc mbaelraul.
娘　得　舂　四　箩　枫香叶　　　　　娘舂了四箩枫香叶。

Dos yux gvaail mengz dauc,
只要　情人　怪　你　来　　　　　　　只要你情哥他愿来，

Lauc miz lix bail ral,
酒　不　有　去　找　　　　　　　　　没有酒来我去烤，

Byal miz lix los may bail degt.
鱼　不　有　助　妈　去　打　　　　　没有鱼虾妈去捞。

Mal gul waanz xonz haaus,
来　我　回　句　话　　　　　　　　　来我回你话，

Dauc gul daaus xonz gaangc mengz nuangx.
来　我　还　句　讲　你　妹　　　　　来我把话跟你讲：

Yiangh ndaangl jis bixgoy meanh nix,
样　　身　己　哥哥　时　这　　　　像哥自己这时候，

Ngonz deel benc banz byaaic jiezraaix,
天　那　本　成　走　真的　　　　那天本该去你家拜访，

Ngonz deel benc banz bail.
天　那　本　成　去　　　　　　　那天本该去你家拜望。

Hamz gaais ngonz ronl jail qyas qyams,
恨　那　天　路　远　难　访　　　只恨路遥哥难访，

Hamz gaais mail daangs xiangy qyas qyams.
恨　那　丝　各　乡　难　访　　　因为路远哥难行。


Yiangh ndaangl jis bixgoy meanh nix,
样　　身　己　哥哥　时　这　　　　像哥自己这时候，

Is beanl gul ndaix byaaic,
如　本　我　得　走　　　　　　　如我走得成，

Is beanl bix ndaix bail,
如　本　哥　得　去　　　　　　　如哥去得了，

Miz meangh genl gaais hauxnangc jams,
不　盼望　吃　那　糯米饭　紫　　　不盼望吃紫色糯米饭，

Goy miz mangx ndaix genl hauxnangc ndingl.
哥　不　望　得　吃　糯米饭　红　　不要求吃红色糯米粑。

Dos goy ndaix xonz xinl yieh aangs,
只要　哥　得　句　真　也　喜　　得句心里话就高兴了，

Ndaix xonz xinl dangz goy yieh aangs.
得　句　真　到　哥　也　喜　　　得句真心话就开心了。

Gul daaus nauz mengz nuangx,
我　又　说　你　妹　　　　　　　我又说你妹，

Gul miz unl genl lauc hans,
我 不 求 吃 酒 恶　　　　　　　　　　我不要求喝好茶，

Bix miz unl genl lauc aail.
哥 不 求 吃 酒 甜　　　　　　　　　　哥不要求喝美酒。

Ndaix genl gaais ramx byaail yieh aangs,
得 吃 那 谁 尾 也 喜　　　　　　　　得喝淡酒也高兴，

Ndaix genl ramx byaail lauc yieh aangs.
得 吃 水 尾 酒 也 喜　　　　　　　　得喝淡酒也开心。

Gul daaus nauz mengz nuangx,
我 又 说 你 妹　　　　　　　　　　　我又说你妹，

Mengz xiz ndianl dangs ndianl miz dangs,
你 助 月 邀 月 不 邀　　　　　　　　哪月该邀你不邀，

Ndianl haanx ndianl miz haanx.
月 约 月 不 约　　　　　　　　　　　哪时该约你不约。

Mengz bail dangs bix dauc ndianlxiangl,
你 去 邀 哥 来 正月　　　　　　　　你去邀哥正月来，

Haanx gvaangl xunz saamlnguad.
约 我 玩 三月　　　　　　　　　　　约哥玩三月。

Saamlnguad bail xibsaaml,
三月 去 十三　　　　　　　　　　　三月十三那一天，

Gvaangl lix hanl dogt waais,
我 还 忙 种 棉花　　　　　　　　　哥还忙着种棉花，

Hanl dogt waais xos lac① lifxaq,
忙 种 棉花 在 前 立夏　　　　　　忙在立夏前种棉花，

Ndianl deel raz miz waangs.
月 那 我 不 空　　　　　　　　　　那月没时间。

Gul miz waangs bail yux hoongl hanl,
我 不 空 去 赶表 活路 忙　　　　农忙时我没空去赶表，

　　　　①lac 原义指下，这里指前。

Banz lumz anl yuxngih,
成　忘　恩　情人　　　　　　　　哥忘了你心，

Banz lumz sinc yuxngih.
成　忘　心　情人　　　　　　　　哥忘了你情。

Mengz nih xih xac ndianl mos,
你　想念　就　等　月　新　　　　你想念就等下月，

Mengz xoc xih xac ndianl langl,
你　耐得　就　等　月　后　　　　你等得就等下季，

Mengz xih haanx bail dangz sisnguad.
你　就　推　去　到　四月　　　　你就到四月再邀。


Sisnguad bail xibsis,
四月　　去　十四　　　　　　　　四月十四那一天，

Nuangxjis nauz xonz ndeeul yiangh nix:
妹妹　　说　句　一　样　这　　　妹你说这么一句：

Ngonz deel feax gueh rih dongh lac,
天　那　别人　做　地　坝　下　　那天人家在下坝种地，

Fex gueh naz dongh jaangl,
别人　做　天　坝　中　　　　　　别人在中坝种田，

Gahlix saaul qyus nix daez yux,
只有　情妹　在　此　守　情人　　只有我在等情人，

Gahlix gul qyus nix daez mbaaus.
只有　我　在　此　守　情哥　　　唯独妹在等情哥。


Gul daaus nauz mengz nuangx,
我　又　说　你　妹　　　　　　　我又说你妹，

Ndianl dangs ndianl miz dangs,
月　邀　月　不　邀　　　　　　　哪月该邀你不邀，

Ndianl haanx ndianl miz haanx,
月　　约　　月　　不　　约　　　　　　　哪月该约你不约，

Mengz maz haanx bix xunz sisnguad.
你　怎么　约　哥　玩　　四月　　　　　你怎么约哥玩四月。

Sisnguad bail xibsis,
四月　　去　十四　　　　　　　　　　四月十四那一天，

Gul lix wagt waaizlinc,
我　还　驯　　水牛　　　　　　　　　我还在驯水牛，

Soongl fengz gvaangl lix xinc xahbeh.
两　　手　　哥　还　拉　牛绳　　　　双手还在牵牛绳。

Bail soongl roongh saaml roongh xih gal haamc xeeux,
去　两　路　三　路　就　脚　跨　犁绳　　　走两步就脚乱套，

Bail soongl roongh saaml roongh xih xeeux jeeuc gal.
去　两　路　三　路　就　犁绳　缠　脚　　　走三步又绳缠脚。

Naz lix nyal yiangh gaus,
田　还　荒　样　旧　　　　　　　　　田依旧荒芜，

Nyal lix dauc yiangh gaus.
草　还　生　样　旧　　　　　　　　　草依旧茂盛。

Yiangh ndaangl jis bixgoy meanh nix,
样　身　己　哥哥　时　这　　　　　　像哥自身这时候，

Aul beh miz ndaix beh,
要　左　不　得　左　　　　　　　　　要左不得左，

Aul diul miz ndaix diul.
要　右　不　得　右　　　　　　　　　喊右不得右。

Gul xih raizyiul saic ndil gons,
我　就　叫唤　肠　欲　断　　　　　　我已叫唤欲断肠，

Goy liz bans licleeh licleex jaangl naz,
哥　还　打转　转来　转去　中　田　　我还在田里忙活路，

Ndianl deel raz miz waangs.
月　那　我　不　空　　　　　　　　　　那月我不空。

Gul miz waangs bail yux hoongl hanl,
我　不　空　去　游　活　路　忙　　　　农忙时我没空去游玩，

Banz lumz anl mengz neeh,
成　忘　恩　你　点　　　　　　　　　　哥忘了你的恩，

Banz lumz anl lumz sinc mengz neeh.
成　忘　恩　忘　心　你　点　　　　　　哥忘了你的情。

Gul daaus nauz mengz nuangx,
我　又　说　你　妹　　　　　　　　　　我又说了妹，

Mbos naz logt los neec yieh xaaux,
块　田　窄　助　妹　也　动　　　　　　小块田妹也想犁，

Mbos naz laaux los neec yieh xail.
块　田　大　助　妹　也　犁　　　　　　大块田你也想栽。

Yux ronljail los neec yieh dangs,
情人　路远　助　妹　也　邀　　　　　　远方情人你也想邀，

Ndianl miz wangs los neec yieh haanx.
月　不　空　助　妹　也　约　　　　　　农忙季节你也想约。

Bihnauz dangs xih dangs ndianl langl,
假说　邀　就　邀　月　后　　　　　　　想邀只能下月邀，

Bihnauz haanx xih haanx ndianl mos.
假说　约　就　约　月　新　　　　　　　要约只能下季约。

Dangz ndianl mos bail dangz mbaangx mbaus,
到　月　新　去　到　也许　否　　　　　下月未必去得成，

Dangz ndianl langl ndaix byaaic mbaangx mbaus.
到　月　后　得　走　也许　否　　　　　下季不定来得到。

Ndiab gusnix dauc dangz,
想　这些　来　到　　　　　　　　　　　想到这番来，

Gul leeux haanxsaml xih dies.
我 很 寒心 就 搁　　　　　　　我寒心就把歌交。

Liangh deengl bas mengz xih baangc rauz xux,
想 对口 你 就 帮 我们 接　想合心你就把歌接，

Liangh dogt is dogt dungx xih dimz.
想 中意 中 肚 就 补　　　　　想合意妹就接起唱。

Nuangx hanz ninz xih qyies,
妹 忙 睡 就 罢　　　　　　　如忙睡觉就算了，

Maix saaullunz hanl bomc xih qyies.
姑娘 情妹 忙 卧 就 罢　　　如妹忙歇就罢了。


女：

Lumc beanl jis beanl neec meanh nix,
像 本 己 本 妹 时 这　　　　像妹自己这时候，

Mbeas miz rox gueh maz.
无聊 不 知 做 啥　　　　　　闲着没事做。

Rauz xih daaus dauc hauc sianljams,
我们 就 转 来 进 旧园　　　我们转来理旧园，

Daaus dauc qyams ronlqyianl,
转 来 访 老路　　　　　　　转来走老路，

Daaus dauc ral deenhdinl gul nangh,
转 来 找 脚印 我 坐　　　　转来旧地玩，

Daaus dauc ral bixgoy gul nangh.
转 来 找 哥哥 我 坐　　　　转来同哥坐。

Dauc rauz dungx nangh bus ndil bus,
来 我们 同 坐 时 好 时　　来我们同坐一时算一时，

Dungx nangh ngonz ndil ngonz.
同 坐 天 好 天　　　　　　同坐一天算一天。

116

Mosrez byal daangs hongz daangs qyus,
将来 鱼 各 塘 各 住        今后鱼各在一塘，

Mosrez byal daangs dengc daangs qyus.
将来 鱼 各 潭 各 住        将来人各在一方。

Gusdeel byal bail hauc wangz qyuangx,
那时 鱼 去 进入 滩 岩        那时鲇鱼进大滩，

Nuangx mbox meangx mbox reel.
妹 无 手抛网 无 拦河网        妹无撮箕无渔网。

Gul xih ngoonz byalreel gvas wangz,
我 就 观望 鲇鱼 过 潭        我就白望鱼过潭，

nuangx xih ngoonz byaljianl gvas dah.
妹 就 观望 鲇鱼 过 河        妹就白看鱼过河。


Dauc nuangx nauz mengz las,
来 妹 说 你 吧        来妹说你吧，

Mal rauz byagt jodt dez mal rauc,
来 我们 菜 冷 拿 来 热        我们把冷菜拿来热，

Dauc rauz haux xeengx dez mal raangl.
来 我们 饭 凉 拿 来 炒        我们把冷饭拿来炒。

Deel lix waanl lumc yiangh rox miz,
它 还 香 像 原来 或 不        它是否香甜如故，

Deel lix waanl dungx lumc yianghgaus rox miz?
它 还 香 同 像 样 旧 或 不    它是否美味如前？


Yiangh beanl jis beanl neec meanh nix,
样 本 己 本 妹 时 这        像妹自己这时候，

Gul neec nih haaus mengz goy haamhndux,
我 慢 想 话 你 哥 头晚        我细想你头晚所说的话，

Gul xih liangh haaus mengz bix haamhlianz.
我 就 想 话 你 哥 昨晚　　　我回忆哥昨晚所发的言。

Rauz lac nyiangl liangzsaml dauc eems,
我们 要 解开 良心 来 看　　　我们要分析良心来看，

Rauz lac nyiangl liangxsinc dauc eems.
我们 要 解开 良心 来 看　　　我们要解析良心来听。

Liangh xonzhaaus mengz goy nauz xaux:
想 话语 你 哥 说 早　　　想你先前这么说：

Mengz dangs bix mal ndianlxiangl ngonz mauc,
你 邀 哥 来 正月 日 卯　　　你邀哥来正月卯日，

Dangs bix dauc ndianlngih ngonz xiz,
邀 哥 来 二月 日 辰　　　约哥来二月辰日，

Neec bail hams buxlaaux mengz leeux rox fih?
你 去 问 大人 你 完 或 未　　　你问过你大人没有？

Nuangx nauz hams buxlaaux tungfyiq,
妹 若 问 大人 同意　　　妹若问大人同意，

Goy xaaux ndil qyams meeh,
哥 才 好 访 母亲　　　哥才好拜访你母亲，

Bix ronl jail xaaux dauc qyams meeh.
哥 路 远 才 来 访 母亲　　　哥才好拜见你老人。

Mal gul waanz xonz haaus,
来 我 回 句 话　　　来我回你话，

Dauc gul daaus xonz gaangc haec bix:
来 我 还 句 讲 给 哥　　　来我把话跟你讲：

Dos bix gvaangl mengz dauc,
只要 哥 少爷 你 来　　　只要情哥你来，

Dos bix gvaail mengz mal.
只要 哥 聪明 你 来　　　只要情郎你到。

Mboxlix buxjees laez hah,
没有　老人　哪　限制　　　　　　　　没有哪个老人不高兴，

Mboxlix buxlaaux laez nauz.
没有　大人　哪　说　　　　　　　　　没有哪个大人骂。

Xanh gaaissaml soongl rauz gax liangh,
尽　心思　　两　咱　自　想　　　　　任凭咱俩尽心摆，

Yux ndanlsaml soongl bux gax liangh.
随　心情　　两　人　自　想　　　　　任由咱俩尽情谈。


Liangh xonz haaus mengz goy hamhndux：
想　句　话　你　哥　头　晚　　　　　想你头晚刚说的话：

Neec maz dangs bix dauc ndianlxiangl?
妹　怎么　邀　哥　来　　正月　　　　妹怎么邀哥来正月？

Ndianlxiangl ngonz xohidt,
　正月　　天　初一　　　　　　　　　正月初一那一天，

Doh beangz danc beah mos,
整　地方　穿　衣服　新　　　　　　　全村穿新衣，

Doh mbaanx danc beah ndil.
整　寨　穿　衣服　好　　　　　　　　全寨着新装。

Goy lix xoonl beah gaus beah roix,
哥　还　穿　衣服　旧　衣服　破　　　哥还穿那破旧衣，

Bix lix xoonx beah daanc beah haanh.
哥　还　穿　衣服　臭　衣服　汗　　　哥还穿那脏衣服。

 Bih　bix waangs dauc banz,
假使　哥　空　　来　成　　　　　　　即使哥有空来到，

Xez deel yux saml xanz qyas yiangh,
时　那　情人　心　窄　不好　样　　　那时情人心难过，

Ndaangl nuangxneec qyas yiangh.
　身　　小妹　　不好　样　　　　　　那时情妹人难过。

Gul daaus nauz mengz bix,
我 又 说 你 哥　　　　　　　　　我又说你哥，

Dauc nuangx nauz mengz las.
来 妹 说 你 吧　　　　　　　　　来妹说你吧。

Ndianlxiangl ngonz xohidt,
正月 天 初一　　　　　　　　　　正月初一那一天，

Goy danc mos lix may mengz baaul,
哥 穿 新 有 妈 你 包　　　　　　你穿新衣有你母亲做，

Mengz danc haaul lix may mengz gveedt.
你 穿 白 有 妈 你 雕　　　　　　你穿白衣有你母亲缝。

May bix gveedt gueh beah eeul haaul,
妈 哥 雕 做 衣服 领 白　　　　　母亲缝成白领服，

Baaul haec goy banz yiangh,
包 给 哥 成 样　　　　　　　　　把哥打扮得漂亮，

Banz yiangh leeux hoz dal.
成 样 很 合 眼　　　　　　　　　样子帅气很顺眼。

Mengz miz mal xih gaanh,
你 不 来 就 无法　　　　　　　　你不来就无法了，

Duez bixgvaail miz dauc xih gaanh.
你 哥 聪明 不 来 就 无法　　　　哥不来就无谈了。


Gul xih liangh xonz haaus mengz goy xez xaux:
我 就 想 句 话 你 哥 时 早　　　我细想你先前说的话：

Ndianl dangs ndianl miz dangs,
月 邀 月 不 邀　　　　　　　　　哪月该邀你不邀，

Ndianl haanx ndianl miz haanx,
月 约 月 不 约　　　　　　　　　哪月该约你不约，

Mengz maz haanx bixgvaangl bail xunz ndianlngih.
你 怎么 约 哥哥 去 游 二月　　　　你怎么约哥来二月。

Ndianlngih bail xibngih,
二月 去 十二　　　　　　　　　　　二月十二那一天，

Feax gueh rih banz mbal,
别人 做 地 成 片　　　　　　　　　人家已挖地一片片，

Bix xuangl ral rih weadt.
哥 准备 找 地 砍　　　　　　　　　哥才开始去挖地。

Liangh gusnix dauc dangz,
想 这些 来 到　　　　　　　　　　想起这些来，

Gul miz waangs bail yux ndianl hanl,
我 不 空 去 赶表 月 忙　　　　　　农忙时我不想去玩，

Nuangx lix saml xih xac ndianl mos.
妹 有 心 就 等 月 另　　　　　　　妹有心就等下月。


Mal gul waanz xonz haaus,
来 我 回 句 话　　　　　　　　　　来我回你话，

Dauc gul daaus xonz gaangc haec bix.
来 我 还 句 讲 给 哥　　　　　　　来我把话跟你讲。

Ndianlngih bail xibngih,
二月 去 十二　　　　　　　　　　　二月十二那一天，

Dal gul eems raanz goy ngonz nix,
眼 我 望 家 哥 天 这　　　　　　　这天我远望哥家，

Ranl raanz goy xaaux banz dinlrih,
见 家 哥 挖 成 地　　　　　　　　见哥家已挖好地，

Ranl raanz bix lih banz dinlsianl.
见 家 哥 理 成 园　　　　　　　　见哥家已围好园。

Yux roonghndianl miz byaaic xih gaanh,
情哥 月亮 不 走 就 无法　　　　　情哥不走就无法，

Wenz ronl jail miz dauc xih gaanh.
人　路　远　不　来　就　无法　　　　　　　　远乡不来也无法。

Yiangh beanl jis beanl gvaangl nauz xaux:
样　本　己　本　哥　说　早　　　　　　　　像哥先前说的话：

Ndianl dangs ndianl miz dangs,
月　邀　月　不　邀　　　　　　　　　　　哪月该邀你不邀，

Ndianl haanx ndianl miz haanx,
月　约　月　不　约　　　　　　　　　　　哪月该约你不约，

Mengz maz haanx bix xunz saamlnguad?
你　怎么　约　哥　游　三月　　　　　　你怎么约哥游三月？

Saamlnguad bail xibsaaml,
三月　去　十三　　　　　　　　　　　　三月十三那一天，

Bix lix hanl dogt waais.
哥　还　忙　种　棉花　　　　　　　　　哥还忙着种棉花。

Hanz dogt waais dogt ndaanx riangz xunl,
忙　种　棉花　种　大麻　顺　季节　　　忙赶季节种棉花和大麻，

Gul miz waangs bail xunz ndianl hanl.
我　不　空　去　游　月　忙　　　　　　农忙季节我没空去游玩。

Banz gaais lumz anl mengz neeh neeh,
成　了　忘恩　你　点　点　　　　　　　哥忘了情妹的恩，

Banz bux wangfxiny neec neeh neeh.
成　人　忘心　妹　点　点　　　　　　　哥忘了情妹的情。

Gul daaus nauz mengz bix,
我　又　说　你　哥　　　　　　　　　　我又说你哥，

Dauc maix nauz mengz geas.
来　姑娘　说　你　吧　　　　　　　　　来妹说你吧。

122

Saamlnguad bail xibsaaml,
三月　去　十三　　　　　　　　　　三月十三那一天，

Meeuz rih waais raanz gvaangl dogt leeux,
季　地　棉花　家　哥　种　完　　　哥家棉花已种过，

Meeuz rih ndaaix raanz bix dogt xaiz.
季　地　麻　家　哥　种　全　　　　哥家麻地已栽完。

Bix ronl jail miz xunz xih gaanh,
哥　路　远　不　游　就　无法　　　远路情哥不玩就无法，

Wenz ronl jail miz dauc xih gaanh.
人　路　远　不　来　就　无法　　　远乡情人不来也无法。


Yiangh beanl jis beanl gvaangl meanh nix,
样　本　己　本　哥　时　这　　　　像哥自己这时候，

Mengz maz lox daaml lox gul leeh?
你　怎么　哄　连　哄　我　呢　　　你怎么一次次的哄我呢？

Mengz maz lox gul lumc lox roglaic byaailhaz,
你　怎么　哄　我　像　哄　麻雀　茅檐　你哄我像哄茅檐里的麻雀，

Lumc bux lox xazlaanl xazlanc basluangs.
象　个　哄　小孩　孙子　村口　　　你哄我如哄院坝上的小孩。

Lox gul hoobt bail hoobt,
哄　我　场　去　场　　　　　　　　哄我一场又一场，

Lox gul ndianl bail ndianl.
哄　我　月　去　月　　　　　　　　哄我一月又一月。

Miz ranl yux gul dangz qyams meeh,
不　见　情人　我　到　访　母亲　　不见情哥来拜访母亲，

Miz ranl bix gvaail dauc qyams meeh.
不　见　哥　聪明　来　访　母亲　　不见情郎来拜见老人。

Liangh xonz haaus mengz goy nauz xaux:
想　句　话　你　哥　说　早　　　　想你过去说的话:

Nuangx maz dangs bix dauc ndianlsaaml?
妹　怎么　邀　哥　来　　三月　　　　妹怎么邀哥来三月?

Nuangx maz haanx gvaangl xunz ndianlsis?
妹　怎么　约　哥　游　四月　　　　妹怎么约哥玩四月?

Ndianlsis bail xibsis,
四月　去　十四　　　　　　　　　四月十四那一天,

Gvaangl lix wagt waaizlinc,
哥　还　驯　水牛　　　　　　　　哥还在忙驯牛,

Xez deel gvaangl lix xinc xahbeh.
时　那　哥　还　拉　牛绳　　　　那时哥还牵牛绳。

Bux laez waangs bail yux ndianl hanl,
人　哪　空　去　赶表　月　忙　　农忙季节谁有空去玩,

Nuangx nauz lix saml xih xac hacnguad.
妹　若　有　心　就　等　五月　　妹若有心就等五月。


Mal gul waanz xonz haaus,
来　我　回　句　话　　　　　　　来我回你话,

Dauc gul daaus xonz gaangc haec bix:
来　我　还　句　讲　给　哥　　　来我把话跟你讲:

Sisnguad bail xibsis,
四月　去　十四　　　　　　　　　四月十四那一天,

Naz lac daangs raanz goy ndaml leeux,
田　下　寨子　家　哥　栽　完　　哥家寨脚田已栽过,

Naz lac eeux raanz bix ndaml xaiz.
田　下　房子　家　哥　栽　齐　　哥家屋边田已栽完。

Yux ronl jail miz xunz riangz ngoj,
情人　路　远　不　完　和　我　　远路情人不想来相会,

124

Wenz daangs siangc miz dauc riangz ngoj.
人　另　乡　不　来　和　我　　　　远乡情哥不肯来玩耍。


Yiangh beanl jis beanl mengz meanh nix,
样　本　己　本　你　时　这　　　　像哥自己这时候，

Suans banz genl xih ganx,
算　成　吃　就　勤劳　　　　　　　有吃的就算勤劳，

Suans banz danc xih myaangz.
算　成　穿　就　勤快　　　　　　　有穿的就算勤快。

Wanf gvaanglgunl haec rauz xanh meangh,
玩　光棍　给　我　紧　盼　　　　哄说是光棍让我紧盼，

Wanf gvaanglgunl haec neec xanh meangh.
玩　光棍　给　妹　紧　盼　　　　说是光棍让妹紧等。


Yiangh beanl jis beanl neec xez nix,
样　本　己　本　妹　时　这　　　　像妹自己这时候，

Neec miz rox mas daauzxic banz dael,
妹　不　知　果子　红桃　成　疤痕　　妹不知红桃果子会变质，

Miz rox ndael bubxic banz dunh.
不　知　内　红柚子　成　通草　　　不知柚子里头会变烂。

Mengz gaangc haaus uns haaus oix xus gul ndoil,
你　讲　话　软　话　甜　放　我　空　你对我尽说甜言蜜语，

Saml mengz xaabt gueh goiz bux ens.
心　你　准备　做　夫婿　人　另　　你心里想的是别人。

Anl mengz anl　　nyudgvis,
恩　你　恩　橄榄（或嫩芽）　　　你的心是漂浮的心，

Ngvih bix ngvih xianglxunl.
仁　哥　仁　　季节　　　　　　你的肺是忘情的肺。

Nyudgvis dauc xih lumz,
橄榄　来　就　忘　　　　　　　　　　　有新的来就忘旧，

Xianglxunl dauc xih aais,
季节　　来　就　焉　　　　　　　　　　有嫩的来就忘老，

Waais ndaanx dauc xih mbinl.
棉花　大麻　来　就　飞　　　　　　　　看到花草就心飘。

Lix wenz gaml byaailfengz xih weengh,
有　人　捏　手指　　就　甩　　　　　　有人牵手你就把我甩，

Lix bux gaml byaailwinc xih weengh.
有　人　捏　裙脚　　就　甩　　　　　　有人拉脚你就把人抛。

Mengz maz weengh dueznuangx bail liangl?
你　怎么　甩　　妹妹　　去　边　　　　你怎么把妹抛开呀？

Haec gul gvas bail mianh laez daic?
给　我　过　去　面　哪　哭　　　　　　你叫我去哪里哭诉？

Haec maix bail jaucsiec laez meangh?
给　妹　去　屋角　　哪　盼　　　　　　让妹去哪个房角企盼？

Yiangh beanl jis beanl neec meanh nix,
样　本　己　本　妹　时　这　　　　　　像妹自己这时候，

Gul maz yius genz mbenl yius jamx,
我　怎么　瞧　上　天　瞧　蓝黑　　　　我怎么看天成黑色，

Ximl diec ramx ximl nidt.
瞧　底　水　瞧　冰冷　　　　　　　　　看水很冰冷。

Lac mbenl lix xibsis xibhac xaz eeml,
下　天　有　十四　　十五　　蓬　芭茅　天下有十四十五蓬芭茅，

Xaz deeml xaz dungxraangh.
蓬　接　蓬　相连　　　　　　　　　　　蓬蓬紧相连。

Gul daaus nauz mengz bix,
我　又　说　你　哥　　　　　　　　　　我又说你哥，

Is banz gus aul ramx,
若 成 事 要 水

如果像砍柴一样，

Is banz gus aul fenz,
若 成 事 要 柴

如果像挑水一样，

Gul xih haanx ndaix wenz dauc dies.
我 就 约 得 人 来 代替

我可约得人来替。

Gus nix gus soongl wenz bail yux,
事 这 事 两 人 去 浪哨

这是两人浪哨①的事，

Gus nix gus soongl bux bail yaiz.
事 这 事 两 人 去 赶表

这是两人赶表的事。

Buxlaez dies ndanljaiz mengz haec gul ndaix?
哪人 代替 爱心 你 给 我 得

谁能代替你的心？

Wenzlaez baangc ndanl maaic mengz dingh?
哪人 帮 个 里 你 顶

谁能顶替你的爱？

Liangh saauznix dauc dangz,
想 这些 来 到

想到这些来，

Naz neec ramx meangl jail,
田 小 水 渠 远

田小水渠长，

Mengz miz bail los neec dangs mos,
你 不 去 助 妹 邀 新

你不来走妹就再次邀，

Neec daaus dangs baiz doh ndeeul deeml.
妹 又 邀 回 次 一 再

妹再重新邀一次。

Laailneec aul yux beengz qyams may,
多少 要 情人 宝贵 访 妈

一定要情哥来拜访母亲，

Aul ndaix yux xibhac qyams meeh.
要 得 情人 十五 访 娘

一定要情郎来拜见老人。

①浪哨，布依语，即谈情说爱。

Gul xih dangs bix dauc ndianlsaaml,
我 就 邀 哥 来 三月

我就邀哥三月来，

Haanx gvaangl dauc hacnguad.
约 少爷 来 五月

约哥五月来。

Hacnguad bail xibhac,
五月 去 十五

五月十五那一天，

Doh beangz gac roongl mboonl,
整 地方 砍 叶 芭茅

人们遍地都砍芭茅叶，

Doh beangz rooml roongl jaus.
整 地方 集 叶 桐子

人们遍地都集桐树叶。

Gul lix xaus soongl wenz bail xux,
我 还 派 两 人 去 接

我还派两人去接哥，

Xaus soongl bux bail raiz.
派 两 个 去 请

派两个人去请哥。

Aul gaais yux dalmbail qyams meeh,
要 那 情人 小姐 访 娘

请情哥来看我母亲，

Meangh gaais ndaangl bix goy qyams meeh.
盼望 那 身 哥哥 访 娘

盼情哥来见我老人。

Heehxiz dangs bix gvaail gul dauc miz dauc?
是否 邀 哥 聪明 我 来 不 来

不知情哥来不来？

Heeh duezbix langc dangz miz dangz?
不知 哥哥 要 到 不 到

不知情人到不到？

Leeux mangx gul dangs mos,
完 望 我 邀 新

无奈我又再次邀，

Dangs bix doh ndeeul langl.
邀 哥 遍 一 后

我又再邀哥一次。

Aul bix gvaail dangz raanz qyams meeh,
要 哥 聪明 到 家 访 娘

一定要情哥到家看母亲，

128

Aul  yux jiml  gul dauc qyams meeh.
要  情人金贵 我 来  访  娘　　　　　　　一定要情郎到屋见老人。


Gul xih dangs bix dauc ndianlsaaml,
我  就  邀  哥 来   三月　　　　　　　　我就邀哥三月来，

Haanx bix dauc ndianlrogt.
约  哥 来   六月　　　　　　　　　　　　约哥六月来。

Ndianlrogt bail xibrogt,
六月  去  十六　　　　　　　　　　　　　六月十六那一天，

Nuangx bail gvaih rih waais oonx haaic,
妹  去 理 地 棉花 对面 海　　　　　　妹到江边看棉花地，

Gvaih rih ndaanx oonx niel.
理 地 大麻 对面 江　　　　　　　　　　妹去江岸看大麻地。

Gul lix eeux jis jiex xus dangs,
我 还 摘 枝 松 来  邀　　　　　　　　我还手摘松枝邀情人，

Maix lix gaml jis jiangc xus dangs.
姑娘 还 捏 枝 树 来  邀　　　　　　妹还手拿树枝邀情哥。

Dangs gaais  yux  dalmbail qyams meeh,
邀  那 情人 小姐  访  娘　　　　　　邀情哥来拜访我母亲，

Haanx gaais ndaangl bix goy qyams meeh.
约  那  身  哥哥 访  娘　　　　　　约情郎来拜见我爹娘。


Haaus nuangx neec xih nauz yiangh nix,
话  妹 小 就 说 样 这　　　　　　　　妹的话就这样说，

Liangh banz dauc los bix xih dauc,
想  成  来 助 哥 就 来　　　　　　　哥若能来就快来，

Ndiab banz xunz los goy xih xunz.
想  成  玩 助 哥 就 玩　　　　　　　哥若想玩就来玩。

Myaec laz qyoil haec lunz xanh meangh,
别 要 撬 给 幺 紧 紧　　　　　　不要让妹空盼望，

Myaec laz qyoil haec neec xanh meangh.
别 要 撬 给 妹 紧 盼　　　　　　不要给妹空等待。

Liangh deengl bas xih baangc rauz xux,
想 对 口 就 帮 我们 接　　　　　想合心就把歌接，

Liangh deengl dungx xih waz.
想 合 肚 就 抓　　　　　　　　想合意就接起唱。

Lings deg maix gaml gal xih qyies.
假如 是 老婆 捏 脚 就 罢　　　　如有老婆拉脚就算了，

Lings deg baz gaml jauc xih qyies.
假如 是 妻子 捏 头 就 罢　　　　如被老婆限制就罢了。


男：

Fih dangz bas los goy myaangz xux,
未 到 嘴 助 哥 忙 接　　　　　　歌未到嘴边哥忙接，

Fih dangz dungx los bix myaangz waz.
未 到 肚 助 哥 忙 抓　　　　　　歌未到身旁哥忙要。

Mbox lix maix laez goc jeenl gvaz,
没 有 姑娘 哪 抱 手臂 右　　　　没有谁来拉右脚，

Mbox lix baz laez goc jeenl soix.
没 有 老婆 哪 抱 手臂 左　　　　没有谁来抓左手。

Goy lix meangh gaais xoix lacniel,
哥 还 盼望 那 妹 下 江　　　　　哥还念你下江妹，

Mangx gaais riel lacdoh.
念 那 妹 下游　　　　　　　　　还在想你下方人。

Gul lix meangh daaml mangx,
我 还 盼 连 想　　　　　　　　我在盼呀盼，

Gul lix mangx daaml ngeh.
我 还 想 连 望　　　　　　　　　我在等呀等。

Xezlaez wal byagtfuz aangl doh?
哪时 花 浮萍 开 遍　　　　　　何时浮萍花开遍?

Xezlaez ros dagt ramx banz ndanl?
哪时 瓢 舀 水 成 个　　　　　何时葫芦成水瓢?

Xezlaez ranl xamzyux os nac?
哪时 见 情人 露 面　　　　　　何时情人才露面?

Xezlaez langc ndaix saaul xibhac gvaih meeh?
哪时 才 得 情妹 十五 侍候 娘　　何时才得年轻情妹侍候母亲?


Liangh gaais haaus mengz gvaail xez xaux:
想 那 话 你 妹 时 早　　　　　想你过去讲的话:

Dungx qyus bus suans bus,
相 在 时 算 时　　　　　　　　相聚一时算一时,

Dungx qyus ngonz suans ngonz.
相 在 天 算 天　　　　　　　　相处一天算一天。

Mosrez byal daangs hongz daangs qyus,
明后 鱼 各 塘 各 住　　　　　今后鱼各住一塘,

Mosrez byal daangs dengc daangs qyus.
明后 鱼 各 潭 各 住　　　　　将来人各在一方。

Gul daaus nauz mengz jis,
我 又 说 你 妹　　　　　　　　我又说你妹,

Goy genlis daaus gaangc riangz nuangx:
哥 忧郁 又 讲 和 妹　　　　　忧郁情哥跟你讲:

Duez mbyalgas langc lix qyus wangz lianl,
条 鲫鱼 才 有 在 塘 原来　　　鲫鱼还在旧塘,

Duez byaljianl langc lix qyus wangz qyuangx.
条 鲇鱼 才 有 在 塘 岩　　　　鲇鱼还游故渊。

Xac nuangx dangs deeml haanx xaaux bail,
等　妹　邀　和　约　才　去　　　　等妹邀约哥才走，

Bix miz luanl henc lail raanz laez xeel nuangx,
哥不乱登梯家哪丢妹　　　　　哥不乱爬哪家楼①，

Bix miz luanl henc dul raanz laez xeel yuangh.
哥不乱上门家哪丢你　　　　　哥不乱进哪家门。

Gul lix dosdongh xac liangclux,
哥　还　打　桩　等　花伞　　　　哥还站立等花伞，

Gul lix dos dux xac rumzxunl.
我　还　扎　桩　等　春风　　　　我还立定等春风。

Gul lix waanx gvaanglgunl xac mengz bux doh,
我还玩　光棍　等你人独　　　　我还做光棍等你一个，

Gul lix waanx gvaanglunl xac neec bux doh.
我还玩　光棍　等妹人独　　　　我还做单身等妹一人。

Liangh gaais haaus mengz gvaail xez xaux:
想　那　话　你　妹　时　早　　想你先前说的话：

Haanx bus bail xus bus,
约　段　去　放　段　　　　　　约了一次又一次，

Haanx ndianl bail xus ndianl.
约　月　去　放　月　　　　　　约了一月又一月。

Miz ranl yux xamzqyianl qyams meeh,
不见情人玩怨访娘　　　　　　不见情哥来拜访母亲，

Miz ranl ndianl xibhac qyams meeh.
不见月十五访娘　　　　　　　不见情郎来拜见老人。

Naz neec ramx meangl raiz,
田小水渠长　　　　　　　　　田小水渠长，

①这句中的爬楼，是指新郎去接新娘（即接亲）；下楼，是指姑娘出嫁。这句话的意思是指哥（青年人）未结婚。

132

Ramx miz bail los naz xih dees.
水　不　去　助　田　就　开　裂　　　　水不进来田就干。


Yiangh ndaangl jis ndaangl goy xez nix.
样　身　己　身　哥　时　这　　　　像哥自己这时候，

Miz bail jeedt saml nuangx,
不　去　痛　心　妹　　　　不走又伤妹的心，

Miz byaaic uangx saml naangz,
不　走　操　心　小姐　　　　不去又伤妹的情，

Bail yieh hoongl ndael raanz miz bianh.
去　也　活路　里　家　不　便　　　　去了家头活路难推进。

Yiangh ndaangl jis ndaangl goy meanh nix,
样　身　己　身　哥　时　这　　　　像哥自己这时候，

Miz gvaih bas lac ndunx,
不　搞　嘴　要　吞　　　　不做嘴要吃，

Miz gvaih dungx lac genl.
不　搞　肚　要　吃　　　　不做肚就饿。

Buxlaez xiangx gvaanglgunl gvas xeeuh?
哪人　养　光棍　过　辈　　　　谁养光棍一辈子？

Buxlaez xiangx bix goy gvas xeeuh?
哪人　养　哥哥　过　辈　　　　谁养情哥一辈子？

Ndiab gusnix dauc dangz,
想　这些　来　到　　　　想到这些来，

Gul haanxsaml miz rauh,
我　寒心　不　少　　　　我寒心不少，

Bix hamzdungx miz rauh.
哥　气愤　不　少　　　　哥气愤不少。

Yiangh gaais haaus mengz neec nauz xaux,
样 那 话 你 妹 说 早　　　　　想你先前说的话：

Dangs saauhlaez miz dauc,
邀 多少 不 来　　　　　邀多少次也不见来，

Haanx saauhlaez miz mal,
约 多少 不 来　　　　　约多少回也不见到，

Leeuxhaanx gul dangs mos.
无望 我 邀 新　　　　　无奈我再邀一次。

Nuangx daaus dangs bix dauc ndianlsaaml,
妹 又 邀 哥 来 三月　　　妹又邀哥三月来，

Haanx bix dauc hacnguad.
约 哥 来 五月　　　　　约哥五月来。

Hacnguad bail xibhac,
五月 去 十五　　　　　五月十五那一天，

Doh beangz gac roongl mboonl,
整 地方 砍 叶 芭茅　　　人人都砍芭茅叶，

Doh beangz rooml roongl jaus.
整 地方 集 叶 桐子　　　人人都拢桐树叶。

Gul lix xaus soongl wenz bail xux,
我 还 派 两 人 去 接　　　我还派两人去接哥，

Xaus soongl bux bail raiz.
派 两 个 去 请　　　　　派两个去请哥。

Bix miz bail xih gaanh,
哥 不 去 就 无法　　　　情哥不去就无法，

Bix ronl jail miz dauc xih gaanh.
哥 路 远 不 来 就 无法　　远乡哥不来就无奈。

Naul mengz mbidt nac dauc gul nauz,
说 你 转 脸 来 我 说　　叫你转头来听我讲，

Gauz ndaangl dauc gul sos：
弯　身　来　我　诉　　　　　　　　　叫你躬身来听我说：

Mengz xix ndianl dangs ndianl miz dangs,
你　助　月　邀　月　不　邀　　　　　你呀,哪月该邀你不邀,

Ndianl haanx ndianl miz haanx.
月　约　月　不　约　　　　　　　　哪月当约你不约。

Nuangx bail dangs bix dauc ndianl saaml,
妹　去　邀　哥　来　月　三　　　　妹去邀哥三月来,

Haanx bix dauc hac nguad.
约　哥　来　五　月　　　　　　　　约哥五月来。

Hac nguad bail xibhac,
五　月　去　十　五　　　　　　　　五月十五那一天,

Roh jac bas ngaamzfengz,
把　秧　分　　虎　口　　　　　　　一把青秧在手头,

Ddianl deel gul miz waangs.
月　那　我　不　空　　　　　　　　那月我不空。

Buxlaez waangs bail yux hoongl hanl?
哪个　空　去　遊　活路　忙　　　　农忙时哪个有空去游?

Mengz nauz gul miz banz xih qyies,
你　说　我　不　成　就　算　　　　你说我不行也好,

Nauz bixgvaangl miz luamc xih qyies.
说　哥哥　不　好　就　算　　　　你说哥不好也罢。

Gul daaus nauz mengz nuangx,
我　又　说　你　妹　　　　　　　　我又说你妹,

Wenz fangxndeeul dauc gaangc rianghz nih：
人　独　一　来　讲　和　你　　　　单身人来跟你讲：

Nauz mengz naaizhoz daaml naaizhoz,
说 你 耐心 加 耐心　　　　　　说你耐心再耐心，

Naaizhoz xac ndianl mos,
耐心 等 月 新　　　　　　　　耐心等下月，

Naaizhoz xac ndianl langl.
耐心 等 月 后　　　　　　　　耐心等下季。

Gul mbaangx bail riangz mengz sasneeh,
我 可能 去 跟 你 点点　　　　下季可能去见你，

Waangh ndaix bail riangz mengz sasneeh.
也许 得 去 跟 你 点点　　　也许有时间会你。


Lumc gaais haaus mengz neec nauz xaux:
像 那 话 你 妹 说 早　　　　像你早先说的话：

Dangs leeux daaml dangs mos,
邀 完 接 邀 新　　　　　　　邀了又再邀，

Daaus dangs doh ndeeul deeml.
又 邀 遍 一 再　　　　　　　再来邀一遍。

Gul xih dangs bix dauc ndianlsaaml,
我 就 邀 哥 来 三月　　　　　我又邀哥三月来，

Haanx bix dauc rogtnguad.
约 哥 来 六月　　　　　　　　约哥六月来。

Rogtnguad bail xibrogt,
六月 去 十六　　　　　　　　六月十六那一天，

Nuangx bail gvaih rih waais oonx haaic,
妹 去 理 地 棉花 对面 海　　妹到江边看棉花地，

Gvaih rih ndaanx oonx niel.
理 地 麻 对面 江　　　　　　妹去江岸看麻地。

Gul lix eeux jis jiex xus dangs,
我 还 摘 枝 松 来 邀　　　　手摘松枝邀情人，

Maix lix gaml jis jiangc xus dangs.
姑娘 还 捏 枝 树 来 邀　　　　　手拿树枝邀情哥。


Dauc bix waanz xonz haaus,
来 哥 回 句 话　　　　　　　来哥回你话，

Dauc bix daaus xonz gaangc：
来 哥 还 句 讲　　　　　　　哥来把话跟你讲：

Mengz maz ndianl dangs ndianl miz dangs,
你 怎么 月 邀 月 不 邀　　　该邀的月你不邀，

Mengz maz dangs bix dauc ndianlsaaml？
你 怎么 邀 哥 来 三月　　　你怎么邀哥三月来？

Haanx gvaangl xunz rogtnguad？
约 哥 玩 六月　　　　　　　约哥六月玩？

Rogtnguad bail xibrogt,
六月 去 十六　　　　　　　六月十六那一天，

Goy lix xoih gaez logt aul ramx bail damz,
哥 还 修 那 水车 要 水 去 塘　　哥还在修水车来灌溉塘，

Bix lix xoih gaez logt aul ramx bail naz.
哥 还 修 那 水车 要 水 去 田　　哥还在修水车来灌溉田。

Bix lix ral faixndogt gueh dengx,
哥 还 找 苦竹 做 拐棍　　　哥还找苦竹做拐棍，

Ral gueh dengx ndaail naz,
找 做 拐棍 薅 田　　　　　拿做拐棍来薅秧，

Ndianl deel raz miz waangs.
月 那 我 不 空　　　　　　那月我不空。

Buxlaez waangs bail xunz ndianl hanl？
哪个 空 去 玩 月 忙　　　农忙时谁有闲去玩？

Nauz bix miz lix saml xih qyies,
说 哥 不 有 心 就 算　　　你要说哥无心也好，

Nauz gvaangl miz liz sinc xih qyies.
说　我　不　有　心　就　算　　　　　说哥无情也罢。


Gul daaus nauz mengz nuangx,
我　又　说　你　妹　　　　　　　我又说了妹，

Ndianl goons fih ndaix bail dangz yux,
月　前　未　得　去　到　情人　　　前月没有去看你，

Ndianl ndux fih ndaix bail dangz mengz.
月　先　未　得　去　到　你　　　上月没有会你面。

Nauz mengz gaml liangxsaml xos manh,
说　你　掌握　良心　放　稳　　　你要稳住心思，

Nauz nuangx gaml liangfsiny xos manh.
说　妹　掌握　良心　放　稳　　　你要镇定心情。

Xianl wenz daauh los mengx miec xux,
千　人　讲　助　你　别　接　　　有千人来问①你别答应，

Faanh bux dianl los nuangx nyah is,
万　个　提　助　妹　别　依　　　有万人来说你别同意。

Dez liangxjil xac bix bux doh,
带　记性　等　哥　个　一　　　记住只等哥一个，

Dez liangxjil xac goy wenz doh.
带　记性　等　哥　人　一　　　记得只等哥一人。

Haaus beanl gul xih nauz yiangh nix,
话　本　我　就　说　样　这　　　我的话就这样说，

Liangh deengl bas xih baangc rauz xux,
想　对　口　就　帮　我们　接　　　觉得对口就把歌接，

Liangh deengl dungx xih baangc rauz haanl.
想　对　肚　就　帮　我们　答　　　认为合意就接起唱。

　　①问，指说媒。

女：

Weanl dies weanl xih xux,
歌　搁　歌　就　接

唱歌就用歌来接，

Bux dies bux xih haanl.
人　搁　人　就　接

一人唱了一人接。

Gul aanh haanx bixgvaangl gul dangz qyams meeh,
我　原本　约　哥少爷　我　到　访　娘

我是约情哥拜访母亲，

Meangh bixgvaangl gul dauc qyams meeh.
盼望　哥少爷　我　来　访　娘

盼望情郎来拜见老人。

Neec aans meangh daaml mangx,
妹　原本　盼望　加　愿望

妹盼了又盼，

Nuangx aans madx daaml hel.
妹　原本　愿望　加　希望

妹等了又等。

Xezlaz bix langc dangz qyams meeh?
哪时　哥　才　到　访　娘

何时情哥拜访母亲？

Xezlaez gvaangl xaaux dauc qyams meeh?
什哪　少爷　才　来　访　娘

何时情郎拜见老人？

Yiangh beanl jis beanl neec meanh nix,
样　本　己　本　妹　时　这

像妹自己这时候，

Gul bail xux xamx lac gol jaais,
我　去　接　凉　下　棵　青杠

我躲阴凉在青杠树下，

Gul bail qyasnaais lac gol raul.
我　去　休息　下　棵　枫香

我休息在枫香树脚。

Liangh dangz haaus mengz nauz xez xaux,
想　到　话　你　说　时　早

想起你先前的话，

Mengz maz bas daaml bas nauz nix:
你　怎么　口　接　口　说　这

你口口声声说这话：

情友歌　邀约歌

Dangs bix dauc ndianlsaaml,
邀 哥 来 三月

邀哥三月来，

Haanx gvaangl xunz hacnguad.
约 哥 玩 五月

约哥五月来。

Hacnguad bail xibhac,
五月 去 十五

五月十五那一天，

Roh jac bas ngaamzfengz,
把 秧 分 虎口

一把青秧捏手头，

Bix gungz dauc qyams meeh,
哥 无法 来 访 娘

情哥无法拜访母亲，

Yux dalmbail gungz dauc qyams meeh.
情人 小姐 无法 来 访 娘

情郎无法拜见老人。

Nuangx lix saml xih xac ndianl mos,
妹 有 心 就 等 月 新

妹有心就等下月，

Lix hoz xih xac ndianl langl.
有 意 就 等 月 后

妹有意就等下季。

Ndianl mos mbaangx dauc banz,
月 新 可能 来 成

下月可能走得成，

Ndianl langl bix mbaangx dangz mbaangx mbaus,
月 后 哥 可能 到 可能 否

下季可能来得到，

Dangz ndianl langl mbaangx dauc mbaangx mbaus.
到 月 后 也许 来 也许 否

再到下月就来不了。


Dauc gul nauz mengz geas,
来 我 说 你 吧

我说你呀哥，

Mengz xih lox gul ndoil.
你 就 哄 我 空

你说话哄人。

Hacnguad bail xibhac,
五月 去 十五

五月十五那一天，

Gul yius naz dongh genz raanz bix ndaml leeux,
我　瞧　田　坝　上　家　哥　栽　　完　　　我看哥家上坝田已栽完，

Gul eemh naz dongh lac raanz bix ndaml xaiz.
我　见　田　坝　下　家　哥　栽　齐　　　我见哥家下坝田已栽过。

Yux ronl jail miz xunz riangz ngoj,
情人　路　远　不　玩　和　　我　　　　　远路哥不愿来同我，

Yux ronl jail miz dauc riangz ngoj.
情人　路　远　不　来　和　　我　　　　　远乡哥不肯来见我。


Ndiab gusnix dauc dangz,
想　这些　来　到　　　　　　　　　想到这些来，

Mengz maz xeehndaix lox daaml lox?
你　怎么　舍得　哄　又　哄　　　　　你怎么老是在哄骗？

Lox gul mbangl laucdiangz dogt yah,
哄我　酿　酒甜　落　滴　　　　　　哄我酿甜酒等你，

Lox gul mbangl lauc heenc dogt yah,
哄　我　酿　酒　黄　落　滴　　　　哄我酿黄酒等你，

Lauc dogt yah mbox ranl bix dangz.
酒　落　滴　不　见　哥　到　　　　酿酒成了不见哥来玩。

Mengz lox gul mbangl duehngaz gueh nauh,
你　哄　我　泡　豆芽　做　烂　　　你哄我泡豆芽烂，

Lox gul baaul duehheenc gueh nauh.
哄　我　泡　黄豆　做　烂　　　　　你哄我泡黄豆烂。

Nauh bail jic maz joil,
烂　去　几　多　笋　　　　　　　　黄豆泡烂几笋筐，

Miz ranl goiz roonghndianl qyams mac,
不　见　婿　月亮　访　妈　　　　　不见情哥来拜访母亲，

Miz ranl gvaangl xibhac qyams meeh.
不　见　少爷　十五　访　娘　　　　不见情郎拜见老人。

Liangh xonz haaus mengz gaangc xez xaux:
想 句 话 你 讲 时 早　　　　想起你以前说的话:

Neec maz haanx bix dauc ndianlrogt?
妹 怎么 约 哥 来 六月　　　　妹怎么约哥来六月?

Rogtnguad bail xibrogt,
六月 去 十六　　　　六月十六那一天,

Bix lix xoih gaais logt bans ramx.
哥 还 修 那 水车 转 水　　　哥还在修水车来车水,

Xoih gaais logt bans ramx bail naz,
修 那 水车 转 水 去 田　　　修水车车水灌溉田,

Ndianl deel raz miz waangs.
月 那 我 不 空　　　　那月我不空。


Dauc gul waanz xonz haaus,
来 我 回 句 话　　　　来我回你话,

Mal gul daaus xonz gaangc haec bix:
来 我 还 句 讲 给 哥　　　来我答你言:

Ndianlrogt bail xibrogt,
六月 去 十六　　　　六月十六那一天,

Mbos naz gogt los goy ndaail leeux,
块 田 根底 助 哥 薅 完　　　大块田哥已薅完,

Naz lac eeux los bix ndaail runz,
田 下 房 助 哥 薅 光　　　寨脚田哥已薅过,

Wenz laail saml miz xunz xih gaanh,
人 多 心 不 玩 就 无法　　　花心人不玩也无法,

Wenz laail saml miz dauc xih gaanh.
人 多 心 不 来 就 无法　　　花心人不来也没法。

142

Liangh gusnix dauc dangz,
想　这些　来　到　　　　　　　　想到这些来，

Rox mengz banz gaaisneeus nix xaux.
知　你　成　样子　这　早　　　　　早知道你成这样。

Dieh gaul　idt　raanz goy miz waans basngvax,
蓬　藤　葡萄　家　哥　不　翻过　瓦檐　　哥家葡萄藤翻不过瓦檐，

Dieh gaul　qyax　raanz bix miz faans baangx xiangz.
蓬　藤　野葡萄　家　哥　不　翻　壁　墙　　哥家葡萄藤翻不过墙头。

Rox bix gvaangl miz riangz riml xeeuh,
知　哥　少爷　不　跟　满　辈　　　　知哥不会和我一辈子，

Rox bix gvaangl miz gaangc riml xeeuh.
知　哥　少爷　不　讲　满　辈　　　　知哥不会交往一辈子。


Liangh haaus gaus jiezbanh mengz bix,
想　话　旧　刚才　你　哥　　　　　想起你刚才的话，

Boilxix laail xaangh gaangc xaangh lenh.
背时　多　会　讲　会　摆　　　　　全是花言和巧语。

Xaangh lenh daaml xaangh nauz,
会　摆　加　会　说　　　　　　　　你真是能说会道，

Xonz laez qyogt saml rauz yieh rauh,
句　哪　掏　心　我们　也　很　　　尽说甜言迷我心，

Xonz laez laul liangfxiny yieh rauh.
句　哪　撬　良心　也　很　　　　　尽说蜜语醉我情。


Liangh gaais haaus mengz nauz yiangh nix:
想　那　话　你　说　样　这　　　　想起你话这么说：

情友歌　邀约歌

143

Jic ndianl goons fih ndaix bail dangz yux,
几 月 前 未 得 去 到 情人　　　前几月没有去看你，

Jic ndianl ndux fih ndaix bail dangz nuangx.
几 月 先 未 得 去 到 妹　　　上几月没有会你面。

Nauz mengz gaml liangzsaml xus manh,
说 你 掌握 良心 放 稳　　　你要稳住心思，

Nauz nuangx gaml liangfsiny xus manh.
说 妹 掌握 良心 放 稳　　　你要镇定心情。

Xianl wenz daauh los mengx myaec xux,
千 人 讲 助 你 别 接　　　有千人问讲你别应，

Faanh bux dianl los nuangx nyah is.
万 个 提助 妹 别 依　　　有万人来说你别依。

Ruz liangxjil xac bix bux doh,
扶 记性 等 哥 个 一　　　记住只等哥一个，

Ruz liangxjil xac goy wenz doh.
扶 记性 等 哥 人 一　　　记得只等哥一人。

Gul daaus nauz mengz bix,
我 又 说 你 哥　　　我又说了哥，

Dauc nuangx nauz mengz las.
来 妹 说 你 吧　　　来我说你吧。

Lumc beanl jis beanl neec meanh nix,
像 本 己 本 妹 时 这　　　像妹自己这时候，

Bas gaangc xinl riangz bix,
嘴 讲 真 和 哥　　　全是同哥说真话，

Xonz liangzsaml riangz nih.
句 良心 和 你　　　全是跟哥吐真言。

Xonz sagndagt sagndanx xih mengz,
句 哄话 假话 就 你　　　说哄话假话的是你，

Dez laail saml xih wenz lacdoh,
带 多 心 就 人 下游 玩花心的是下方人，

Dez laail saml xih goy lacdoh.
带 多 心 就 哥 下游 玩花心的是下游人。

Lumc beanl jis beanl neec meanh nix,
像 本 己 本 妹 时 这 像妹自己这时候，

Xac genl haux xoongz dams,
等 吃 饭 桌 矮 等你坐矮桌吃饭，

Hams genl haux xoongz saangl.
问 吃 饭 桌 高 问哥坐高桌吃粥。

Gul lix jaangs ndaangl ndeeul xac mengz bux doh,
我 还 保持 身 一 等 你 个 独 我还是单身等你一个，

Jaangs ndaangl ndeeul xac goy bux doh.
保持 身 一 等 哥 个 独 坚持单身等哥一人。

Lumc beanl jis beanl neec meanh nix,
像 本 己 本 妹 时 这 像妹自己这时候，

Xac haadt bail xos haadt,
等 朝 去 放 朝 一天天的等待，

Meangh ndianl bail xos ndianl.
盼望 月 去 放 月 一月月的期盼。

Miz ranl yux xamznyianl gul dangz qyams meeh,
不 见 情人 玩怨 我 到 访 娘 不见情哥来看母亲，

Miz ranl yux roonghndianl gul dauc qyams meeh.
不 见 情人 月亮 我 来 访 娘 不见情郎来见老人。

Liangh gusnix dauc dangz,
想 这些 来 到 想到这些来，

Leeux hamz laail neec dauc dangs mos,
很　气愤　多　妹　来　邀　新　　　　　　妹气愤又来再邀一次，

Doh daaml doh dungx daaml.
遍　接　遍　相　连　　　　　　　　　　接二连三邀你来。

Gul xih dangs bix dauc ndianlsaaml,
我　就　邀　哥　来　　三月　　　　　　我又邀哥三月来，

Haanx bix dauc ndianlxadt.
约　哥　来　　七月　　　　　　　　　约哥七月来。

Ndianlxadt bail xibxadt,
七月　　去　十七　　　　　　　　　　七月十七那一天，

Lumc beanl jis beanl neec meanh nix,
像　本　己　本　妹　时　这　　　　　　像妹自己这时候，

Gul xih bail reegt raanz gabngauz xac bix,
我　就　过　旁边　房　摄影　等　哥　　我就去摄影房旁边等哥，

Nuangx xih bail heenz raanz siangljic xac nih.
妹　就　去　旁边　房　相机　等　你　　妹就去照相馆旁边等你。

Nuangx xih meangh gaais　yux　roonghndianl,
妹　就　盼望　那　情人　月亮　　　　我盼望心爱的情郎，

Meangh mengz saaul mbael siangl gauc nac,
盼望　你　照　张　像　看　脸　　　　盼你来照相留影，

Meangh gaais ndianl xibhac qyams meeh.
盼望　哪　月亮　十五　访　娘　　　　盼你来看望母亲。


Lumc beanl jis beanl neec meanh nix,
像　本　己　本　妹　时　这　　　　　像妹自己这时候，

Miz roxheeh mengz dauc miz dauc?
不　知道　你　来　不　来　　　　　　不知道你来不来？

Miz roxheeh mengz dangz miz dangz?
不　知道　你　到　不　到　　　　　　不知道你到不到？

Ndilhamz gul dangs mos.
气愤　我　邀　新　　　　　　　　　　气愤我又再邀一次。

Gul daaus dangs bix dauc ndianlsaaml,
我　又　邀　哥　来　　三月　　　　　我就邀哥三月来，

Haanx gvaangl dauc beedtnguad.
约　少爷　来　　八月　　　　　　　约哥八月来。

Beedtnguad bail xibbeedt,
八月　　去　十八　　　　　　　　　八月十八那一天，

Doh beangz bail rad haux baangx damz,
整　地方　去　剪　米　边　　塘　　　全村都到塘边收割，

Doh beangz bail rad haux jaangl naz.
整　地方　去　剪　米　中　田　　　　全寨都到田间挞米。

Gaxlix raz qyus nix dangs yux,
只有　我　在　这　邀　情人　　　　　只有妹在这邀情哥，

Gaxlix gul qyus nix dangs mbaaus.
只有　我　这　邀　　情哥　　　　　唯独妹在这等情郎。

Gul xih dangs gaais yux ronl jail,
我　就　邀　那　情人　路　远　　　　我还在这邀远方的情哥，

Meangh gaais yux dalmbail qyams may,
盼望　那　情人　小姐　　访　妈　　　盼望情哥来访母亲，

Meangh gaais yux xibhac qyams meeh.
盼望　那　情人　十五　访　　娘　　　盼望情郎来拜见老人。


Lumc beanl jis beanl neec meanh nix,
像　本　己　本　妹　时　这　　　　　像妹自己这时候，

Gul lix daaus dangs baiz ndeeul mos,
我　还　亦　邀　次　一　新　　　　　我又重新邀一次，

Dangs bix doh ndeeul deeml.
邀　哥　遍　一　再　　　　　　　　　再次重复邀一回。

Aul  yux  beengz gul mal xaaux qyies,
要 情人 宝贵 我 来 才 罢　　　　　　要情哥来到才罢休，

Aul bix gvaail gul dangz xaaux qyies.
要 哥 聪明 我 到 才 罢　　　　　　要情郎到家才心甘。

Gul xih dangs bix dauc ndianlsaaml,
我 就 邀 哥 来 三月　　　　　　我就邀哥三月来，

Haanx bix gvaail gul dauc gucnguad.
约 哥 聪明 我 来 九月　　　　　　约哥九月来。

Gucnguad bail xibguc,
九月 去 十九　　　　　　九月十九那一天，

Mbos hauxmuh raanz nuangx banz daanl,
块田 荞麦 家 妹 成 担　　　　　　妹家荞麦已成熟，

Meeuz hauxwangl raanz neec banz dais.
庄家 小米 家 妹 成 割　　　　　　妹家小米已成收。

Gul lix meangh gaais yux nacmais mal daanl,
我 还 盼望 那 情人 红颜 来 担　　　　　　我盼望情人来帮忙，

Meangh gaais yux xibsaaml qyams meeh,
盼望 那 情人 十三 访 娘　　　　　　盼望情哥来拜访母亲，

Meangh gaais gvaangl xadtdaauc qyams meeh.
盼望 那 少爷 七 铸 访 娘　　　　　　盼望情郎来拜见老人。


Lumc beanl jis beanl neec meanh nix,
像 本 己 本 妹 时 这　　　　　　像妹自己这时候，

Dauc maix nauz mengz las：
来 妹 说 你 吧　　　　　　妹来跟你说：

Liangh banz dauc xih dauc,
想 成 来 就 来　　　　　　想来就快来，

Liangh banz dangz xih dangz.
想 成 到 就 到　　　　　　想访就来访。

Xamz xez ndeeul xih gvas,
玩　时　一　就　过　　　　　　　　玩一时就过，

Qyams xez ndeeul xih waaic,
访　时　一　就　走　　　　　　　　访一下就走，

Miz deg gvaanl ings baz jiezraaix.
不　是　夫　和　妻　真的　　　　　不像真夫妻那样。

Is nauz banz gvaanlbaz,
若　说　成　夫妻　　　　　　　　　如要做夫妻，

Genz mbenl bois haec raz langc ndaix,
上　天　配　给　我　才　得　　　　也要老天许配才行，

Miz deg gal dungx laix xih gvas.
不　是　自　同　来　就　过　　　　不是私下来往就可以。

Lumc gaais jas rongzwenl,
像　那　阵　暴雨　　　　　　　　　像阵雨一样，

Ngoonz xez ndeeul xih mengz gvas jeemh,
观　时　一　就　你　过　坳　　　　观看一时你就走过山，

Ngoonz xez ndeeul xih goy gvas jeemh.
观　时　一　就　哥　过　坳　　　　观赏一眼哥就翻过坳。

Daangs meeuz eeux daangs daangl,
各　庄稼　家　各　挡　　　　　　　各人各种自家粮，

Daangs meeuz raanz daangs gos,
各　庄稼　家　各　顾　　　　　　　各人各办自家事，

Daangs roh bix daangs daangl.
各　族　哥　各　挡　　　　　　　　哥也各顾自家人。

Gaais mengz sies gul qyus jaanglbaanl nix daic,
那　你　丢　我　在　中途　这　哭　你把我抛在半路哭，

Sies gul ndunl jaucsiec nix meangh.
丢　我　站　屋角　这　盼　　　　　丢我在屋角空盼望。

Liangh gusnix dauc dangz,
想　这些　来　到　　　　　　　　　想到这些来，

Liangh banz dauc los mengz xih dauc,
想　成　来　助　你　就　来　　　　哥若想来就快来，

Liangh banz mal los bix xih mal.
想　成　来　助　哥　就　来　　　　哥若想访就来访。

Raz qyus nix aans mangx,
我　在　此　原本　等待　　　　　我在此一直等待，

Nyangx bozdul nuangxneec aans meangh.
娘　我们　小妹　原本　盼望　　　妹的母亲在期待。

Meangh ndanlros bians banz mbux,
盼望　水瓢　变　成　葫芦　　　　盼望水瓢变成葫芦，

Meangh yux bians banz gvaanl.
盼望　情人　变　成　夫婿　　　　盼望情人变成夫婿。

Meangh yux xibsaaml dangz raanz qyams may,
盼望　情人　十三　到　加　访　妈　盼望情人到屋看母亲，

Meangh bix gvaail dangz jac qyams meeh.
盼望　哥聪明　到　家　访　娘　　盼望情哥到家见老人。

Gogt miz lix los neec lac qvaail,
根底　没有　助　妹　要　让　　　根底薄了我要让，

Byaail miz lix los raz lac dies.
尾　没有　助　我　要　搁　　　　歌无尾了妹要交。

Liangh deengl bas xih baangc rauz xux,
想　对　口　就　帮　我们　接　　认为对口就把歌接，

Liangh deengl dungx xih nauz.
想　合　肚　就　唱　　　　　　　觉得合意就接起唱。

男：

Fih dangz bas los goy nyamz xux,
未 到 嘴 助 哥 速 接　　　　　　　歌未到嘴边哥忙接，

Fih dangz dungx los bix nyamz genl.
未 到 肚 助 哥 速 吃　　　　　　　歌未到肚边哥忙吞。

Aul ndaix bail dungx xunz xaaux qyies,
要 得 去 同 遊 才 罢　　　　　　　要得同妹玩才罢，

Aul ndaix bail qyams may xaaux qyies.
要 得 去 访 妈 才 罢　　　　　　　要得访妹的母亲才罢。

Aansyians bix yieh meangh daaml mangx,
原 本 哥 也 盼 连 等　　　　　　　原本哥也很盼望，

Meangh mengz gueh jobt haec rauz ndiangx,
盼 你 做 斗 笠 给 咱 戴　　　　　　盼你做个斗笠给我戴，

Meangh mengz gueh liangc haec rauz gaangl.
盼 你 做 伞 给 咱 打　　　　　　　盼你做把雨伞给我打。

Meangh mengz daangl meeuzraanz haec ngoj,
盼 你 挡 所有家务 给 我　　　　　　盼你来帮我理家务，

Meangh mengz daangl meeuzjac haec ngoj.
盼 你 挡 所有家业 给 我　　　　　　盼你来帮哥管家业。


Yiangh beanl jis beanl goy meanh nix,
样 本 己 本 哥 时 这　　　　　　　像哥自己这时候，

Gul gueh rih lac gol raul,
我 做 地 下 棵 枫香　　　　　　　我在枫香树脚种地，

Rauz roxnyiel mengz nauz jazbanh,
咱 听到 你 说 刚才　　　　　　　我听见你刚才说的话，

Rauz roxnyiel mengz gaangc jazbanh：
咱 听到 你 讲 刚才　　　　　　　哥听到妹刚才讲的话：

Dangs saauhlaez miz mal,
邀　几多　不　来　　　　　　　邀几多次不见来，

Haanx saauhlaez miz dangz,
约　几多　不　到　　　　　　　约多少回也不见到，

Ndihhamz neec dangs mos.
生气　小妹　邀　新　　　　　　妹气愤又重新邀。

Gul xih dangs bix dauc ndianlsaaml,
我　就　邀　哥　来　三月　　　　我就邀哥三月来，

Haanx bix byaaic xadtnguad.
约　哥　走　七月　　　　　　　约哥七月来。

Xadtnguad bail xibxadt,
七月　去　十七　　　　　　　　七月十七那一天，

Gul xih bail reegt raanz gabngauz xac bix,
我　就　去　旁　家　摄影　等哥　我就去摄影房旁边等你，

Bail heenz raanz siangljiy xac nij.
去　边　房　相机　等　你　　　　到照相馆旁边等哥。

Nuangx xih meangh gaais bix roonghndianl,
妹　就　盼　那　哥　月亮　　　　我在期待情哥哥，

Meangh mengz saaul mbaelsiangl gauc nac,
盼　你　照　张　像　看　脸　　　希望你来照相留影，

Meangh gaais ndianl xibhac qyams meeh.
盼　那　月　十五　访　母亲　　　盼望你来拜见我母亲。


Dauc gul nauz mengz jis,
来　我　说　你　妹　　　　　　　来我说你妹，

Goy genlyis dauc nauz mengz nuangx.
哥　忧郁　来　说　你　妹　　　　忧郁的情哥跟你讲。

Mengz xiz ndianl dangs ndianl miz dangs,
你　助　月　邀　月　不　邀　　　你呀哪月能邀你不邀，

Ndianl haanx ndianl miz haanx.
月　约　月　不　约　　　　　　哪月该约你不约。

Mengz maz dangs bix dauc ndialsaaml,
你　怎么　邀　哥来　　三月　　　你偏要邀我三月来，

Haanx bix byaaic xadtnguad.
约　哥　走　七月　　　　　　　约哥七月来。

Xadtnguad bail xibxadt,
七月　　去　十七　　　　　　　七月十七那一天，

Gul lix banz liamz dadt gaulqyax,
我　还　磨　镰刀　割　青藤　　　我还在磨镰刀去割青藤，

Goy lix banz xax gac gaullail.
哥　还　磨　柴刀　杀　野藤　　　磨柴刀去砍野藤。

Bih gul miz dadt gaulqyax,
假如我　不　割　青藤　　　　　假如我不割青藤，

Bih bix miz gac gaullail.
假如哥　不　杀　野藤　　　　　假如哥不砍野藤。

Gaulqyax deel xih bail ramh rih,
青藤　它　就　去　遮　地　　　青藤就要遮挡地，

Xaz gaullail deel duec ramh rih.
蓬　野藤　它　茂盛　遮　地　　野藤就要盖庄稼。

Lumc beanl jis beanl goy xez nix,
像　本　己　本　哥　时　这　　像哥自己这时候，

Rih bix yieh xus soongl gvaz,
地　哥　也　放　两　薅锄　　　地我也薅两次，

Naz bix yieh ndaail soongl daaus.
田　哥　也　薅　两　回　　　　田我也要薅两回。

Ndaail soongl daaus dazraaix yunzyunz,
薅　两　回　真正　统统　　　　样样都得薅两遍，

Bix miz dangz xunz neec nyaec ndas,
哥 不 到 遊 小妹 别 骂

哥来不到你别骂，

Bail miz dangz nac nuangx nyaec ndas.
去 不 到 面 妹 别 骂

去不到见妹别骂。


Ndiab xonz haaus jazbanh mengz nuangx,
想 句 话 刚才 你 妹

想起妹刚才说的话，

Dangs saauhlaez miz dauc,
邀 几多 不 来

邀几多次都不来，

Haanx saauhlaez miz mal.
约 几多 不 来

约多少回也不到。

Mengz lox raz gueh laaus,
你 哄 妹 做 耽误

你哄我耽误青春，

Haaus lox gul gueh fuf.
话 哄 我 做 服

你说甜言蜜语让我服。

Miz ranl laaux saauhduz dauc qyams,
不 见 人 同班 来 访

不见哥你来探望，

Miz ranl ndaangl bixgoy dauc qyams.
不 见 身 哥哥 来 访

不见情哥来拜访。

Banz dangh nix laaillaail,
成 样 这 多多

既然成这样，

Banz dangh nix yangzyangz,
成 样 这 狠狠

既然是如此，

Leeux hamz nuangx dangs mos.
完 气愤 妹 邀 新

妹很气愤又重邀。

Gul daaus dangs bix dauc ndianlsaaml,
我 又 邀 哥 来 三月

我又邀你三月来，

Haanx bix byaaic beedtnguad.
约 哥 走 八月

约哥八月来。

Beedtnguad bail xibbeedt,
　八月　　去　十八　　　　　　　　　　八月十八那一天，

Doh beangz reedt rad haux ndael damz,
遍　地方　剪刀　剪　稻穗　里　　塘　　整个地方都在田坝收割，

Doh beangz reedt rad haux ndael naz,
遍　地方　剪刀　剪　稻穗　里　田　　整个地方都在田间挞米。

Gax lix raz qyus nix dangs bix,
只　有　妹　在　这　邀　哥　　　　　只有我在此邀情哥，

Gax lix gul qyus nic dangs mbaaus.
只　有　我　在　此　邀　　情哥　　　唯独妹在此约情郎。


Dauc gul nauz mengz jis,
来　我　说　你　妹　　　　　　　　来我说了妹，

Goy genlyis daaus nauz mengz nuangx:
哥　忧郁　又　说　你　　妹　　　　忧郁的情哥跟你讲：

Xez ndeeul gvaangl yieh siangh jail byaaic,
时　一　　哥　也　想　想　走　　　一时间我也想去走走，

Bix yieh siangh jaiz xunz.
哥　也　想　想　遊　　　　　　　　一时间哥也想去游游。

Hamz gaez bix gvaanglgunl miz waangs,
生气　那　哥　　光棍　　不　空　　只恨光棍哥没空，

Hamz gaez ndaangl bixgoy miz waangs.
生气　那　身　　哥哥　不　空　　　遗憾哥自身不空。

Beedtnguad bail xibbeedt,
　八月　　去　十八　　　　　　　　　八月十八那一天，

Weangc raanz bix banz daanl,
　小米　家　哥　成　收　　　　　　　哥家小米已成熟，

Wangl raanz goy banz reedt.
红稗　家　哥　成　剪　　　　　　　哥家红稗已可收。

Weangc miz reedt los weangc ragt rumz,
小米　不　剪　助　小米　断　风　　　　　小米不割就要倒，

Wangl miz daanl los wangl bomxrah.
红稗　不　石　助　红稗　发芽　　　　　红稗不收就要坏。

Gul lix dez reedt rongz naz jah,
我　还　带　剪刀　下　田　沙坝　　　　我得带剪刀下沙田，

Goy lix dez reedt hauc naz bongz,
哥　还　带　剪刀　进　田　稀　　　　　我得带镰刀下稀田，

Ndianl deel ndaangl bixdongz miz waangs.
月　那　身　哥哥　不　空　　　　　　那月哥不空。

Gul miz waangs bail gaangc riangz nuangx,
我　不　空　去　讲　同　妹　　　　　我没空去跟妹谈情，

Bix fih waangs riangz nuangx gueh xamz.
哥　未　空　同　妹　做　玩　　　　　我没空去跟妹玩耍。

Banz lumz anl mengz neeh,
成　忘　恩　你　点　　　　　　　　哥忘记你的情，

Banz lumz anl nuangxneec neehneeh.
成　忘　恩　小妹　　点点　　　　　哥忘记妹的恩。

Liangh xonz haaus mengz neec xez xaux,
想　句　话　你　小妹　时　早　　　　想起妹先前说的话，

Dangs saauhlaez miz dauc,
邀　几多　不　来　　　　　　　　邀几多次都不来，

Haanx saauhlaez miz mal.
约　几多　不　来　　　　　　　　约多少回都不见到。

Uangxual neec dangs mos,
烦恼　小妹　邀　新　　　　　　　小妹烦恼又重邀，

Nuangx dangs doh ndeeul deeml.
妹　邀　次　一　再　　　　　　　妹又重新邀一次。

Bail yux aul ranl beengz xaaux qyies,
去 玩 要 见 哥 才 罢　　　　谈情必须见到哥，

Ronl xamz aul ranl goy langc qyies.
路 玩 要 见 哥 才 罢　　　　恋爱必须见到郎。

Gul daaus dangs bix dauc ndianlsaaml,
我 又 邀 哥 来 三月　　　　我又邀你三月来，

Haanx bixgvaangl gul byaaic gucnguad.
约 哥哥 我 走 九月　　　　约我情哥九月来。

Gucnguad bail xibguc,
九月 去 十九　　　　九月十九那一天。

Mbos hauxmbus raanz nuangx banz daanl,
块田 荞麦 家 妹 成 收　　　　妹家荞麦已成熟，

Meeul hauxwangl raanz neec banz dais.
庄稼 红稗 家 小妹 成 割　　　　妹家红稗已可收。

Gul lix meangh duezyux bas mais mal daanl,
我 还 盼 情人 嘴 紫 来 收　　　　我盼望情哥来帮忙，

Meangh duezyux xibsaaml qyams meeh,
盼 情人 十三 访 母亲　　　　盼望情哥来拜访母亲，

Meangh gaais gvaangl xadt daauc qyams meeh.
盼 那 哥 七 铸 访 母亲　　　　盼望情郎拜见老人。


Dauc gul waanz xonz haaus mengz nuangx,
来 我 回 句 花 你 妹　　　　来我回你话吧小妹，

Mal gul daaus xonz gaangc mengz nuangx:
来 我 还 句 讲 你 妹　　　　来我答你言吧情妹：

Mengz xiz ndianl dangs ndianl miz dangs,
你 助 月 邀 月 不 邀　　　　你呀该邀的月你不邀，

Ndianl haanx ndianl miz haanx.
月 约 月 不 约　　　　该约的月你不约。

157

Dingh aul dangs bix dauc ndianlsaaml,
定 要 邀 哥 来 三月　　　　偏要邀哥三月来，

Haanx bix byaaic gucnguad.
约 哥 走 九月　　　　　　约哥九月来。

Gucnguad bail xibguc,
九月 去 十九　　　　　　九月十九那一天，

Duez bixgvaangl lix daic ndeeul nyaus,
本 哥哥 有 哭 一 困扰　　我自有我的忧愁，

Goy lix hoodt lix weangx ndeeul hanl.
哥 有 手 有 网 一 忙　　哥自有哥的活路。

Ndianl deel bail miz banz riangz nij,
月 那 去 不 成 同 你　　那月不能去同你，

Bixgvaangl byaaic miz banz riangz nij.
哥哥 走 不 成 同 你　　那月不能去会你。

Ndianlguc bail xibguc,
九月 去 十九　　　　　　九月十九那一天，

Gul lix xoih biangh das hauxmongx,
我 还 修筑 晒坝 晒 谷堆　　我还在修晒坝来晒谷，

Bix lix saanl longx jangl hauxbaanc.
我 还 编 箩 装 干谷　　哥还在编箩来装米。

Ndianl deel gvaangl miz waangs,
月 那 哥 不 空　　　　那月哥没空，

Miz ndaix waangs riangz nuangx guehxamz.
不 得 空 同 妹 玩耍　　没空去跟妹玩耍。

Banz lumz anl mengz neec genzdoh,
成 忘 恩 你 小妹 上游　　忘了上游妹的恩，

Banz wangfngeny mengz neec genzdoh.
成 忘 恩 你 小妹 上游　　忘了上方妹的情。

布依族 口传歌谣系列 BUYIZU KOUCHUAN GEYAO XILIE

Gul daaus nauz mengz nuangx,
我 又 说 你 妹

我又说你妹，

Lumc beanl jis beabl mengz xez nix,
像 本 己 本 你 时 这

像妹自己这时候，

Mengz lix saml xih xac ndianl mos,
你 有 心 就 等 月 新

你有心就等下月，

Lix xoh xih haanx ndianl deeml.
有 意 就 约 月 再

你有意就再等下月。

Dangz ndianl langl los beengz miz jiangh,
到 月 后 助 哥 不 拒绝

等到下月哥不推托了，

Dangz xibnguad los goy miz jiangh.
到 十月 助 哥 不 拒绝

等到十月哥不拒绝了。

Haaus beanl gul xih nauz yiangh nix,
话 本 我 就 说 样 这

哥的话就这么说，

Liangh deengl bas xih baangh rauz xux,
想 合 嘴 就 帮 咱 接

觉得合心你就接，

Liangh deengl dungx xih baangh rauz aul.
想 合 肚 就 帮 咱 要

认为合意你就要。

女：

Fih dangz bas los neec nyamz xux,
未 到 嘴 助 小妹 速 接

歌未到嘴来妹忙接，

Fih dangz dungx nyamz haanl.
未 到 肚 速 答应

歌未到肚来妹忙应。

Gul xiz meangh gaais faix lizsaanl dos dangs,
我 呀 盼 那 木 石榴 制作 凳子

我就盼石榴木来打凳①，

———————————

①打凳，指打制凳子。

Meangh mengz nangh riangz nuangx sianlnianz.
盼　你　坐　同　妹　妙龄　　　我就盼情哥跟妹坐。

Gul xih meangh gaais bix roonghndianl qyams may,
我　就　盼　那　哥　月亮　　访　妈　　我盼你来拜访我母亲，

Meangh gaais gvaangl xibhac qyams meeh.
盼　那　哥　十五　访　娘　　　　我盼哥来拜见我老人。

Lumc beanl jis raanz neec meanh nix,
像　本　己　家　小妹　时　这　　　像妹自己这时候，

Meeh yieh meangh daaml mangx,
母亲　也　盼　连　等　　　　　　母亲也在盼望，

Boh yieh mangx daaml hel.
父亲　也　等　连　盼　　　　　　我父亲也在期待。

Meeh gueh meeh yieh meangh gueh daais,
母亲　做　母亲　也　盼　做　外婆　　我母亲在盼望当外婆，

Boh gueh boh yieh meangh gueh dal.
父亲　做　父亲　也　盼　做　外公　　我父亲在期待当外公。

Meangh mengz mal riangz gul genzdoh,
盼　你　来　同　我　上游　　　　盼你来同上游妹成婚，

Meangh mengz mal riangz neec genzdoh.
盼　你　来　同　小妹　上游　　　盼你来跟上方妹成家。


Yiangh gaais haaus mengz goy xez xaux：
样　那　话　你　哥　时　早　　　　像哥先前说的话：

Ndianl dangs ndianl miz dangs,
月　邀　月　不　邀　　　　　　　该邀的月你不邀，

Ndianl haanx ndianl miz haanx.
月　约　月　不　约　　　　　　　该约的月你不约。

Dingh nauz dangs bix dauc ndianlsaaml,
定　要　邀　哥　来　三月　　　　偏要邀哥三月来，

Haanx bix byaaic xadtnguad.
约　哥　走　　七月　　　　　　　约哥七月来。

Xadtnguad bail xibxadt,
七月　　去　十七　　　　　　　　七月十七那一天，

Bix lix banz liamz dadt gaulqyax,
哥　还　磨　镰刀　割　　青藤　　哥还在磨镰刀去割青藤，

Goy lix banz xax gac gaullail.
哥　还　磨　柴刀　杀　野藤　　　哥还在磨柴刀去砍野藤。

Miz dadt gaullail lac ramh naz,
不　割　野藤　要　遮　田　　　　不割野藤要遮田，

Miz gac gaulqyax lac ramh rih.
不　杀　青藤　要　遮　地　　　　不砍青藤要盖地。

Bas daaml bas mengz nauz yiangh nix:
嘴　连　嘴　你　说　样　这　　　你还口口声声这么说：

Rih bix yieh xus soongl gvaz,
地　哥　也　放　两　薅锄　　　　地哥也薅两次，

Naz bix yieh ndaail soongl daaus.
田　哥　也　薅　两　回　　　　　田哥也薅两回。

Ndaail soongl daaus dazraaix yunzyunz,
薅　两　回　真正　统统　　　　　样样都是薅两遍，

Bix miz bail dangz xunz myaec ndas,
哥　不　去　到　遊　别　骂　　　哥来不到妹别骂，

Bail miz dangz nuangxneec myaec ndas.
去　不　到　小妹　别　骂　　　　不来会面妹别骂。


Dauc gul nauz mengz bix,
来　我　说　你　哥　　　　　　　来我说你哥，

Miz lix genl dauc gaangc riangz mengz:
不　有　吃　来　讲　跟　你　　　饥寒的妹妹跟你讲：

Bix miz dauc los nuangx aans nyaz,
哥 不 来 助 妹 本 生气　　　　　　哥不来妹很生气，

Mengz miz mal los neec aans nyaus.
你 不 来 助 小妹 本 气愤　　　　　你不到妹想发火。

Dangs saauhlaez miz dauc,
邀 几多 不 来　　　　　　　　　　邀你多次你不来，

Haanx saauhlaez miz mal.
约 几多 不 来　　　　　　　　　　约哥多次哥都不到。

Raanz nuangx mas duehngaz os nauh,
家 妹 泡 豆芽 出 烂　　　　　　　害妹家泡烂了豆芽，

Mbol gaais luof hauxsil os nauh.
爆 那 箩 糯米花 出 烂　　　　　　害妹家浪费了米花。

Nauh jic baanc masngaz,
烂 几 批 豆芽　　　　　　　　　　烂掉了几批豆芽，

Maz miz ranl mengz mal mus goy lacdoh,
怎么 不 见 你 来 呢 哥 下游　　也不见下游哥来到，

Maz miz ranl mengz dangz mus goy lacdoh.
怎么 不 见 你 到 呢 哥 下游　　也不见下游哥来访。

Lumc beanl jis beanl neec meanh nix,
像 本 己 本 小妹 时 这　　　　　像妹自己这时候，

Gul miz rox los neec lix meangh.
我 不 知 助 小妹 还 盼　　　　　我不知道还紧盼，

Neec lix meangh daaml mangx,
小妹 还 盼 连 等　　　　　　　　妹不知道还紧等，

Gul lix mangx daaml hel.
我 还 等 连 盼　　　　　　　　　我还在期待。

Xezlaez mengz dangz xunz riangz gul?
哪时 你 到 遊 同 我　　　　　　何时你来同我游乐？

Xezlaez bix dangz nac riangz gul?
哪时 哥 到 面 同 我　　　　　　　　何时哥来同我见面？

Lumc beanl jis beanl neec meanh nix，
像 本 己 本 小妹 时 这　　　　　　　像妹自己这时候，

Gul gueh sius xiz qyus lac liangc，
我 做 绣 助 在 下 伞　　　　　　　我在伞下做织绣，

Gueh nyib qyus lac lauz.
做 缝 在 下 楼　　　　　　　　　　我在楼脚做针线。

Rauz roxnyiel mengz nauz jazbanh：
咱 听到 你 说 刚才　　　　　　　　我们听到你刚才说的话：

Ndianl dangs ndianl miz dangs，
月 邀 月 不 邀　　　　　　　　　　哪月该邀你不邀，

Ndianl haanx ndianl miz haanx.
月 约 月 不 约　　　　　　　　　　哪月该约你不约。

Dingh nauz dangs bix dauc beedtnguad，
定 要 邀 哥 来 　 八月　　　　　　一定要邀哥八月来，

Haanx bix byaaic beedtnguad.
约 哥 走 　 八月　　　　　　　　　一定约哥八月来。

Beedtnguad bail xibbeedt，
八月 去 十八　　　　　　　　　　　八月十八那一天，

Weangc raanz bix banz daanl，
小米 家 哥 成 收　　　　　　　　　哥家小米已成熟，

Wangl raanz goy banz reedt，
红稗 家 哥 成 剪　　　　　　　　　哥家红稗已可收，

Ndianlbeedt ndaangl bixgoy miz waangs.
八月 　 身 哥哥 不 空　　　　　　　八月哥哥真不空。

Gul miz waangs bail yux ndianl henl，
我 不 空 去 浪哨 月 忙　　　　　　农忙时我没空去游，

Banz lumz anl yuxngih,
成 忘 恩 情妹

忘你恩了妹，

Banz wangfxiny yuxngih.
成 忘 心 情人

忘你情了妹。


Gul daaus nauz mengz bix,
我 又 说 你 哥

我又说你哥，

Miz lix genl daaus gaangc riangz nij:
不 有 吃 又 讲 同 你

饥寒的小妹又来说你：

Lumc beanl jis beanl neec meanh nix,
像 本 己 本 小妹 时 这

像妹自己这时候，

Neec yieh meangh daaml mangx,
小妹 也 盼 连 等

我在盼呀盼，

Nuangx yieh mangx daaml hel.
妹 也 等 连 盼

妹在等呀等。

Meangh xez bail xos xez,
盼 时 去 放 时

盼望一天又一天，

Mangx ndianl bail xos ndianl.
等 月 去 放 月

等待一月又一月。

Miz ranl mengz dianl dauc qyams meeh,
不 见 你 谈 来 访 母亲

不见你来看望母亲，

Miz ranl bix dianl byaaic qyams meeh.
不 见 哥 谈 走 访 母亲

没听你提到看望老人。


Ndiab gaais haaus mengz goy xez xaux,
想 那 话 你 哥 时 早

想起你先前的话，

Beedtnguad bix siangh qyamh,
八月 哥 想 迈步

八月哥想去拜访，

Gucnguad bix siangh xamz,
九月　哥　想　玩　　　　　　　九月哥也想去玩，

Hamz ndaangl goy miz waangs.
苦　身　哥　不　空　　　　　　遗憾哥没空。

Ndianlguc bail xibguc，
九月　　去　十九　　　　　　　九月十九那一天，

Gul lix xoih biangh das hauxmongx，
我　还　修筑　晒坝　晒　　谷堆　　哥还在修晒坝来晒谷，

Bix lix saanl longx jangl hauxbaanc，
哥　还　编　箩　装　干谷　　　哥还在编箩来装米，

Ndianl deel gvaangl fih waangs.
月　那　哥　未　空　　　　　　那月哥没空。

Miz ndaix waangs riangz nuangx gueh xamz，
不　得　空　同　妹　做　玩　　没空同妹玩乐，

Banz lumz anl mengz neec genzdoh，
成　忘　恩　你　小妹　上游　　忘你恩了上游妹，

Banz wangf xiny mengz neec genzdoh.
成　忘　心　你　小妹　上游　　忘你情了上方人。


Dauc gul waanz xonz haaus，
来　我　回　句　话　　　　　　来我回你话，

Mal gul daaus xonz gaangc mengz bix：
来　我　还　句　讲　你　哥　　来我答你言吧哥：

Dangs saauhlaez miz dauc，
邀　几多　不　来　　　　　　　邀你多次都不来，

Haanx saauhlaez miz dangz.
月　几多　不　到　　　　　　　约多少回都不到。

Gusnix gul roxnyiel ndihhamz mengz neeh，
现在　我　感到　生气　你　点　　现在我有点生气，

Nuangx roxnyiel haanxsinc mengz neeh.
妹　感到　寒心　你　点　　　　　　妹对你有点寒心。

Mengz maz xonz loxlies salheenc,
你　怎么　句　哄骗　黄纸　　　　　　你一时说是白的，

Xonz loxliex salndingl.
句　哄骗　红纸　　　　　　　　　　一时说是红的。

Miz lix xonz xinl laez haec ngoj,
不　有　句　真　哪　给　我　　　　没有哪句是心里话，

Miz lix xonz laez xinl haec ngoj.
不　有　句　哪　真　给　我　　　　没有哪是句真心话。


Gul daaus nauz mengz bix,
我　又　说　你　哥　　　　　　　　我又说你哥，

Miz lix genl dauc gaangc riangz nij:
不　有　吃　来　讲　同　你　　　　饥寒的小妹跟你讲：

Meanh nix mengz miz dauc los nuangx yieh ral,
时　这　你　不　来　助　妹　也　找　如今你不想来妹也盼，

Bix miz mal los neec yieh dangs.
哥　不　来　助　小妹　也　邀　　　哥不想来妹也邀。

Gul daaus dangs bix dauc ndianlsaaml,
我　又　邀　哥　来　　三月　　　　我邀哥三月来，

Haanx bix byaaic xibnguad.
约　哥　走　十月　　　　　　　　　约哥十月来。

Xibnguad bail xoc xib,
十月　去　初　十　　　　　　　　　十月初十那一天，

Waais dongh genz mengz goy rib leeux,
棉花　坝　上　你　哥　收　完　　　上坝的棉花哥收完，

Haux dongh lac mengz bix rib runz.
稻谷　坝　下　你　哥　收　光　　　下坝的稻谷哥收尽。

Hams mengz bix waangs xunz rox fih?
问　你　哥　空　遊　或　否

问你有空来了没有？

Ndaangl bixgoy waangs byaaic rox fih?
身　哥哥　空　走　或　否

情哥有闲来了没有？

Gul dangs mengz　xiz　dauc miz dauc?
我　邀　你　究竟　来　不　来

我邀你到底来不来？

Gul haanx bix　xiz　mal miz mal?
我　约　哥　究竟　来　不　来

我约你究竟到不到？

Mengz miz dauc los nuangx yieh ral,
你　不　来　助　妹　也　找

你不想来妹也盼，

Bix miz mal los neec yieh dangs.
哥　不　来　助　小妹　也　邀

哥不想来妹也邀。

Meanh nix naz neec ramxmeangl raiz,
时　这　田　小　水渠　长

如今田小水渠长，

Bix miz ngaiq los neec yieh dangs,
哥　不　爱　助　小妹　也　邀

哥不爱来妹也邀，

Yux ronz jail miz maaic yieh dangs.
情人　路　远　不　爱　也　邀

远路哥不乐意来妹也约。

Gul xih dangs bix dauc ndianlsaaml,
我　就　邀　哥　来　三月

我又邀哥三月来，

Haanx bix xunz ndianlidt.
约　哥　遊　十一月

约哥冬月来。

Ndianlidt bail xibidt,
十一月　去　十一

冬月十一那一天，

Bangz bigt neec nyumx leeux,
布　青　小妹　染　完

小妹的青布已染完，

Bangz foonx neec nyumx banz.
布　黑　小妹　染　成

小妹的黑布已染成。

Gul xih mangx gaais bix xinlsaml qyams meeh,
我 就 等 那 哥 真心 访 母亲　　我就等心上人来访母亲，

Meangh gaais ndaangl bixgoy qyams meeh.
盼 那 身 哥哥 访 母亲　　盼望情哥来拜见老人。

Heeh mengz maaic miz maaic,
不知 你 喜欢 不 喜欢　　不知你喜欢不喜欢，

Heeh bix ngaiq miz ngaiq.
不知 哥 爱 不 爱　　不知哥乐意不乐意。

Gul gah dianl gah maiz jazxiz,
我 自 谈 自 高兴 非常　　我想起就很高兴，

Nuangx gah dianl gah maaic jazxiz.
妹 自 谈 自 喜欢 非常　　妹想到就很喜欢。

Meanh nix gul daaus dangs bix dauc ndianlsaaml,
时 这 我 又 邀 哥 了 三月　　现又邀哥三月来，

Haanx gvaangl xunz ndianl laab.
约 哥 遊 腊 月　　约哥腊月来。

Ndianl laab waanz ndianl laab,
腊 月 归 月 腊　　腊月归腊月，

Ndianl laab banz nail laaux,
腊 月 成 雪 大　　腊月下雪大，

Ndianl laab banz nail laail.
腊 月 成 雪 多　　腊月下雪多。

Xac nail yongz mal lac,
等 雪 融化 来 下　　等到冰雪全融化，

Xac nail bans bail niel.
等 雪 转 去 江　　等雪融化流江海。

Baiznix riel lac xunz rox fih?
这回 你 要 遊 或 否　　这回你该来玩没有？

168

Yux lacniel lac dauc rox fih?
情人 下江 要 来 或 否　　　　　情哥该来访没有？

Lumc beanl jis beanl rauz meanh nix,
像 本 己 本 哥 时 这　　　　　像哥自己这时候，

Gul dangs mengz xiz dauc miz dauc?
我 邀 你 究竟 来 不 来　　　　　我邀你到底来不来？

Gul haanx mengz xiz xunz miz xunz?
我 约 你 究竟 遊 不 遊　　　　　我约你究竟到不到？

Mengz miz dauc los nuangx yieh gungz,
你 不 来 助 妹 也 无法　　　　　你不来妹也无法，

Bix miz xunz los neec yieh gaanh.
哥 不 遊 助 小妹 也 无奈　　　　　哥不来妹也无奈。

Gul miz gamh mengz bix gueh maz,
我 不 压 你 哥 做 什么　　　　　我不用去强迫你，

Yux ndanl saml bixraz gah liangh,
由 个 心 哥哥 自 想　　　　　由你的心自己想，

Yux ndanl saml mengz goy gah liangh.
由 个 心 你 哥 自 想　　　　　由哥的心自己想。

Liangh banz dauc xih dauc,
想 成 来 就 来　　　　　想来哥就来，

Liangh banz xunz xih xunz.
想 成 遊 就 遊　　　　　想玩哥就来玩。

Gul wenz doh yieh miz banz reengz,
我 人 独 也 不 成 力　　　　　我一个人力气小，

Reengz gvaanglgunl nuangxneec laanlxianh.
力 光棍 小妹 无用　　　　　身单力小说没用。

Liangh gus nix dauc dangz,
想 股 这 来 到　　　　　想到这些来，

Ndilhamz gul lac dies.
气愤　我要　搁　　　　　　　　　　寒心我要把歌交。

Liangh deengl bas xih baangc rauz xux,
想　合　嘴就　帮　咱　接　　　　觉得合心你就接起，

Liangh deengl dungx xih yungz.
想　合　肚　就　用　　　　　　　觉得合意哥就接唱。


男：

Fih dangz bas los goy nyamz xux,
未　到　嘴助　哥　速　接　　　　歌未到嘴来哥忙接，

Fih dangz dungx nyamz genl.
未　到　肚　速　吃　　　　　　　歌未到肚来哥忙吞。

Aul ndaix bail dungx xunz xaaux qyies,
要　得　去　同　遊　才　罢　　　要得同妹玩才罢，

Aul ndaix bail qyams may xaaux qyies.
要　得　去　访　妈　才　罢　　　要得访妹的母亲才休。


Lumc gaais haaus mengz neec nauz xaux,
像　那　话　你　小妹　说　早　　像妹先前说的话，

Rauz roxnyiel mengz nauz jazbanh:
咱　听到　你　说　刚才　　　　　刚才又听到妹讲：

Naz neec ramxmeangl raiz,
田　小　水渠　　长　　　　　　　田小水渠长，

Bix miz bail los nuangx yieh ral,
哥　不　去　助　妹　也　找　　　哥不想去妹也约，

Bix miz mal los neec yieh dangs.
哥　不　来　助　小妹　也　邀　　哥不想来妹也邀。

170

Nuangx xih dangs bix dauc ndianlsaaml,
妹　就　邀　哥　来　　三月　　　　　　妹就邀哥三月来，

Haanx bix byaaic xibnguad.
约　哥　走　十月　　　　　　　　　　约哥十月来。

Xibnguad bail xoc xib,
十月　　去　初　十　　　　　　　　　十月初十那一天，

Waais dongh genz los goy rib leeux,
棉花　坝　上　助　哥　收　完　　　　上坝棉花哥收完，

Haux dongh lac los bix rib runz.
稻谷　坝　下　助　哥　收　光　　　　下坝稻谷哥收尽。

Baiz nix bix waangs xunz rox fih?
次　这　哥　空　遊　或　否　　　　　这回哥有空玩了吧？

Ndaangl bixgoy waangs byaaic rox fih?
身　哥哥　空　　走　或　否　　　　　哥该有空走了吧？


Dauc gul nauz mengz jis,
来　我　说　你　妹　　　　　　　　　来我说你妹，

Goy genlyis dauc nauz mengz nuangx:
哥　忧郁　来　说　你　　妹　　　　　忧郁的情哥跟你说：

Xibnguad bix yieh siangh jaiz byaaic,
十月　　哥　也　想　想　走　　　　　十月哥也很去玩，

Xibnguad bix yieh siangh jaiz xunz,
十月　　哥　也　想　想　遊　　　　　十月哥也很想游，

Hamz gazbix gvaanglgunl miz waangs.
苦　哥　光棍　不　空　　　　　　　　只恨光棍哥没空。

Xibnguad bail xoc xib,
十月　　去　初　十　　　　　　　　　十月初十那一天，

Rih masbih raanz bix yieh leengc,
地　小饭豆　家　哥　也　　熟　　　　哥家地头的小饭豆已成熟，

Rih masbyaauz raanz bix yieh roz.
地　大饭豆　家　哥　也　干

哥家地头的大饭豆也可收。

Bix lac el lozboic bail rih,
哥　要　背　背篼　去　地

哥得背背篼去讨,

El masbih masbyaauz dauc raanz,
背　小饭豆　大饭豆　来　家

哥要把饭豆收回家,

Ndianl deel gvaangl fih waangs.
月　那　哥　未　空

那月哥没空。

Bix fih waangs riangz nuangx gueh xamz,
哥　未　空　同　妹　做　完

哥还没空跟妹玩,

Mengz lix saml xih haanx ndianl mos,
你　有　心　就　约　月　另

你有心就邀下月,

Lix xoh xih haanx ndianl langl.
有　意　就　约　月　后

你有意就约下次。

Ndianl langl bail banz goy miz jiangh,
月　后　去　成　哥　不　拒绝

下月能去哥不推,

Ndianl langl byaaic banz bix maz jiangh.
月　后　走　成　哥　不　拒绝

下次能去哥不拒。


Liangh xonz haaus mengz neec nauz nix:
想　句　话　你　小妹　说　这

想你先前这么说:

Gul dangs bix xiz dauc miz dauc?
我　邀　哥　究竟　来　不　来

我邀哥到底来不来?

Gul haanx bix xiz mal miz mal?
我　约　哥　究竟　来　不　来

我约哥究竟走不走?

Mengz miz dauc los nuangx yieh ral,
你　不　来　助　妹　也　找

你不来妹也约,

Bix miz mal los neec yieh dangs.
哥　不　来　助　小妹　也　邀

哥不来妹也邀。

Neec xih dangs bix dauc ndianlsaaml,
小妹 就 邀 哥 来 三月

妹就邀哥三月来，

Haanx bix xunz ndianlidt.
约 哥 遊 十一月

约哥冬月来。

Ndianlidt bail xibidt,
十一月 去 十一

冬月十一那一天，

Bangz bigt neec nyumx leeux,
布 青 小妹 染 完

小妹的青布已染完，

Bangz foonx neec nyumx banz.
布 黑 小妹 染 成

小妹的黑布也染成。

Gul xih meangh bix dangz qyams meeh,
我 就 盼 哥 到 访 母亲

我等哥来看母亲，

Meangh gaz ndaangl bixgoy qyams meeh.
盼 那 身 哥哥 访 母亲

盼望哥来拜老人。


Dauc gul nauz mengz jis,
来 我 说 你 妹

来我说你妹，

Goy genlyis dauc nauz mengz nuangx:
哥 忧郁 来 说 你 妹

忧郁的情哥跟你讲：

Lumc beanl jis beanl goy meanh nix,
像 本 己 本 哥 时 这

像哥自己这时候，

Gul miz lenh los mengz miz rox,
我 不 叙 助 你 不 知

我不说来你不知，

Bix miz dianl los neec miz reeh.
哥 不 谈 助 小妹 不 知

哥不道来妹不明。

Ndianlidt bail xibidt,
十一月 去 十一

冬月十一那一天，

Bix lix neec neeul xal,
哥 有 点 一 琐事

哥有点琐事，

情友歌 邀约歌

Rauz daz gal miz byianh,
咱 起 脚 不 便　　　　　　　哥不便迈脚，

Duehbix bail riangz neec miz byianh.
哥哥 去 同 小妹 不 便　　　　情哥不便访小妹。

Ndianlidt bail xibidt,
十一月 去 十一　　　　　　　冬月十一那一天，

Gul lix degt fenz roz haec meeh,
我 还 讨 柴 干 给 母亲　　　我还在捡干柴给母亲烧火，

Gul lix doz fenz goongc haec meeh,
我 还 讨 柴 兜 给 母亲　　　我还在挖树兜给母亲烧火，

Doz haec meeh duezbix gueh xiangl.
讨 给 母亲 哥哥 做 年　　　哥还在砍柴给母亲过年。

Ndianl deel bix mbox waangs,
月 那 哥 莫 空　　　　　　　那月哥没空，

Ndianl deel bix lix hanl.
月 那 哥 还 忙　　　　　　　那月哥还忙。

Bix aans bail miz banz riangz mengz,
哥 一定 去 不 成 同 你　　哥不能去见你，

Bix aans byaaic miz banz riangz mengz.
哥 一定 走 不 成 同 你　　哥不能去见妹。


Liangh xonz haaus mengz neec xez xaux,
想 句 话 你 小妹 时 早　　想你以前说的话，

Bas daaml bas mengz neec nauz nix:
嘴 连 嘴 你 小妹 说 这　　你口口声声这么说：

Heeh bix maaic miz maaic?
不知 哥 喜欢 不 喜欢　　　不知哥喜欢不喜欢？

Heeh bix jaiz miz jaiz?
不知 哥 想 不 想　　　　　不知哥乐意不乐意？

174

gul gah dianl gah maiz jaxxiz,
我 自 想 自 高兴 非常

我想起就很高兴，

Nuangx gah dianl gah maaic jaxxiz.
妹 自 想 自 喜欢 非常

妹想到就很欢喜。

Meanh nix bix miz dauc los nuangx yieh ral,
时 这 哥 不 来 助 妹 也 找

如今哥不想来妹也约，

Bix miz mal los neec yieh dangs.
哥 不 来 助 小妹 也 邀

哥不想来妹也邀。

Neec daaus dangs bix dauc ndianlsaaml,
小妹 又 邀 哥 来 三月

妹又邀哥三月来，

Haanx bix xunz ndianllaab.
约 哥 遊 腊月

约哥腊月走。

Mengz nauz ndianllaab banz nail laaux,
你 说 腊月 成 雪 大

你说腊月下雪大，

Ndianllaab banz nail laail.
腊月 成 雪 多

腊月下雪多。

Xac nail yongz mal lac,
等 雪 融化 来 下

等到冰雪全融化，

Xac nail saans bail niez.
等 雪 散 去 江

等雪融化流江海。

Yux lacniel lac dauc rox fih?
情人 下江 要 来 或 否

下游哥该来没有？

Ndaangl bixgvaangl haz xunz rox fih?
身 哥哥 要 遊 或 否

情哥该来玩没有？

Dauc gul waanz xonz haaus mengz nuangx,
来 我 回 句 话 你 妹

来我回你话吧小妹，

Mal gul daaus xonz gaangc mengz nuangx.
来 我 还 句 讲 你 妹

来哥答你言吧情妹。

Ndianllaab nidt maz nidt,
腊月　　冰　又　冰　　　　　　　　　腊月冰冻又冰冻，

Ndianlidt xeengx maz xeengx,
十一月　　冷　又　冷　　　　　　　　冬月冷又冷，

Buxlaez waangs bail leengx jaangl nail?
哪人　　空　去　裸露　中　雪　　　　谁人同你露雪中？

Mengz nauz gul miz jaiz xih qyies,
你　说　我　不　爱　就　算　　　　　你说我不爱罢了，

Mengz nauz bix miz maaic xih qyies.
你　说　哥　不　喜欢　就　算　　　　你说哥无心算了。


Lumc beanl jis beanl goy meanl nix,
想　本　己　本　哥　时　这　　　　　像哥自己这时候，

Haaus xiz nauz yiangh nix,
话　虽　说　样　这　　　　　　　　　话虽这么讲，

Goy miz byaaic los nuangx yieh uangl,
哥　不　走　助　妹　也　愁　　　　　哥不来妹也愁，

Bix miz dangz los neec yieh ruangh.
哥　不　到　助　小妹　也　忧　　　　哥不到妹也忧。

Banz yiangh nix leeux laail,
成　样　这　完　多　　　　　　　　　既然是这样，

Maaic deel lac nidt xih nidt,
管　它　的　冰　就　冰　　　　　　　管它冰冻就冰冻，

Maaic deel lac nail xih nail.
管　它　的　雪　就　雪　　　　　　　管它下雪就下雪。

Bih　deel nidt xih danc beahraiz,
即使　它　冰　就　穿　长衣　　　　　要是结冰就穿大衣，

Bih　deel nail xih danc beahdungh,
即使　它　雪　就　穿　棉袄　　　　　要是下雪就穿棉袄，

176

Deel nauz myah xih danc haanz deengl.
它 若 滑 就 穿 鞋 钉子          如果路滑就穿丁丁鞋。

Lamx saml bail riangz beengz qyams meeh,
倒 心 去 同 妹 访 母亲          决心跟妹去拜访母亲,

Lamx saml bail riangz neec qyams meeh.
倒 心 去 同 小妹 访 母亲          决定同妹去拜访老人。


Lumc beanl jis beanl goy meanh nix,
想 本 己 本 哥 时 这          像哥自己这时候,

Goy yieh baiz qyaams soongl baiz hams,
哥 也 每 步 两 每 问          走一步就两探问,

Baiz qyaams soongl baiz xuaz.
每 步 两 每 探询          迈一脚就两探询。

Gul xih hams mengz nuangx,
我 就 问 你 妹          我就问你妹,

Baaih laez dois saamlsal?
边 哪 对 三岔          哪边对三岔①?

Ngaz laez dois saamlsaux?
坳 哪 对 三曹          哪坳对三曹②?

Maux laez dois xeehyiangl?
坡 哪 对 西苑          哪坡对西苑③?

Mianh laez hoz raanz nuangx?
面 哪 合 家 妹          哪边合妹家?

Raanz nuangx jaec rox jail?
家 妹 近 或 远          妹家近或远?

Lail mengz saangl rox dams?
梯 你 高 或 矮          梯坎高或矮?

①②③均为地名,在罗甸县境内。

177

Bih nauz lail saangl goy bail byoms，
即使 说 梯 高 哥 去 降　　　　如果梯高哥去降，

Bih nauz lail dams bix bail qyol.
即使 说 梯 矮 哥 去 升　　　　若是梯矮哥去升。

Rauz langc jol ndaix xunz haadt haamh，
咱 才 承 得 游 早 晚　　　　这样咱才能早晚拜访，

Bix haanx saml ndaix byaaic haadt haamh.
哥 寒 心 得 走 早 晚　　　　这样哥才能随时拜访。


Lumc beanl jis beanl goy xez nix，
像 本 己 本 哥 时 这　　　　像哥自己这时候，

Gul daaus hams mengz nuangx：
我 又 问 你 妹　　　　　我又问了妹：

Raanz nuangx lix jic baus genl gaaul？
家 妹 有 几 公 吃 糕　　　　妹家有几个老人吃糕饼？

Lix jic aaul genl diangz lianx lih？
有 几 叔 吃 糖 连 礼　　　　你家有几个叔叔吃礼糖？

Haec gul aul jic duez gais xus longz？
给 我 要 几 只 鸡 放 笼　　　　要叫我一笼装几只鸡？

Haec gul aul bangz hongz jic jianh？
给 我 要 布 红 几 段　　　　要叫我买几丈红缎？

Aul jic jianh bangz ndingl？
要 几 段 布 红　　　　要叫我买几丈红布？

Langc hoz raanz yuxjiml gueh doh？
才 合 家 情人 做 全　　　　才能够分妹家人？

Langc hoz banl raanz neec gueh xaiz？
才 合 分 家 小妹 做 齐　　　　才能分妹家人齐全？

Nauz mengz soc haec bix ronl jail ndil raih，
说 你 数 给 哥 路 远 好 准备　　　你说给哥好准备，

178

Nauz haec ndaangl bixgoy ndil raih.
说　给　身　哥哥　好　准备　　　　　　说给情哥好准备。

Haaus bixgvaangl xih nauz yiangh nix,
话　　哥哥　　就　说　样　这　　　　　　哥的话就说这些，

Liangh deengl bas xih baangc rauz xux,
想　　合　嘴　就　帮　咱　接　　　　　　觉得合心妹就接，

Liangh deengl dungx xih haanl.
想　　合　肚　就　答应　　　　　　　　　觉得合意就接唱。


女：

Fih dangz bas los neec nyamz xux,
未　到　嘴　助　小妹　速　接　　　　　　歌未到嘴妹忙接，

Fih dangz dungx nyamz weez.
为　到　肚　速　抓　　　　　　　　　　　歌未到肚妹忙要。

Bail yux ngveel lumc rog doodt dueh,
去　玩耍　高兴　像　鸟　啄　黄豆　　　　去玩耍高兴像鸟啄豆，

Bail yux ngveel lumc laic doodt dueh.
去　浪哨　高兴　像　麻雀　啄　黄豆　　　去玩乐喜欢像雀啄豆。

Rog doodt dueh xih daaus ndaix genl,
鸟　啄　黄豆　就　必然　得　吃　　　　　鸟啄豆必定得吃，

Gul xih meangh mengz xunz qyams meeh,
我　就　盼　你　遊　访　母亲　　　　　　我就盼你来访妈，

Meangh mengz mal dangz jay qyams meeh.
盼　你　来　到　家　访　母亲　　　　　　盼望你到家来看娘。

Meeh gul meangh ges may gul mangx,
母亲　我　盼　助　妈　我　等　　　　　　娘在盼啊妈在等，

Meeh gueh beah xos longx banz mangl,
母亲　做　衣服　放　箱　成　半旧　　　　做衣服等你已成半旧，

Guh haanz bangz xac mengz banz mood,
双　鞋　布　等　你　成　蛀虫　　　做布鞋等你已生蛀虫，

Ndanl soiz wal xac goy banz mood.
个　枕头　花　等　哥　成　蛀虫　　　做花枕头等哥已霉烂。

Mood deg roonx jic gaauh soiz wal,
蛀虫　啃　烂　几　个　枕头　花　　　蛀虫啃烂了几个枕头，

Mood degt waaih jic guh haaiz bangz.
蛀虫　啃　坏　几　双　鞋　布　　　蛀虫啃坏了几双布鞋。

Gul xih hamz bixgvaangl miz dangz,
我　就　气　哥哥　不　到　　　我就恨你老是不来，

Hamz bixgvaangl miz dauc xaaux gaanh.
气　哥哥　不　来　才　无法　　　哥哥不来真无法。


Liangh xonz haaus mengz goy nauz nix,
想　句　话　你　哥　说　这　　　想起你先前说这话：

Ndianlxib bail xoc xib,
十月　去　初　十　　　十月初十那一天，

Rih masbih duezbix yieh leengc,
地　小饭豆　哥哥　也　熟　　　哥家地头的小饭豆已成熟，

Rih masbyaauz raanz bix yieh roz,
地　大饭豆　家　哥　也　干　　　哥家地头的大饭豆已可收，

Bix lac el lozboic bail rih.
哥　要　背　笋箅　去　地　　　哥要背笋兜去收。

El masbih masbyaauz dauc raanz,
背　小饭灰　大饭豆　来　家　　　要把饭豆收来家，

Ndianl deel gvaangl fih waangs.
月　那　哥　未　空　　　那月哥没空。

Bix fih waangs riangz nuangx gueh xamz,
哥　未　空　跟　妹　做　玩　　　哥还没空跟妹玩，

Mengz lix saml xih haanx ndianl mos,
你　有　心　就　约　月　新

你有心就邀下月，

Lix xoh xih haanx ndianl langl.
有　意　就　约　月　后

你有意就约下次。

Ndianl langl bail banz goy miz jiangh,
月　后　去　成　哥　不　拒绝

下月能去哥不推，

Ndianl langl byaaic banz bix miz jiangh.
月　后　走　成　哥　不　拒绝

下次能走哥不拒。

Dauc gul waanz xonz haaus mengz bix,
来　我　回　句　话　你　哥

来我回你话吧，

Mal gul daaus xonz gaangc mengz bix.
来　我　还　句　讲　你　哥

来我答你言吧。

Lumc beanl jis beanl mengz meanh nix,
像　本　己　本　你　时　这

像哥自己这时候，

Gueh　maz　dangs saauhlaez miz dauc?
做　什么　邀　几多　不　来

怎么邀多少次都不来？

Haanx saauhlaez miz dangz?
约　　几多　不　到

约多少回都不到？

Haec raanz gul lauc yamz xeel xos gas,
让　家　我　酒　窖　留　放　药

让我家拿药泡酒，

Raanz nuangx lauc yah xeel xos diangz.
家　妹　酒　娘　留　放　糖

让妹家拿糖泡酒。

Raanz gul jangl lauc diangz xac nij,
家　我　装　酒　糖　等　你

我家装糖酒等你，

Raanz gul jangz lauc heenc xac nij.
家　我　装　酒　黄　等　你

我家盛黄酒等你。

Bix miz dauc los neec yieh gungz,
哥　不　来　助　小妹　也　无法

哥不来妹也无法，

Mengz miz mal los neec yieh gaanh.
你　不　来　助　小妹　也　无奈　　　　　你不来妹也无奈。


Lumc gaais haaus mengz goy nauz xaux,
像　那　话　你　哥　说　早　　　　　　像哥先前说的话，

Ndianlidt aans banz byaaic,
十一月　本　成　走　　　　　　　　　冬月本该走，

Ndianlidt aans banz bail,
十一月　本　成　去　　　　　　　　　冬月本该去，

Hamz gaez bix ronl jail miz waangs.
恨　那　哥　路　远　不　空　　　　　只恨远路哥没空。

Ndianlidt bix lix neec ndeeul xal,
十一月　哥　有　点　一　琐事　　　　冬月哥有点琐事，

Bix daz gal miz bianh,
哥　起　脚　不　便　　　　　　　　　哥不便起步，

Duezbix bail riangz neec miz bianh.
哥哥　去　同　小妹　不　便　　　　　情哥不便访小妹。

Ndianlidt bail xibidt,
十一月　去　十一　　　　　　　　　　冬月十一那一天，

Bix lix degt fenz goongc,
哥　还　讨　柴　兜　　　　　　　　　哥还在挖树兜，

Bix lix doongc fenz roz.
哥　还　敲　柴　干　　　　　　　　　哥还在捡干柴。

Doz haec meeh duezbix gueh xiangl,
讨　给　母亲　哥哥　做　年　　　　　捡干柴给母亲过年，

Ndianl deel gvaangl miz waangs.
月　那　哥　不　空　　　　　　　　　那月哥没空。

Goy miz waangs los goy lix hanl,
哥　不　空　助　哥　还　忙　　　　　哥没空呀哥还忙，

Duezbix bail miz banz riangz mengz,
哥哥　去　不　成　同　你　　　　　阿哥不能去见你，

Ndaangl bix byaaic miz banz riangz mengz.
身　哥　走　不　成　同　你　　　　阿哥不能去陪你。

Bas daaml bas mengz goy nauz nix,
嘴　连　嘴　你　哥　说　这　　　　你口口声声这么说，

Dauc nuangx nauz mengz ges.
来　妹　说　你　吧　　　　　　　来妹说你听吧。

Gul aans rox meeh duezbix gul jees,
我　本　知　母亲　哥哥　我　老　　我知道你妈年纪大，

Nuangx aans reeh nauz may mengz xeengx.
妹　本　知道　说　妈　你　冷　　妹知道你妈人老就怕冷。

Bih deel jees lix saoj mengz xiangx,
即使　她　老　有　嫂　你　养　　即使她老还有你嫂来赡养，

Bih deel xeengx lix goy mengz gos.
即使　她　冷　有　兄　你　照顾　　即便她冷还有你哥来照顾。

Mengz banz os dauc xunz sasneeh,
你　成　出　来　遊　点点　　　你可以出来玩一下，

Mengz banz mal qyams mac sasneeh.
你　成　来　访　妈　点点　　　你可以来看妹一下。

Bas daaml bas mengz nauz hoongl hanl,
嘴　连　嘴　你　说　活　忙　　　你口口声声说活忙，

Bas daaml bas bix nauz miz waangs.
嘴　连　嘴　哥　说　不　空　　　你三番五次说没空。

Ngonz nix gul aans hamz mengz neeh,
日　这　我　肯定　气　你　点　　如今我对你真气愤，

Gul roxnyiel haanxsinc mengz neeh.
我　感到　寒心　你　点　　　　我对你感到很寒心。

Lumc gaais haaus jazbanh mengz bix,
像 那 话 刚才 你 哥　　　　　　又像你刚才说的话，

Ndianllaab waanz ndianl laab,
腊月 归 月 腊　　　　　　　　腊月归腊月，

Ndianllaab nidt maz nidt,
腊月 冰 又 冰　　　　　　　　腊月冰冻又冰冻，

Ndianlidt xeengx maz xeengx,
十一月 冷 又 冷　　　　　　　冬月寒冷又寒冷，

Gul miz waangs riangz nuangx leengx jaangl nail.
我 不 空 跟 妹 裸露 中 雪　　我不想跟妹雪中玩。

Mengz nauz gul miz ngail xih qyies,
你 说 我 不 爱 就 算　　　　你说我不爱也罢，

Mengz nauz bix miz maaic xih qyies.
你 说 哥 不 喜欢 就 算　　　你说哥不想也罢。


Dauc gul waanz xonz haaus,
来 我 回 句 话　　　　　　　来我回你话吧，

Mal gul daaus xonz gaangc mengz bix.
来 我 还 句 讲 你 哥　　　　来我答你言吧。

Ndianllaab bencaans nidt waanz nidt,
腊月 本然 冰 又 冰　　　　　腊月本来冰冻又冰冻，

Ndianlidt xizaans xeengx waanz xeengx,
十一月 肯定 冷 又 冷　　　　冬月本来寒冷又寒冷，

Daamcdos bixgvaangl mengz samh dauc,
只要 哥哥 你 决定 来　　　　只要哥你有心来，

Daamcdos bixgvaangl mengz samh xunz.
只要 哥哥 你 决定 遊　　　　只要哥你有心玩。

布依族

口传歌谣系列

BUYIZU

KOUCHUAN GEYAO XILIE

Neec lix saamlxib jianh bangz bigt,
小妹 有 三十 个 布 青　　　　　　　妹有三十个①青布,

Neec lix sisxib jianh bangz foonx.
小妹 有 四十 个 布 黑　　　　　　　妹要四十个黑布。

Bangz bigt xeel haec bix gueh bog,
布 青 留 给 哥 做 头帕　　　　　　　青布留给哥做头帕,

Bangz foonx xeel haec goy gueh beah,
布 黑 留 给 哥 做 衣服　　　　　　　黑布留给哥做衣服,

Gueh beahdungh haec bix daangl nail.
做 棉衣 给 哥 挡 雪　　　　　　　做棉衣给哥挡寒冷。

Haec mengz bail dangz xunz qyams meeh,
让 你 去 到 遊访 母亲　　　　　　　让你到家看望我母亲,

Haec bix bail dangz nac qyams meeh.
让 哥 去 到 面访 母亲　　　　　　　让你来拜见我母亲。

Daamcdos mengz gvaangl samh dauc,
只要 你 哥 决心 来　　　　　　　只要哥你放心来,

Daamsdos mengz bix samh xunz,
只要 你 哥 决心 遊　　　　　　　只要哥你放心玩,

Gul lix xaaiz gaais beah soongl eeul xac bix,
我 还 裁 那 衣 两 领 等 哥　　　　　我还裁有双领衣等哥,

Gul lix xaaiz xianlyiz xac nij.
我 还 裁 内衣 等 你　　　　　　　我还缝成绒内衣等你。

Laaul yuxjis nyuznyaaux miz byaaic lac gungz,
怕 情人 犹豫 不 走 才 无法　　　　怕你多心不来就无法,

Laaul gaais bix lacniel miz xunz langc gaanh,
怕 那 哥 下江 不 遊 才 无奈　　　怕下游哥不玩就无奈,

Laaul gaais bix lacniel miz dauc langc gaanh.
怕 那 哥 下江 不 来 才 无奈　　　怕下江哥不来就无奈。

_____

①个,这里指卷,一卷布长约二十余米,下同。

Liangh gaais haaus mengz goy nauz xaux:
想　那　话　你　哥　说　早　　　　　想你先前说的话：

Goy miz byaaic los nuangx yieh uangl,
哥　不　走　助　妹　也　愁　　　　　哥不来看妹妹也愁，

Bix miz bail los neec yieh ruangh.
哥　不　去　助　小妹　也　忧　　　　哥不来会妹妹也忧。

Banz dangh nix leeux laail,
成　样　这　完　多　　　　　　　　　既然是这样，

Bih banz nidt yieh bail,
即使　成　冰　也　去　　　　　　　　结冰也要去，

Bih banz nail yieh qyaams.
即使　成　雪　也　走　　　　　　　　下雪也要走。

Deel nauz banz nidt xih danc beahraiz,
它　说　成　冰　就　穿　长衣　　　　要是结冰就穿大衣，

Deel nauz banz nail xih danc beahdungh,
它　说　成　雪　就　穿　棉袄　　　　要是下雪就穿棉袄，

Deel nauz myah xih danc haanzdeengl.
它　说　滑　就　穿　丁丁鞋　　　　　如果路滑就穿丁丁鞋。

Lamxsaml bail riangz beengz qyams meeh,
决心　去　同　妹　访　母亲　　　　　决心跟妹访母亲，

Lamxsaml bail riangz neec qyams meeh.
决心　去　同　小妹　访　母亲　　　　决定同妹拜老人。


Mengz nauz ngonz sadt ndil gueh lauc,
你　说　日　申　好　做　酒　　　　　你说申日好做酒，

Ngonz mauc ndil xunz saaul.
日　卯　好　走　情人　　　　　　　　卯日好浪哨。

Bix yieh baiz qyaams soongl baiz hams，
哥 也 每 步 两 每 问　　　　　　哥也一步两探问，

Baiz qyaams soongl baiz xuaz.
每 步 两 每 询　　　　　　　　一脚两探询。

Baaihlaez dois saamlsal?
哪边 对 三岔　　　　　　　　　哪边对三岔？

Ngazlaez dois saamlsaux?
哪坳 对 三曹　　　　　　　　　哪坳对三曹？

Mauxlaez dois xeehyiangl?
哪坡 对 西苑　　　　　　　　　哪坡对西苑？

Mianhlaez bail hoz raanz yuxngih?
哪面 去 合 家 情妹　　　　　　哪边合妹家？

Mianhlaez bail hoz jay yuxngih?
哪面 去 合 家 情妹　　　　　　哪面通妹家？

Raanz nuangx qyus jaec rox qyus jail?
家 妹 在 近 或 在 远　　　　　妹家在近或在远？

Mbagtlail saangl rox mbagtlail dams?
梯坎 高 或 梯坎 矮　　　　　　梯坎高或梯坎矮？

Mbagtlail saangl los goy bail byoms，
梯坎 高 助 哥 去 降　　　　　　梯坎高来哥去降，

Mbagtlail dams los bix bail qyol.
梯坎 矮 助 哥 去 升　　　　　　梯坎矮来哥去升。

Rauz jol ndaix doc raanz saauh sasneeh，
咱 承 得 逗 家 情妹 点点　　　　咱才有机会多来往，

Bix jol ndaix byaaic raanz neec sasneeh.
哥 承 得 走 家 小妹 点点　　　　哥才有机会访妹家。

Dauc gul waanz xonz haaus mengz bix，
来 我 回 句 话 你 哥　　　　　来我回你话吧哥，

Mal gul daaus xonz gaangc mengz bix.
来 我 又 句 讲 你 哥　　　　　　来我答你言吧哥。

Daamcdos mengz bix samh dauc,
只要 你 哥 肯 来　　　　　　　只要哥肯来，

Daamcdos mengz bix samh xunz,
只要 你 哥 肯 遊　　　　　　　只要哥肯走，

Ndaangl nuangxlunz qyus nix xac bix,
身 小妹 在 这 等 哥　　　　　小妹在此等候哥，

Leeux raanz nuangx qyus nic xac nij.
全 家 妹 在 此 等 你　　　　　小妹全家在等你。


Gul daaus nauz mengz bix,
我 又 说 你 哥　　　　　　　　我又说你哥，

Nuangx genz niel dauc gaangc riangz nij.
妹 上 江 来 讲 同 你　　　　　上游小妹跟你讲。

Mbaanx nuangxneec ndil ral,
寨 小妹 好 找　　　　　　　　小妹家好找，

Raanz nuangxneec ral ngaaih.
家 小妹 找 容易　　　　　　　找妹家容易。

Meanh nix Lungfdany dois saamlsal,
时 这 龙滩 对 三岔　　　　　　如今龙滩①对三岔，

Laxmyaz dois Saamlsaux,
拉麻 对 三曹　　　　　　　　　拉麻②对三曹，

Lacmaux dois Xeehyiangl.
拉茅 对 西苑　　　　　　　　　拉茅③对西苑。

Mengz xih xus Lofdianq bail lac,
你 就 往 罗甸 去 下　　　　　　你从罗甸往南下，

_____

①②③均为地名,在罗甸县境内。

Mengz xih bail dangz nac bohmeeh.
你　就　去　到　面　父母　　　　　你就能到家见我父母。

Lumc raanz jis xiz yiangh raanz nuangx,
像　家　妹　助　样　家　妹　　　　妹的家呀妹的屋,

Raanz nuangxneec miz jaec miz jail.
家　　小妹　　不　近　不　远　　妹家在不近不远。

Lail raanz nuangx miz dams,
梯　家　妹　不　矮　　　　　　　妹家梯坎不算矮,

Lail raanz nuangx miz saangl.
梯　家　妹　不　高　　　　　　　妹家梯坎也不高。

Bih lail saangl yieh meangh bix bail byoms,
即使　梯　高　也　盼　哥　去　降　　如梯坎高也希望哥去降,

Bih lail dams yieh meangh bix bail qyol.
即使　梯　矮　也　盼　哥　去　升　　如梯坎矮也盼望你去升。

Aansyians gul xih meangh daaml mangx,
原本　　我　就　盼　连　　等　　原本我就很盼望,

Mengh mengz doc raanz saaul gueh rauc,
盼　你　逗　家　情人　做　热闹　　盼哥来妹家添热闹,

Mangx mengz rauc raanz neec gueh aangs.
盼　你　热　家　小妹　做　欢喜　　盼你来妹家添欢喜。


Gul daaus nauz mengz bix,
我　又　说　你　哥　　　　　　　我又说了哥,

Nuangx genz niel dauc gaangc riangz nij.
妹　上　江　来　讲　同　你　　　上方小妹跟你讲。

Bih nauz gvaangl lac byaaic,
比　说　哥　要　走　　　　　　　如哥真要来妹家,

Bih nauz bix lac mal.
比　说　哥　要　来　　　　　　　如哥真要访妹家。

Mengz xih gvas genz jeeuz Sangylangf,
你　就　过　上　桥　　桑郎　　　　　你要经过桑郎桥①，

Waaic jaangl mbaanx Nazeel,
走　中间　寨　纳夜　　　　　　　　你要走过纳夜寨②，

Dangz Nazeel xih mbaanx nuangxnaangz.
到　纳夜　就　寨　　小妹　　　　　到纳夜寨就到小妹的寨。

Mengz xih waangl dauc raanz qyams meeh,
你　就　歪　来　家　访　母亲　　　你就歪脚来家看我母亲，

Bix xih waangl dauc jay qyams meeh.
哥　就　歪　来　家　访　母亲　　　你就拐脚来家看我老人。


Gul daaus nauz mengz bix,
我　又　说　你　哥　　　　　　　　我又说你哥，

Nuangx genz niel dauc gaangc riangz nij.
妹　上　江　来　讲　同　你　　　　上方小妹跟你讲。

Meeh nuangxneec nauz miz aul gais,
母亲　小妹　说　不要　鸡　　　　　我母亲说你不要买鸡来，

Boh nuangxneec nauz miz aul gaaul,
父亲　小妹　说　不要　糕　　　　　父亲说你不要买糖来，

Bausaaul yieh nauz miz aul bangz.
家族　也　说　不要　布　　　　　　家族也说你不要买布来。

Daamcdos mengz mal dangz xih aangs,
只要　你　来　到　就　高兴　　　　只要哥来就高兴，

Daamcdos bix dangz nac xih aangs.
只要　哥　到　面　就　高兴　　　　只要哥到就开心。

Deel nauz aangs miz deg aangs ndoil,
他　说　喜　不　是　喜　空　　　　他说喜欢不是空喜欢，

────────────

①桑郎，地名，在望谟县境内。
②纳夜，地名，在望谟县境内。

Aangs miz deg aangs qyal.
喜　不　是　喜　白　　　　　　　欢喜不是干欢喜。

Lanz xungssal xus aangs,
点　炮竹　放　贺　　　　　　　　要放鞭炮来庆贺，

Gac mul yuangz xus aangs.
杀　猪　羊　放　贺　　　　　　　还要杀猪羊来庆贺。


Ndiab gus nix dauc dangz,
想　股　这　来　到　　　　　　　想到这般来，

Mengz xih dauc bais bix,
你　就　来　吧　哥　　　　　　　你就来吧情哥，

Mengz xih byaaic bais gvaangl.
你　就　走　吧　哥　　　　　　　你就来吧情郎。

Qyac xeel naangl qyas meangh,
别　丢　妹　难　盼　　　　　　　别让小妹苦等了，

Qyac xeel raanz nuangxneec qyas meangh.
别　丢　家　小妹　难　盼　　　　别让妹家空等了。

# WEANL SAIH
# 问 采

　　"问采"是布依语"weanl saih"的音译,weanl 意为歌,saih 意为官,weanl saih 意为申诉歌或打官司的歌。这是一首具有故事情节的情友歌。主要唱述"我"和"金妹"从"恋爱"到"一起申诉"到"逃婚成家"再到"生离死别"的事。这首歌共分六个部分:第一部分唱述二人互相爱慕,立誓结为终身伴侣;第二部分至第四部分唱述二人跋山涉水去广西泗城府申诉并返回贵州罗斛来申诉的经过;第五部分唱述二人逃婚成家的过程;最后一部分唱述二人对生离死别的忧虑,假想如果有一方先去世,生者将按当地丧葬习俗为亡者盘葬,逢年过节去烧香祭祀等。

　　此歌主要歌颂布依族青年男女追求自由婚姻、反对包办婚姻、追求忠贞爱情的高尚情操。故事情节曲折生动,情感凝重真诚,感人肺腑,催人泪下。此歌可男女合唱,也可男女各自组合唱。

（一）

Yuxjis es roh ngaamz,
情妹 助 外　垭口　　　　　　　　　　美丽的情妹,

Eeulhaanz es roh jeemh.
颈长　助外　山坳　　　　　　　　　　苗条的情妹。

Lingslings dauc riangz bix,
时刻　来　跟　哥　　　　　　　　　　生也要连哥,

Lingslings dauc riangz gvaangl.
时刻　来　跟　少爷　　　　　　　　　死也要连郎。

Raanz bix baus mbox aaul,
家哥 公 不 叔　　　　　　　　　　　哥家无叔伯,

Haec bixgvaangl gueh laez suans?
给　哥哥　做 哪　算　　　　　　　　叫哥怎么办?

布依族 口传歌谣系列 WEAN YUN BUNQYAN

192

Idt gul laaul gaais bux gead xungs,
一 我 怕 那 人 扛 枪　　　　　　一来我怕那扛枪的，

Ngih gul laaul gaais bux gead qyaangx.
二 我 怕 那 人 扛 大刀　　　　　二来我怕那扛刀的。

Gead xungs gvas soongl baangx,
扛 枪 过 两 旁　　　　　　　　扛枪的过两边，

Gead qyaangx gvas jaangl ronl.
扛 大刀 过 中间 路　　　　　　扛刀的过路上。

Ngonz deel gul xih naais,
天 那 我 就 累　　　　　　　　那天我就忧虑，

Gaaisdeel gul xih daic.
那个 我 就 哭　　　　　　　　那时我就悲伤。

Gusnix nuangx lac mal mazyiangh?
如此 妹 还 来 哪样　　　　　如此姑娘要来做什么？

Maix saaulqyal lac dauc mazyiangh?
姑娘 情人 还 来 哪样　　　　你还连我做哪样？


Haadtxoh roongh xazjaail,
明早 亮 麻麻　　　　　　　　明早天亮来，

Gul bail jaanglgaail yieh yis,
我 去 街上 也 担心　　　　　我上街也愁，

bix xunz jeex yieh yis.
哥 遊 场坝 也 担心　　　　　哥赶场也忧。

Yis gaais bux gead xungs,
担心 那 人 扛 枪　　　　　　怕那扛枪的人，

Yis gaais bux goih max.
担心 那 人 骑 马　　　　　　怕那骑马的人。

Laaul deel mal raanz haaix jamcjul,
怕 他 进 屋 打 横蛮　　　　怕他进屋同我打，

Laaul deel henc dul haaix dogdaad.
怕　他　上　门　打　　野蛮　　　　　　　　怕他登门与我斗。

Qyies xih qyies bai yux,
算　就　算　助　情妹　　　　　　　　　　算了吧情妹，

Qyies xih qyies bai naangz.
算　就　算　助　姑娘　　　　　　　　　　算了吧姑娘。

Miz deg ramx ings fenz mazrauh,
不　是　水　和　柴　当紧　　　　　　　　不像水和柴那么重要，

Miz deg genl ings danc mazrauh.
不　是　吃　和　穿　当紧　　　　　　　　不像吃和穿那么要紧。

Bail jiez mos qyieh yux,
去　处　新　吧　情妹　　　　　　　　　　到别处吧情妹，

Bail jiez nac qyieh yaiz.
去　处　前　吧　情人　　　　　　　　　　到另处吧姑娘。

Dol xamz maiz gehneeh,
多　玩　快乐　多点　　　　　　　　　　　也许玩得更快乐，

Jaiz dol luamc gehneeh.
关心　多　完美　多点　　　　　　　　　　也许生活更美好。

Yux jis es roh ngaamz,
情妹　助　外　垭口　　　　　　　　　　　美丽的情妹，

Eeul haanz es roh jeemh.
颈　长　助　外　山坳　　　　　　　　　　苗条的情妹。

Lingslings dauc riangz bix,
时刻　来　跟　哥　　　　　　　　　　　　生也要连哥，

Lingslings dauc riangz gvaangl.
时刻　来　跟　郎　　　　　　　　　　　　死也要连郎。

Laabthaamh goy bail xunz,
黑晚　哥　去　玩　　　　　　　　　　　　傍晚我去玩，

Jaangz henz goy bail xuanh.
中　夜　哥　去　遊　　　　　　　　半夜哥去逛。

Bix yieh xunz bail dangz luangs lac,
哥　也　遊　去　到　寨　下　　　　我游到下寨，

Gvax bail dangz luangs jaangl.
逛　去　到　寨　中间　　　　　　　又游到中寨。

Naangz yieh miz bungz bix,
姑娘　也　不　碰　哥　　　　　　　妹也不见哥，

Bix yieh miz bungz lunz.
哥　也　不　碰　小妹　　　　　　　哥也不遇妹。

Bix xih ngax nac leenh dagtdauc,
哥　就　仰　脸　看　北斗　　　　　我睁眼望苍天，

Ngax jauc gauc ndaaulndis.
仰　头　看　星星　　　　　　　　　抬头看星点。

Haamhnix ndianl os mos roongh singc,
晚今　月　出　新　亮　清　　　　　今晚月光多灿烂，

Jic gungx jic seeusxuah,
几　角落　几　清楚　　　　　　　　每个角落都照亮，

Xeeus jis ruax samcseengz.
照　枝叶　明白　　　　　　　　　　照见落叶清清楚楚。

Haamh danghnix xih leeux ndil xunz,
晚　这样　就　最　好　遊　　　　　今夜月明好浪哨，

Rauz xih soongl wenz dungx xingl jeenl.
我们　就　两　人　相　牵　手　　　我们两人手牵手。

Xingl jeenl gabt baans mbas,
牵　手　加　并　肩　　　　　　　　手牵手来肩并肩，

Rah jams reeux rah rul.
根　草　掺　根　草　　　　　　　　像草根一样紧相连。

Haec gvagt jicxul yieh reeuz rauz doh,
给 域 几 州 也 传 咱 遍　　　　　　　让几朝几代都羡慕我们，

Lachos reeuz rauz xaiz.
罗 斛 传 咱 全　　　　　　　　　　让整个罗斛①传说我俩。

Rauz dungx jaiz gueh guh,
咱 相 爱 做 双　　　　　　　　　　我们要相处做一双，

Rauz dungx qyus gueh dois.
咱 相 处 做 对　　　　　　　　　　我俩要相爱成一对。

Rauz gueh dois wenzndil,
咱 做 对 好 人　　　　　　　　　　我们情投意相合，

Rauz xih basbil jeeuc miz duanh.
咱 就 百年 交 不 断　　　　　　　我俩相连永不断。

## （二）

Yuxjis es roh ngaamz,
情妹 助 外 垭口　　　　　　　　　　美丽的情妹，

Eeul haanz es roh jeemh.
颈 长 助 外 山坳　　　　　　　　　　苗条的情妹。

Meanh nix gvaanl nuangx gaaus dangz genl,
时 这 丈夫 你 告 到 上面　　　　　现在妹夫告到官，

Gvaanz mengz gaaus dangz suc.
丈夫 你 告 到 主　　　　　　　　　　现在你夫告到主。

Sais genz sais lungznax,
官 上面 官 舅爷　　　　　　　　　　上官是舅爷官②，

Sais lac sais bausaaul.
官 下方 官 叔伯　　　　　　　　　　下主是叔伯主③。

_____

①罗斛，地名，在罗甸县境内。
②③舅爷官及下句的叔伯主，指互相贿赂的官吏。

布依族口传歌谣系列

Deel xih dez nganzhaaul bail Rams,
他 就 带 银白 去 泗城 　　　　　　他拿白银去泗城①，

Baaul nganzroomc bail Rams.
包 银子 去 泗城 　　　　　　　　包着银子去贿赂。

Lohlaez loh banz nix,
既然 已 成 这 　　　　　　　　　既然是这样，

Lohlaez loh banzqyal.
既然 已 如此 　　　　　　　　　　既然是如此。

Rauz bail ral sais Rams,
咱 去 找 官 泗城 　　　　　　　　我们去泗城，

Rauz bail gauc sais Rams.
咱 去 看 官 泗城 　　　　　　　　我们去见官。

Nuangx gueh wenz legmbegt,
妹 做 人 女子 　　　　　　　　　妹身为女人，

Mengz xih qyus mianhnac.
你 就 在 面前 　　　　　　　　　你就站前面。

Goy gueh wenz buxsaail,
哥 做 人 男子 　　　　　　　　　哥身为男人，

Gul xih qyus baaihlangl.
我 就 在 背后 　　　　　　　　　哥就站在后头。

Xonz mengz gaanh los gul xih saad,
句 你 漏缺 了 我 就 补 　　　　　你说漏了我来补，

Xonz bix gaadt los nuangx xih sunc,
句 哥 断 了 妹 就 接 　　　　　　我话断了你来接，

Aul gaangc xonz dunxlumc nac sais.
要 讲 句 相同 面 官 　　　　　　大官面前不改口。

_____

①泗城府,今在广西壮族自治区的凌云县境内。

情
友
歌
邀约歌

Sais meanhxaux sais ngoz,
官　以前　官　恶　　　　　　　　　大官最凶狠，

Sais meanhxaux sais qyas.
官　以前　官　凶　　　　　　　　　大官最凶恶。

Deel xih bas faixfaaiz gueh baanc,
他　就　划　楠竹　做　鞭　　　　　划楠竹做鞭，

Sais laaux gvaanc dinlmbenl.
官　大　管　天下　　　　　　　　　大官管天下。

Sais sans leengz los mengz nyah saangc,
官　抖　铃　了　你　别　动　　　　府官摇铃你莫慌，

Sais qyaux baanc los mengz nyah laaul,
官　举　鞭　了　你　别　怕　　　　府官扬鞭你莫怕，

Qyaangx haaul dies eeul mengz nyah sans.
大刀　白　搁　颈　你　别　抖　　利剑架头你莫抖。

Gaangc haaus uns neeh nuangx,
讲　话　软　点　妹　　　　　　　　态度要沉着，

Gaangc haaus uns neeh naangz.
说　话　软　点　姑娘　　　　　　　说话要婉转。

Waangh rauz ndaix banzraanz ngonzliangh,
也许　我们　得　成家　　天把　　　也许我们能成家，

Banz gvaanlbaz ngonz liangh.
成　夫妻　天　把　　　　　　　　　也许我俩能结为夫妻。


Yuxjis es ros ngaamz,
情妹　助　外　垭口　　　　　　　　美丽的情妹，

Eeulhaanz es ros jeemh.
颈长　助　外　山坳　　　　　　　　苗条的情妹。

Lohlaez loh banz nix,
既然　已　成　这　　　　　　　　　既然是这样，

198

Lohlaez loh banzqyal.
　既然　已　　如此　　　　　　　　　　既然是如此。

Rauz bail ral sais Rams,
　咱　去　找　官　泗城　　　　　　　　我们去泗城，

Rauz bail gauc sais Rams.
　咱　去　看　官　泗城　　　　　　　　我们去见官。

Nuangx gueh wenz legmbegt,
　妹　做　人　　女子　　　　　　　　　妹身为女人，

Xih runs roomh dauc rungl haux.
　就　起　早　来　煮　饭　　　　　　　起早来煮饭。

Bix gueh wenz buxsaail,
　哥　做　人　　男子　　　　　　　　　哥身为男人，

Xih runs xaux dauc rungl ngaaiz.
　就　起　早　来　煮　早饭　　　　　　起早来生火。

Gogt xez mauc rauz qvaail,
　初　时　卯　咱　起　　　　　　　　　卯时就起身，

Byaail xez xiz rauz os,
　末　时辰　咱　出　　　　　　　　　　辰时就出发，

Rauz xih soh jieznix bail lac.
　咱　就　直　这里　去　下　　　　　　就从这里直往下。


Damcdeed dangz baangxdoh,
　一下子　　到　　渡口　　　　　　　　转眼就来到渡口，

Bux gaaul ruez es bux gaaul ruez,
　人　划　船　助　人　划　船　　　　　掌船人呀掌船人，

Bux gaaul saz es bux gaaul saz,
　人　划　筏　助　人　划　筏　　　　　掌筏人呀掌筏人，

Xaaml mengz dez bozdul gvas doh,
　求　你　带　我们　过　渡　　　　　　求你带我俩过渡，

Xaaml mengz loh bozxois gvas niel.
求　你　带　我们　过　江　　　　　　求你带我俩过江。


Bux gaaul saz xih hams yianghnix:
人　划　筏　就　问　　这样　　　　　船夫把话问:

Mengz deg bux guehbeans rox bux guehgax?
你　是　人　做　贩子　或　人　做　买卖　　你是贩子还是商人?

Gul xih doobt xihsaanz,
我　就　回话　　干脆　　　　　　　　我就把话答,

Gul xih haanl yianghnix:
我　就　答　　这样　　　　　　　　我就把话讲:

Idt gul miz deg bux gueh beans,
一　我　不　是　人　做　贩子　　　　一我不是贩子,

Ngih gul miz deg bux gueh gax.
二　我　不　是　人　做　买卖　　　　二我不是商人。

Weil deg bux guehsaz,
小人　是　人　诉状　　　　　　　　我们是去诉状的,

Rauz deg bux guehsaih.
我们　是　人　打官司　　　　　　　我们是去打官司的。

Xaaml mengz daais bozdul gvas doh,
求　你　带　我们　过　渡　　　　　求你带我俩过江,

Xaaml mengz loh bozxois gvas niel.
求　你　带　我们　过　江　　　　　烦你带我俩过渡。


Bux gaaul saz daaus nauz yianghnix:
人　划　筏　又　说　　这样　　　　船夫这么说:

Idt bux aul saaml xaangz,
一　人　要　三　　两　　　　　　　每人三两银,

Naangz yuanl lingx miz leeh?
姑娘　愿　承担　不　呢

姑娘愿开不?

Daangl bixgoy yuanl haec miz leeh?
身　哥哥　愿　给　不　呢

小哥愿开不?

Gul xih doobt xihsaanz,
我　就　回话　干脆

我就把话答,

Gul xih haanl yianghnix:
我　就　答　这样

我就把话讲:

Idt bux aul saaml xaangz,
一　人　要　三　两

每人三两银,

Nuangxnaangz deel yuanl lingx,
妹姑娘　她　愿　承担

情妹她愿给,

Ndaangl bixgoy yuanl os.
身　哥哥　愿　出

我也愿意出。


Jauc ruez xians icaaul,
头　船　转　轻轻

船头轻轻转,

Gaaul ruez bail icangs.
划　船　去　摇晃

船在水上漂。

Nangh ruez laail ndaangl maz,
坐　船　多　身　麻

长时间坐船身子麻,

Nangh saz laail ndaangl jeedt.
坐　筏　多　身　痛

长时间乘船周身痛。

Ramx docdeedt mal ndaangl,
水　溅飞　来　身

水花溅到身,

Nuangxnaangz deel xih his,
妹姑娘　她　就　忧

情妹害怕了,

Yuxjis deel xih ruangh.
情妹　她　就　愁

姑娘恐慌了。

Nangh ruez bail dangz baangx,
坐　船　去　到　岸　　　　　　　　划船到对岸，

Xos Basgveec bail genl.
直　百　龟　去　上　　　　　　　　从百龟①直上。

Soonglwenz dangz Lacyiez qyasnaais,
两人　　到　逻西　　歇息　　　　我们到逻西②休息，

Qyus Lofxiy qyasnaais.
在　逻西　　歇息　　　　　　　　在逻西歇息。


Qyasnaais leeux rauz bail,
歇息　　完　我们　走　　　　　　休息好了往前走，

Genl qyianl xaiz rauz qyaams.
吃　烟　齐我们　起步　　　　　　吸烟完了往前去。

Dams jauc henc Ndoilgvac,
低　头　上　南瓜坡　　　　　　　埋头爬南瓜坡③，

Ngax nac henc Ndoilrod.
仰　脸　上　金竹坡　　　　　　　抬头上金竹坡④。

Waans naangh xih qyasnaais,
翻　梁　就　　歇息　　　　　　　翻山就休息，

Dangz Sanylij qyasnaais.
到　三里　歇息　　　　　　　　　到三里⑤休息。

Naais Sanylij jic ngonz,
停　三里　几　天　　　　　　　　在三里几天，

Songz Baangxdamz jic haamh,
宿　塘边　几　晚　　　　　　　　宿塘边⑥几晚，

①②③④⑤⑥均是地名,在广西壮族自治区境内。

Dangx Sanylij jic haamh.
停　三里　几　晚　　　　　　　　　　　停三里几夕。


Qyasnaais leeux rauz bail,
歇息　　完　我们　去　　　　　　　　　休息好又走，

Genl qyianl xaiz rauz qyaams.
吃　烟　齐　我们　起　　　　　　　　　吸完烟又行。

Ndoil Jaucgvaanc ndoil laaux,
坡　交关　坡　大　　　　　　　　　　　交关坡①很高，

Ndoil Jaucgvaanc ndoil raiz.
坡　交关　坡　长　　　　　　　　　　　交关坡很长。

Nuangxnaangz bail xos dinl os liad,
妹姑娘　　去　得　脚　出　血　　　　　情妹走得脚出血，

Deel gah uad xos jeeuc haaizbangz.
她　自　抹　放　鞋　跟　布鞋　　　　　血抹在妹的布鞋上。

Deel gah ndiamz gaz minghhonl gaus,
她　自　埋怨　那　命运　自己　　　　　她恨自己命运差，

Deel gah nyaus gaz minghhonl qyal,
她　自　厌恨　那　命运　差　　　　　　她怨自己命不好，

Nuangx xih ramxdal lail mizduanh：
妹　就　眼泪　流　不断　　　　　　　　情妹命苦泪汪汪：

Rox banz nix los neec miz mal,
知道　成　这　啊　小妹　不　来　　　　知道这样苦妹不来了，

Rox banz qyal los rauz miz dauc.
知道　成　艰难　啊　我们　不　来　　　晓得这么难我们不来了。

Miz dauc yieh nauz gueh yaiz,
不　来　也　叫　做　情侣　　　　　　　不来又是情侣，

———————

①地名，在广西壮族自治区境内。

203

情友歌

邀约歌

Miz bail yieh nauz gueh yux.
不 去 也 叫 做 情人

不走又是情人，

Woil lix bux jaucqyal deel haais,
为 有 人 长头发 他 害

只怪那长发害我们，

Woil lix mal jaucnyeengs deel haais.
为 有 狗 头毛蓬乱 他 害

怨那家伙①害我们。


Qyasnaais leeux daaus bail,
歇息 完 又 去

休息好了又赶路，

Genl qyianl xaiz daaus qyaamh.
吃 烟 齐 又 起步

吸烟完了又登程。

Gvas bail baaih Baswaangz,
过 去 面 百旺

往百旺②那边去，

Dangz dinl lail Basjas.
到 脚 梯 百架

来到百架③的石梯。

Ngax nac laih bail genz,
仰 脸 瞧 去 上

抬头向上望，

Ranl gaez dih saisCamz meanhxaux.
见 那 坟 岑王 以前

看见了以前岑王④的墓地。

Maxrinl ngamz xaxreed,
石碑 倾 斜斜

石碑倾斜着，

Maxrinl dangc xaxreed.
石碑 立 直直

石碑直立起。


Qyasnaais lac gol jiel,
歇息 下 棵 松树

休息松树脚，

①那家伙,指情妹的前夫。
②③均是地名,在广西壮族自治区境内。
④岑王,指布依族传说中的部族首领。这句及下句,喻指行走在荒郊野岭中。

204

Nyiel laauxsuc bos haauh.
听　主人　吹　长号

听到主人吹长号。

Haauh baaih suc yieh hoongz,
长号　方　主　也　响

主人的长号在响,

Joongl yazmoiz yieh rianh,
鼓　衙门　也　闹

衙门的锣鼓在响,

Boz yafyuf yieh rianh.
群　衙役　也　闹

衙役们熙熙攘攘

(三)

Damcdeed dangz ndeenl mbaanx,
一下子　到　边　寨

转眼来到泗城边,

Lamxlaanz dangz jauc gaail.
一眨眼　到　头　街

转眼来到了街头。

Gul xih hams mengz nuangx,
我　就　问　你　妹

我就问阿妹,

Bix xih hams mengz naangz,
哥　就　问　你　姑娘

我就问情妹,

Rauz　xiz　bail gaail laz ndil geh?
咱　究竟　去　街　那　好　多

我们走哪街较好?

Gaail genz lix bausLij xaangh raaiz sal,
街　上　有　老李　会　写　书

上街有位李先生会写状书,

Gaail lac lix bausMof xaangh raaiz xaangh,
街　下　有　老莫　会　写　状

下巷有位莫老人会写状词,

Mbael xaangh mbael saaml xaangz.
篇　状子　篇　三　两

一篇状子三两银。

Nuangxnaangz deel yuanl lingx,
妹　姑娘　她　愿　承担

情妹她愿给,

Ndaangl bix goy yuanl os.
身　兄哥　愿　出　　　　　　　　　　　　我也愿意出。


Bix gueh wenz buxsaail,
哥　做　人　男子　　　　　　　　　　　　我身为男人，

Doodt jobt dauc woic dog.
脱　斗笠　来　挂　柱　　　　　　　　　　脱斗笠挂柱。

Nuangx gueh wenz legmbegt,
妹　　做　人　女子　　　　　　　　　　　妹身为女人，

xih doodt bog dauc woic dux.
就　脱　头帕　来　挂　桩　　　　　　　　脱头帕挂桩。

Soongl bux songz raanz deel guehsaih:
两　人　宿　家　他　诉状　　　　　　　　我们住他家①诉状:

Xianyseny es xianyseny,
先生　　助　先生　　　　　　　　　　　　先生呀先生，

Baaihlaez gaail salndingl?
哪里　　卖　红纸　　　　　　　　　　　　哪里卖红纸?

Hingz laez gaail saljais?
巷　哪　卖　白纸　　　　　　　　　　　　哪巷卖白纸?

Xianyseny haanl yianghnix:
先生　　答　这样　　　　　　　　　　　　先生这样答:

Gaail genz gaail salndingl,
街　上　卖　红纸　　　　　　　　　　　　上街卖红纸，

Hingz lac gaail saljais.
巷　下　卖　白纸　　　　　　　　　　　　下巷卖白纸。

Saljais gaail riml hingz,
白纸　卖　满　巷　　　　　　　　　　　　白纸卖满街，

---

①他家,指帮助写状词的人家。

206

Salndingl gaail riml xaanh.
红纸　卖　满　摊子　　　　　　　　　红纸卖满巷。

Mbael laez luamc los mengz xih aul，
张　哪　光滑　嘛　你　就　要　　　　　光滑的纸你就要，

Ngaul laez roix los mengz nyah yungh.
角　哪　烂　嘛　你　别　用　　　　　　缺角的纸你别买。

Aul saljais dauc rauz raaiz xingz，
要　白纸　来　我们　写　书　　　　　　拿白纸来我们写书，

Aul salndingl dauc rauz raaiz xaangh.
要　红纸　来　我们　写　状词　　　　　拿红纸来我们写状词。


Bix gueh wenz buxsaail，
哥　做　人　男子　　　　　　　　　　哥身为男人，

Bail jaanglgaail xez noh.
去　街上　买　肉　　　　　　　　　　上街去买肉。

Nuangx gueh wenz legmbegt，
妹　做　人　女子　　　　　　　　　　情妹是女人，

Xex dueh gueh byagt ngaaiz.
买　豆腐　做　菜　早饭　　　　　　　上街买豆腐。

Xingc gaais bux raaiz sel，
请　那　人　写　书　　　　　　　　　请那写状书的人吃饭，

Xingc gaais bux raaiz sal.
请　那　人　写　字　　　　　　　　　请那写状词的先生吃饭。


Haadtxoh roongh xazjaail，
明早　亮　麻麻　　　　　　　　　　　明早天一亮，

Soongl wenz bail samcsaih.
两　人　去　诉状　　　　　　　　　　我们去见官。

情友歌　邀约歌

Dais ronl genz yieh ngoomx,
从 路 上 也 绕

走上路太绕，

Gvas ronl lac yieh jail,
过 路 下 也 远

过下路太远，

Bail ronl laez ndil geh?
去 路 哪 好 多

走哪条路才好？

Dais ronl genz yieh ngoomx,
从 路 上 也 绕

走上路太绕，

Gvas ronl lac yieh jail.
过 路 下 也 远

过下路太远。

Rauz xih bail ronl jaangl ndil geh,
我们 就 去 路 中 好 多

我们走中路，

Waangl ronl dinc ndil geh.
拐 路 短 好 多

我们走近路最好。


Damcdeed dangz raanz lauz,
一下子 到 房 楼

转眼来到了官府，

Rauz ximl ranl buxsais,
我们 看 见 官人

我们看见了大官，

Rauz ximl ranl saissamz.
我们 看 见 府官

我们看见了府官。

Saislaaux nangh ndael xul,
大官 坐 里 府

大官坐府中，

Soonglbux dangz basdul xih gvih,
两人 到 门口 就 跪

我们到门口就跪，

Dangz dulmonz xih gvih.
到 院门 就 跪

到院门就跪。

Buxsais hams danghnix:
官人 问 这样

大官问我们：

Maix dauc gueh mazyaangz?
姑娘 来 做 什么

姑娘来做什么?

Gvaangl dauc gueh mazyiangh?
少爷 来 做 哪样

小伙来干哪样?

Gul xih dobt xihsanz,
我 就 回 干脆

我就把话答,

Gul xih haanl yianghnix:
我 就 答 这样

随口把话讲:

Buxsais heeuh wois mal,
官人 叫 我 来

大官叫我来,

Buxlaaux ral wois dauc.
大人 找 我 来

大人喊我来。

Heeuh wois dauc samcsaih,
叫 我 来 申诉

叫我来评理,

Raiz wois dauc samcsaz.
喊 我 来 诉状

喊我来诉状。

Gul yieh jauchos gvih genzrinl,
我 也 膝盖 跪 石上

我双膝跪在石板上,

Soongl fengz jingz mbaelsos:
两 手 持 状 书

两手持着状书说:

Buxlaaux es buxlaaux,
人大 助 人大

大人呀大人,

Nyiel wois nauz xonz soh,
听 我 说 句 直

听我说实话,

Nyiel wois sos xonz xinl.
听 我 诉 句 真

我把真话讲。

Nuangxjiml deeml gul saml dungxdeebt,
情妹 与 我 心 相 贴

情妹对我很钟情,

Mbox lix eedt saml laez dungxbyas.
没 有 点 心 哪 分开 丝毫没有背离心。

Deel xinl deg yah gul,
她 真 是 老婆 我 她是我妻子，

Deel xinl wenz raanz wois.
她 确实 人 家 我 她是我的人。

Goons gul lix wail Luf,
先前 我 有 姓 陆 先前我有陆家，

Ndux gul lix wail Baanl.
原先 我 有 姓 班 原先我有班姓。

Wail Luf dauc gueh jaangl,
姓 陆 来 做 中 陆家来介绍，

Wail Baanz baangc gueh ses.
姓 班 帮 做 媒 班姓帮做媒。

Idt gul lix wenz gueh ses,
一 我 有 人 做 妁 一是我有人介绍，

Ngih gul lix wenz gueh moiz.
二 我 有 人 做 媒 二是我有人做媒。

Laaulrauz gul jaabt ndoil langc faamh,
怕是 我 夺 空 才 犯 若是夺妻我才错，

Laaulnauz bix sengl dauc langc faamh.
怕是 哥 抢 来 才 犯 若是抢妻我才犯纲常。

Buxsais lah jaauc nuangx bail ndeenl,
官人 拉 丈夫 妹 去 傍边 大官拉妹夫去一旁，

Sag jeenl beengz bail jodt.
捉 手臂 他 去 捆绑 捉妹的前夫去捆绑。

Meanhnix baaih feax gaangc ndaix hingz,
现今 道理 人家 讲 得 去 如今他俩说有理，

Mengz lix xonz maz deeml?
你 还有 句 什么 呢　　　　　　　你还有什么说？

Mengz lix haaus maz deeml?
你 还有 话 什么 呢　　　　　　　你还有什么讲？

Gvaanl nuangx daaus mal nauz yianghnix：
丈夫 妹 又 来 说 这样　　　　　前夫又来把话说：

Buxsais es buxlaaux，
官人 助 官人　　　　　　　　　　大官呀大人，

Xaaml mengz xuangs deeuzxah.
求 你 放松 索子　　　　　　　　求你松松绑。

Nyiel wois nauz xonz soh，
给 我 说 句 直　　　　　　　　　让我说实话，

Haec wois sos xonz xinl.
给 我 诉 句 真　　　　　　　　　让我把真话讲。

Nuangxjiml riangz gul dez saml ndeeul，
情妹 与 我 安 心 一　　　　　情妹同我一条心，

Miz lix jeeul laez nauz dungxbyah.
没 有 丝 哪 说 分开　　　　　从来就不想分离。

Woil lix laaux dungxqyas nix haais，
为 有 人 心恶 这 害　　　　　只为这恶徒来挑拨，

Woil lix mal jaucnyeengc nix haais.
为 有 狗 头毛蓬乱 这 害　　　　只为这家伙来夺抢。

Baaih nix gaangc miz yingz，
边 这 讲 不 赢　　　　　　　　　这边讲不赢，

Xaaml mengz aul mbaelsos.
求 你 要 状书　　　　　　　　　请你还状书。

Aul mbaelsos haec bix，
要 状书 给 兄　　　　　　　　　状书还给我，

Aul mbaelsos haec gvaangl.
要　状　书　给　少爷　　　　　　　　状书退给我。

Daaus bail raanz dungxliangh.
转　去　家　　商量　　　　　　　　转回家商量，

Dez bail eeux duangxliangh，
拿　去　家　　商量　　　　　　　　拿回家商讨。

Baaih Lachus　dul　lix　soongl bux，
面　罗斛我们　有　两　　个　　　　　我们罗斛有两个，

Goisxul lix soongl wenz.
贵州　有　两　人　　　　　　　　　我们贵州有两人，

Bozdeel genl byal miz genl jauc，
他们　吃　鱼　不　吃　头　　　　　　他们吃鱼不吃头，

Genl haux miz genl nyuz，
吃　米　不　吃　谷草　　　　　　　吃米不吃谷，

Gul lac dez bail buxdeel baans.
我　要　拿　去　那人　　办　　　　　我去找他们办。

## （四）

Dauc bix nauz mengz jis，
来　兄　说　你　妹　　　　　　　　来哥说你妹，

Goy genlyis daaus nauz mengz nuangx：
哥　忧郁　又　说　你　　妹　　　　　忧郁的情哥跟你说：

Jaauc nuangx gaangc miz hingz，
丈夫　妹　讲　不　赢　　　　　　　你夫讲不赢，

Deel daaus yinx bail genz　rauz baans，
她　又　引　去　上方　我们　办　　　要回我们上方办，

Dez bail xul rauz bans.
拿　去　省　我们　办　　　　　　　转回我们省里办。

Lohlaz loh banz nix,
既然 已 成 这

既然是这样，

Lohlaz loh banz qyal.
既然 已 成 此

既然是如此。

Nuangx gueh wenz legmbegt,
妹 做 人 女子

妹身为女人，

Runs roomh dauc rungl haux,
起 早 来 煮 饭

起早来生火，

Runs xaux dauc gvaih ngaaiz.
起 早 来 煮 早饭

起早来煮饭。

Gogt xez mauc rauz qvaail,
初 时 卯 我们 起步

卯时就起身，

Byaail xez xiz rauz os.
末 时 辰 我们 出发

辰时就出发。

Soh bail baaih Baanzndaaix,
直 去 边 盘来

往盘来①那边去，

Laaix bail baaih Baanzsal.
绕 去 面 盘炸

朝盘炸②那边走。

Dais Ndoilhaz bail lac,
从 茅山 去 下

从茅山③直下，

Byoob xezsec xezsax gueh soongl,
分开 巳时 午时 做 二

分开巳时和午时，

Gvas Ndoiljoongl xih dangz Byaswaaih.
过 打鼓坡 就 到 边外河

过打鼓坡④就到边外河⑤。

———————————

①②③均是地名,在广西壮族自治区境内。
④⑤均是地名,在罗甸县境内。

213

情
友
歌

邀
约
歌

Xos Byaswaih bail genz，
从　边外河　去　上　　　　　　　　从边外河上去，

Soongl wenz henc Mbosnaamh.
二　人　上　凉水井　　　　　　　两人到了凉水井①。

Gvas Mbosnaamh xih dangz Lofhuf，
过　凉水井　就　到　罗斛　　　　过凉水井就到罗斛，

Soongl bux daaus mal dangz Lachus.
两　人　转　来　到　罗斛　　　　又回到罗斛县城了。

Damcdeed dangz ndeenl xingl，
一下子　到　边　城　　　　　　　转眼来到县城边，

Damcdeed dangz jauc gaail.
一下子　到　头　街　　　　　　　转眼来到了街头。

Rauz bail ronl laez ndil geh?
我们　去　路　哪　好　多　　　　我们走哪条街呢？

Gaail genz lix bausZangy xaangh raaiz sal，
街　上　有　老张　会　写　书　　上街有位张大人会写书，

Gaail lac lix bausWuf xaangh raaiz xaangh，
街　下　有　老吴　会　写　状子　下巷有位吴先生会写状词，

Mbael xaangh mbael saaml xaangz.
篇　状子　篇　三　两　　　　　　一篇状书三两银。

Nuangxnaangz deel yuanl lingx，
姑娘　她　愿　承担　　　　　　　情妹愿意给，

Ndaangl bixgoy yuanl os.
身　哥哥　愿　出　　　　　　　　我也愿意出。

①地名，在罗甸县境内。

Haadtxoh roongh xazjaail,
明早　　亮　　麻麻

明早天一亮，

Runs xaux bail jaanglgaail.
起　早　去　　街上

起来就上街。

Gul gueh buxsaail xih xex lauc,
我　做　男人　　就　买　酒

我身为男人就去买酒，

Nuangx gueh wenz legmbegt xih gauc xex noh.
妹　　做　人　女子　　就　看　买　肉

妹作为女人就去买肉。

Xingc gaais bux raaiz sel,
请　那　人　写　字

请那写状书的人吃饭，

Xingc gaais bux raaiz sal.
请　那　人　写　状子

请那写状词先生吃饭。


Ngaaiz leeux soongl bux bail samcsaih,
早饭　完　两　人　去　诉状

饭后我们就去诉状，

Damcdeed dangz ndael xul.
一下子　到　里　府

转眼来到了官府。

Ranl soongl bux daez jos,
见　两　个　守　门

看见两人守院门，

Ranl soongl wenz daez jos.
见　两　人　守　门

看见两个守门人。

Gead xungs qyus soongl baangx,
扛　枪　在　两　旁

两人扛枪站两旁，

El qyaangx qyus soongl heenz.
背　大刀　在　两　边

两人背刀站两边。

Haec beengz laaul laailrauh,
给　人　怕　多很

实在令人害怕，

Haec wenz heamc laailrauh.
给　人　畏惧　多很

实在叫人心慌。

Xongcxoc es faangz raanz，
祖宗 助 鬼 家

祖宗啊家神，

Dauc riangz leg riangz laanl samcsaih，
来 同 儿 同 孙 诉状

来同儿孙诉状吧，

Mal riangz laanl riangz lanc samcsaih.
来 同 孙 同 曾孙 诉状

来同孙子诉状吧。

Samlsaih nauz ndaix hingz，
诉状 若 得 赢

如果申诉赢，

Xih ndaix nuangxjiml gvaih mac，
就 得 情妹 侍候 妈

就得情妹侍奉母亲，

Ndaix maixsaaul xibhac gvaih meeh.
得 情妹 十五 侍候 母亲

就得年轻的情妹侍候老人。

Samcsaih nauz miz hingz，
诉状 若 不 赢

如果申诉输了，

Bazniz xih xeel nuangxjiml bail xaaul，
这回 就 失去 情妹 去 长久

我就永远失去了情妹，

Xeel maixsaaul xibhac bail naaus.
失去 情妹 十五 去 永远

我就永远失去美丽的情人。

Gul yieh soongl hos gvih genzrinl，
我 也 双 膝 跪 石上

我双膝跪在石板上，

Soongl fengz jingz mbaelsos：
两 手 持 状书

两手持状书说：

Buxlaaux es buxlaaux，
大人 助 大人

大人呀大人，

Nyie wois nauz xonz soh，
听 我 说 句 直

听我说实话，

Nyiel wois sos xonz xinl.
听 我 诉 句 真

让我把真话讲。

Nuangxjiml xinl baz bix,
情妹　真　老婆　哥　　　　　　　情妹是我的妻子，

Bux nix deg wenz gul.
人　这　是　人　我　　　　　　　她真是我的人。

Goons deel ndaix xibsis,
先前　她　得　十四　　　　　　　她得十四岁那年，

Gul xih ndaix soongl bux bail xaaml.
我　就　得　两　个　去　求　　　我请两媒人去求婚。

Xez deel ndaix xibsaaml,
时　她　得　十三　　　　　　　　她得十三岁那年，

Gul xih ndaix soongl wenz bail hams.
我　就　得　两　人　去　问　　　我请得两媒人去讲。

Soongl bux hams dangz mbaanx,
两　个　问　到　寨　　　　　　　两人问到寨，

Soongl bux hams dangz raanz.
两　个　问　到　家　　　　　　　两人访到家。

Laanz dangz nac bohmeeh,
通　到　面　父母　　　　　　　　去同她父母讲，

Bohmeeh deel yuanl haec,
父母　她　愿　给　　　　　　　　她父母同意，

Soongl bux langc banz jaec ngonznix.
两　人　才　成亲　今天　　　　　今天我俩才成双。

Gul mbox lix maz yis,
我　没　有　啥　忧　　　　　　　我没有什么担忧，

Gul mbox lix maz xal.
我　没　有　啥　错　　　　　　　我没有什么过错。

Woil lix laaux jaucnyal nix haais,
为　有　人　长　发　这　害　　　只为这长发家伙①来挑拨，

―――――――――――――
　　①长发家伙及下句的长毛狗息,均指情妹的前夫。

情
友
歌

邀
约
歌

Woil lix mal jaucnyeengc nix haais.
为 有 狗 头毛蓬乱 这 害　　　　只为这长毛狗崽来夺抢。

Deel haais bixgoy dangzndoil,
他 陷害 哥哥　　凭空　　　　　他平白陷害我，

Haais bixgoy dangzqyal.
诬告 兄哥　　凭白　　　　　　凭空诬告人，

Deel lac aul maixbaex dangznyies,
他 想要　媳妇　　凭空　　　　妄想夺我的妻子，

Deel lac aul maixbaz dangznyies.
他 想要 老婆　　凭白　　　　企图抢我的爱人。

Gul yieh daail miz qyies hoz nix,
我 也 死 不 止 气 这　　　　这个气我一生难消，

Lix miz qyies hozbenl.
生 不 休 仇恨　　　　　　　　这个仇我死也难忘。

Aul minghwenz gul yieh riangz deel haaix,
要　人命　我 也 跟 他 打　　哪怕要命我也同他斗，

Daail minghwenz gul yieh riangz deel dimh.
死　人命　我 也 跟 他 擂　　亡命我也跟他拼。


Buxsais lah qyianlyux bail ndeenl,
官人 拉　冤家 去 旁边　　　大官拉那冤家去一旁，

Sag jeenl beengz bail jodt.
将手杆 他 去 捆　　　　　　拿那家伙去捆绑。

Deel xih rodtroc miz xonz nauz,
他 就 退缩 无 句 说　　　　他已哑口无话说，

Gauz jauc miz xonz haaus.
勾 头 不 句 话　　　　　　　他已低头无话讲。

218

## （五）

Yux jis es roh ngaamz,
情 妹 助 外 垭口

美丽的情妹，

Eeul haanz es roh jeemh.
颈 长 助 外 山坳

苗条的情妹。

Lingslings dauc riangz bix,
时刻 来 跟 哥

生也要连哥，

Lingslings dauc riangz gvaangl.
时刻 来 跟 郎

死也要连郎。

Gvaanl mengz gac gaisfoonx gueh ngaaiz,
丈夫 你 杀 黑鸡 做 午饭

你前夫杀黑鸡吃肉，

Gac gaisraaiz gauc ndos.
杀 花鸡 看 骨

杀花鸡看卦。

Gauc ndos lix miz banz,
看 骨 还 不 成

看卦还不够，

Deel lix xuangs gaais nganz walhongz aul bix,
他 就 放 那 银 花红 要 哥

他就悬赏"花红银"①捉哥，

Xuangs gaaic nganz hongzxic aul gvaangl.
放 那 银 红紫 要 郎

悬赏"紫红银"②捕我。

Raanz bix baus mbox aaul,
家 哥 公 不 叔

哥家无叔伯，

haec bixgvaangl gueh laez suans?
给 郎兄 做 哪 算

叫哥怎么办？

Lohlaz loh banz nix,
既然 已 成 这

既然是如此，

Lohlaz loh banz qyal.
既然 已 成 此

既然是这样。

---

①②"花红银""紫红银"，均指专用于雇请杀人的钱。

情友歌
邀约歌

Mal rauz baanh miz qyus beangz nix,
来 我们 分散 不 在 地方 这 　　　　　　干脆我们离开此地，

Deeuz bail xunz beangz roh.
逃 去 游 地方 外 　　　　　　　　　干脆我们逃去别乡。

Baaihlaez mbaadgues deeuh hauxweangc,
哪边 一锄头 十斤 小米 　　　　　　哪里一锄半石米，

Rauz xih deeuz bail beangz deel qyus.
我们 就 逃 去 地方 那 住 　　　　　　我们就逃去哪里。

Mbaanxlaez baizmeangx ndaix deeuh byal,
哪寨 一网 得 十斤 鱼 　　　　　　哪方一网十斤鱼，

Raz bail mbaanx deel qyus.
咱 去 寨 那 住 　　　　　　　　　我俩就逃去哪方。

Goy gueh wenz buxsaail,
哥 做 人 男子 　　　　　　　　　　我身为男人，

Gonz hauxheeul xos daih.
割 青谷 放 袋子 　　　　　　　　　拿青谷放口袋。

Nuangx gueh wenz legmbegt,
妹 做 人 女子 　　　　　　　　　　妹身为女人，

Gvaih bangzbit bangzfoonx xos joil,
收拾 青布 黑布 放 笋 　　　　　　　收拾布匹放笋筐，

Meil riangz goy dungxdoih.
妹 同 哥 同路 　　　　　　　　　　哥妹一起离家乡。

Dungxdoih dangz baangx nyiel,
同路 到 旁 江 　　　　　　　　　　同行到江边，

Soong riez henc ruez waangl.
两 人 上 船 梭 　　　　　　　　　　两人抬脚上船坐。

Gungs ndaangl hauc ruez nangh,
躬 身 进 船 靠 　　　　　　　　　　躬身进船舱，

220

Rueh xih langl fuzfeab ndianghndaauh.
船　就　随　波浪　　摇荡　　　　　　　　船在水面摇荡漾。


Dungx doih dangz Buxaais,
同　行　到　　卜艾　　　　　　　　　　我们一路逃去卜艾①,

Buxaais waanz Buxaais,
卜艾　助　卜艾　　　　　　　　　　　　卜艾啊卜艾,

Bux laez deel miz rox,
人　哪　他　不　知,　　　　　　　　　　不知道的人,

Jalnauz mbaanx deel laaihjamcjul.
以为　寨　那　偏僻　　　　　　　　　　以为那里偏僻不成样。

Mbaanx deel banz xib xul guc rungh,
寨　那　成　十　城　九　府,　　　　　　其实哟那里成十街九巷,

Banz xib gumh guc laamz.
成　十　区　九　域　　　　　　　　　　有十寨九庄。


Deeuz buxaais xih bail Buxgaanl,
走　卜艾　就　去　卜干,　　　　　　　　离开卜艾到卜干②,

Buxgaanl waanz Buxgaanl,
卜干　助　卜干,　　　　　　　　　　　卜干啊卜干,

Mbaanx deel qyus byaail xaanz degt seebt,
寨　那　在　边　晒台　钓　钩,　　　　　　那里是个鱼米之乡,

Lix sis bas beedt xib neeul raanz ngvax.
有　四　百　八　十　栋　房　瓦。　　　　　有四百八十栋瓦房。

Jeexsax damc lac raanz,
马场　抵　下　房,　　　　　　　　　　　寨脚是马场③,

_____

①②均为地名,在广西壮族自治区境内。
③马场,指赶集的地方,即逢天干地支中马日赶集。

Damz naz laanz sis xih.
塘　田　栏　四　方　　　　　　　　粮田围四方。

Jeexsax damc dinl lail,
马场　抵　脚　梯　　　　　　　　　门口是马场，

Lac xex mail yieh ngaaih,
要　买　线　也　方便　　　　　　　买线也不难，

Xex gaais maz yieh ngaaih.
买　东西　啥　也　方便　　　　　　什么都方便。


Baanh dangz jiclaail beangz,
散　到　几多　地方　　　　　　　　我们逃到许多村寨，

Guangz dangz jiclaail mbaanx.
遊　到　不少　村寨　　　　　　　　我们走了不少地方。

Bux danc yinc yieh xaix,
人　穿　裙子　也　齐　　　　　　　看见了穿裙子的妇女，

Bux danc raiz yieh lix.
人　穿　长　也　有　　　　　　　　看见了穿长衣的姑娘。

Ndiljaiz gaabt aul hees,
好看　加　要　客　　　　　　　　　她们美丽又好客，

Ndiljaiz gaabt aul liex.
好看　加　要　宾　　　　　　　　　她们热情又客气。

Xiez gueh duz gueh saauh,
约　做　朋　做　友　　　　　　　　约我们结姊妹，

Ngaauh gueh jaec gueh rimz.
邀　做　亲　做　戚　　　　　　　　邀我们做亲戚。


Xuanh mbaanx laail yieh unl,
遊　寨子　多　也　腻　　　　　　　游村寨多已厌，

Xunz beangz laail yieh ims.
逛 地方 多 也 饱　　　　　　　串地方多已累。

Lohlaz loh banz nix,
既然 已 成 这　　　　　　　既然是这样，

Lohlaz loh banz qyal,
既然 已 成 此　　　　　　　既然是如此，

Mal rauz bail haail diams.
来 我们 去 开 店　　　　　　我们去开店。

Haail diams xos jeex Raux,
开 店 放 场坝 饶里　　　　　开店在饶里①，

Gaail haux xos Jeexxiz.
卖 米 放 龙场　　　　　　　在龙场②卖米。

Noh biz reeux noh laab,
肉 肥 与 肉 腊　　　　　　　卖肥肉腊肉，

Dueh gaais reeux laucwaanl.
豆腐 块 与 甜酒　　　　　　卖豆腐甜酒。

Dinl danc haaiz dangx dih,
脚 穿 鞋 垫 底　　　　　　有钱穿好鞋，

Beah ndiljaiz yieh lix.
衣 漂亮 也 有　　　　　　有钱买好衣。

Goy gueh wenz buxsaail,
哥 做 人 男子　　　　　　　我身为男人，

Xih bas nyiex nuangx gueh xamz.
就 嘴 逗 妹 做 玩　　　　　逗妹开玩笑。

Nuangx gueh wenz legtmbegt,
妹 做 人 女子　　　　　　　妹身为女人，

Xih ngamz jauc gueh sius.
就 低 头 做 绣　　　　　　埋头做针线。

———————————————
①②均为地名,在广西壮族自治区境内。

Gueh sius lac liangftinf jaanglxul,
做　绣　下　凉亭　　城中　　　　　　　　　在城里的凉亭绣花，

Gueh sius lac liangftinf jaanglgaail.
做　绣　下　凉亭　　街上　　　　　　　　　在街上的凉亭绣朵。

Genl ngaaiz rauz miz yis,
吃　早饭　我们　不　愁　　　　　　　　　　吃的我们不愁，

Ndaangl danc rauz miz yis.
身　　穿　我们　不　愁　　　　　　　　　　穿的我们不忧。

（六）

Yuxjis es roh ngaamz,
情妹　助　外　垭口　　　　　　　　　　　　美丽的情妹，

Eeul haanz es roh jeemh.
颈　长　助　外　山坳　　　　　　　　　　　苗条的情妹。

Menghnix gvaanl mengz langc lix guangz,
现在　丈夫　你　还　有　周旋　　　　　　　现在你前夫仍在告，

Gvaanl nuangx langc lix gaaus.
丈夫　妹　还　有　告　　　　　　　　　　　前夫仍在告。

Gaaus saauhlaez mbox rongz,
告　多少　不　发　　　　　　　　　　　　　再告告不发，

Deel xih xuangs gaais nganz walhongz aul bix,
他　就　放　那　银　花红　要　哥　　　　　他就悬赏"花红银"捉我，

Xuangs gaais nganz hongzxic aulgvaangl.
放　那　银　红紫　要　郎　　　　　　　　　悬赏"红紫银"捕杀我。

Lohlaz loh banz nix,
既然　已　成　这　　　　　　　　　　　　　既然是这样，

Lohlaz loh banz qyal,
既然　已　成　此　　　　　　　　　　　　　既然是如此，

Rauz ral gais mal gac genl liad.
我们 找 鸡 来 杀 吃 血　　　　　　　我们来喝鸡血酒。

Liad ings lauc dungx jaaul,
血 和 酒 相 搅　　　　　　　　　　酒和血相搅，

Wenz laaul wenz daail goons.
人 怕 人 死 先　　　　　　　　　　看是谁先死。


Xaxnauz gul daail goons,
假如 我 死 先　　　　　　　　　　假如我先死，

Mengz xih beangc miz beangc mos nuangx?
你 就 盘 不 盘 助 妹　　　　　　　妹呀你是否盘①丧？

Xaxnauz mengz daail goons,
假如 你 死 先　　　　　　　　　　若是你先死，

Gul xih aans beangc.
我 就 一定 盘　　　　　　　　　　我一定盘丧。

 Dos mengz xeehnaix daail,
只要 你 舍得 死　　　　　　　　　只要你舍得死去，

Gul aul salbeangx baaic genz dih.
我 要 纸幡 盖 上 坟　　　　　　　我把纸幡扎在你墓上。

Haamc bil xih fiz byaul,
跨 年 就 火 烧　　　　　　　　　翻年就火烧，

Aul mengz soh riangz honz bail genz.
要 你 直 同 烟 去 上　　　　　　让你随烟上天堂。

Ndunl dul menz xac bix,
站 门 鬼 等 哥　　　　　　　　　站在鬼门等我，

Laanz duldianc xac ngoh.
栏 门 天 等 我　　　　　　　　　拦住天门等情郎。

_____

①盘,方言词,指操办(丧事)。

Dos mengz xeehndaix daail,
只要 你 舍得 死                       只要妹舍得死去，

Gul fanz waaiz gaabt gueh daauh,
我 砍 水牛 加 做 道场                我为你砍牛和做道场①，

Gul aul sisxib max gueh lic dox bangz.
我 要 四十 马 做 邦 驮 布          我用四十匹马驮孝布。

Gul lix bail dangz Jingz baaus yaaus,
我 还 去 到 京城 报 孝            我还到京城报丧，

Bail dangz senj baaus yaaus.
去 到 省 报 孝                        到省府报丧。


Yuxjis es roh ngaamz,
情妹 助 外 垭口                     美丽的情妹，

Eeulhaanz se roh jeemh.
颈长 助 外 山坳                  苗条的情妹。

Gul lamx mengz xiz xaail miz xaail?
我 倒 你 究竟 吃斋 不 吃斋      我倒了你是否吃斋？

Gul daail mengz xiz yaaus miz yaaus?
我 死 你 究竟 孝 不 孝          我死了你是否戴孝？

Mengz lamx goons los gul xih xaail,
你 倒 先 助 我 就 吃斋          你先倒我一定吃斋，

Mengz daail goons los gul xih yaaus.
你 死 先 呢 我 就 孝            你先死我一定戴孝。

Dos mengz xeehndaix daail,
只要 你 舍得 死                       只要你舍得死去，

Gul fanz waaiz gaabt gueh daauh.
我 砍 水牛 加 做 斋             我给你砍牛做斋。

---

①砍牛和做道场，均指布依族的传统丧葬仪式。

Buxdaauh waanz buxdaauh,
道士　助　道士

道士呀道士，

Buxdaauh genl ramx xux.
道士　吃　水　接

道士要喝最干净的水。

Samsrauz nauz gueh gvaanlbaz ndux,
咱俩　说　做　夫妻　初

我们是首配夫妻，

Rauz soongl bux dangc guc doongh.
我们　两　个　立　九　竿

我们立九竿①道场。

Haadtxoh roongh xazjaail,
明早　亮　麻麻

明早天一亮，

Gul xih bail jaanglgaail xex xugt,
我　就去　街上　买　蜡烛

我就上街去买蜡烛，

Ngaaiz leeux xih bail xex yiangl sal.
早饭　完　就去买　香　纸

饭后就去买纸和香。

Bushas gueh Buxhas yiez ranl,
汉族　做　汉族　也　见

汉族人们都看见了，

Bux gvas ronl yieh hams：
人　过　路　也　问

过路的人也在问：

Mengz xex xugt bail gueh mazyaangz?
你　买　蜡烛去　做　哪样

你买蜡烛做哪样？

Xex yiangl sal bail gueh mazyiangh?
买　香　纸去　做　哪样

你买纸和香做什么？

Mengz xex yiangl sal weil maz lee?
你　买　香　纸为　啥　呢

你买纸和香是为何故？

Gul xih doobt xihsaanz,
我　就回话　干脆

我就直接答，

①立九竿，指布依族在举办丧葬仪式时需立竿作为一种标志，立九竿，指喻祭祀仪式隆重。

Gul xih haanl yianghnix：
我　就　答　　这样

我就告诉他们：

Ngonznix yuxjis lamx bail sianl,
今天　　情妹　倒　去　土

今天情妹已成仙，

Maix eeulhaanz laauh xeeuh.
姑娘　颈长　失　生

苗条的情妹已身亡。

Gul xex xugt bail boiz anlliangz,
我　买　蜡烛　去　赔　　恩情

我买蜡烛赔恩情，

Xex yiangl sal bail boiz anllih.
买　香　纸　去　赔　恩义

我买纸和香来祭奠。


Xex xugt mal dangz raanz,
买　蜡烛　来　到　　家

买蜡烛到家，

Buxdaauh gvih los gul dungx gvih,
道士　　跪　助　我　同　跪

道士跪地我也跪，

Buxdaauh ruanz los gul dungx ruanz,
道士　　爬　助　我　同　爬

道士爬地我也爬，

Dungx gul nuanz waaisngvih.
肚　我　压榨　棉花籽

我的心情很悲伤。

Gul gvih xos lac xoongzxaail,
我　跪　在　下　灵桌

我跪在灵桌下，

Soongl fengz jingz mbaelsos.
两　手　持　超度书

两手持着超度书。

Budaauh sos haec nuangx bail saangl,
道士　超度　给　妹　去　高上

道士超度你上天堂，

Haec mengz ndunl dul faangz xac bix.
给　你　站　门　鬼　等　兄

让你在鬼门等我。

Buxdaauh sos haec nuangx bail mbenl,
道士　超度　给　妹　去　天

道士超度你上天府，

228

Haec mengz laanz dulmenz xac ngoh.
给 你 拦 天门 等 我　　　　让你拦住天门等情郎。


Yuxjis es roh ngaamz,
情妹 助 外 垭口　　　　美丽的情妹，

Eeulhaanz es roh jeemh.
颈长 助 外 山坳　　　　苗条的情妹。

Dos mengz xeehndaix daail,
只要 你 舍得 死　　　　只要你舍得死去，

Gul laailneec dez yaaus.
我 多少 戴孝　　　　我诚心戴孝。

Yiangh ndaangl gul xeznix,
样 身 我 现在　　　　像我自己这时候，

Noh ndael doix los bix mbox ral,
肉 里 碗 助 哥 不 找　　　　碗中的肉我不看，

Byal ndael baanz los goy miz limh.
鱼 里 盘 助 哥 不 尝　　　　盘中的鱼我不瞧。

Genl ramxdah los laaul haul haauzbyal,
吃 河水 助 怕 臭 鱼味　　　　要喝河水又怕有腥味，

Genl ramxnaz yieh laaul haul jais gveec,
吃 田水 也 怕 臭 蛋 青蛙　　　　要饮田水又怕有青蛙，

Genl ramx jeex laaul ues.
吃 水 场坝 怕 沾油　　　　吃场坝水恐沾油。

Gul bail fag ramxxieh dauc genl,
我 去 砍 野芭蕉 来 吃　　　　我吃野芭蕉的水，

Gul bail fag ramx ngox dauc genl.
我 去 砍 水 芦苇 来 吃　　　　我喝芦苇秆的汁。

Yaaus mengz yangl yaaus meeh,
孝 你 像 孝 母亲　　　　奠你像奠母亲一样，

Yaaus mengz lumc yaaus may.
孝　你　像　孝　老妈

奠你像奠爹娘一样。

Yaaus mengz lumc meehleeuz raanz lac,
孝　你　像　叔娘　家　下

奠你像奠下家叔娘一样，

Yaaus mengz lumc meehbac raanz genz.
孝　你　像　姑妈　房　上

奠你像奠上房姑母一样。

Gul aul bux genz mbenl dezdingh,
我　要　人　上　天　评议

我让上天知诚意，

Gul aul sianl genz jauc dezdingh.
我　要　仙　上　头　评议

我让上帝评良心。


Yuxjis es roh ngaamz,
情妹　助　外　垭口

美丽的情妹，

Eeulhaanz es roh jeemh.
颈长　助　外　山坳

苗条的情妹。

Dos mengz xeehndaix daail,
只要　你　舍得　死

只要你舍得死去，

Gul haail lofpanf dauc ral dih.
我　开　罗盘　来　找　坟

我来给你找墓地。

Haadtxoh roongh xazjaail,
明早　亮　麻麻

明早天麻麻亮，

Dez mengz qvaail dul menz.
抬　你　让出　门　房

抬你出灵堂。

Gul daad genz daad lac,
我　探　上　探　下

我探上又探下，

Jiezlaez ndil xih xos jiezdeel.
哪里　好　就　放　那点

哪里好就埋在哪里。

Mengz daail goons,
你　死　先

假如你先死，

Aul mengz xos gogt golraul genz mbaanx,
要　你　放　脚　枫香树　上　　寨　　　　　埋你在寨后山顶的枫树下，

Aul mengz xos gogt golngaanx genz raanz.
要　你　放　脚　槐树　　上　房　　　　　安你在村后山顶的槐树脚。

Xadtnguad gul yieh beed,
七月　　我　也　摆　　　　　　　　　　七月半①也叩拜，

Beedtnguad gul yieh baaiz,
八月　　我　也　供　　　　　　　　　　中秋节也祭奠，

Idt ndianlngaaiz idt jings.
每　节日　　每　敬　　　　　　　　　　每个节日都供奉。

Xadtnguad feax baaiz diangz,
七月　别人　摆　塘　　　　　　　　　　七月半别家供糖，

Gul xih dungx baaiz diangz.
我　就　同　摆　塘　　　　　　　　　　我也同样供糖。

Ndianlxiangl feax baaiz fangx,
春节　　别人　摆　粽粑　　　　　　　　春节别家摆粽粑，

Gul xih dungx baaiz fangx.
我　就　同　摆　粽粑　　　　　　　　　我也同样摆粽粑。

Saamlnguad xih baaiz hauxnangc mbaelraul,
三月　就　摆　糯米饭　枫香叶　　　　　三月三②就供枫香糯米饭，

Aul salbeangx bail woic genz moh.
要　纸幡　去　挂　上　坟　　　　　　　还拿纸幡挂在你墓上。

Haec mengz soh bail genz,
给　你　踏实　去　上　　　　　　　　　让你安心上天堂，

Ndunl dulmenz xac ngoh,
站　鬼门　等　我　　　　　　　　　　站在鬼门等候我，

Laanz dul dianc xac ngoh.
拦　门　天　等　我　　　　　　　　　　拦住天门等情郎。

①②为布依族传统的祭祀节日。

# 后　记

　　罗甸县布依族情友歌有布依语和汉语两种演唱形式,本书所收集的作品全是用布依语演唱的。这种用本民族语言演唱的情友歌,民族特色更加鲜明、民族情感更加浓烈。

　　本书采用布依文汉文对照、用汉文直译意译的形式进行编排。在翻译整理过程中,笔者力求保持歌词、风格和诗歌特色的原汁原味,故有些地方不做统一处理。

　　本书由四部情友歌汇编而成。其中,第一部《二三月歌》属于布依族"小调"情友歌,第二部至第四部均为单首长篇情友歌。由于篇幅长、容量大,所以一首就是一部歌。

　　罗甸县布依族情友歌中 naangz、nuangx、neec、jis 是对女方(姑娘)的称呼,而 bix、goy、gvaangl 则是对男方(小伙)的称呼。本书中的布依文是依照《布依文方案》中的声母、韵母、声调来书写的,因受其所限,在记录歌词时有个别音节与罗甸县布依语有差异。如:xaz(访问、探听)、saz(竹筏)、ndas(骂)、danc(穿),罗甸县布依语分别读[ɕwa$^{11}$]、[swa$^{11}$]、[ʔda$^{53}$]、[tɛn$^{33}$]等,读者在阅读时,可以按本地实际读音来读。另外,罗甸县布依语与规范的布依语标准语(望谟布依语)虽同属于第一土语区,但两地布依语仍有细微的差别,本书中的个别词语如 xiz(虽)、qyas naais(休息)等未严格规范为 xih、is naais,读者在阅读时可按照各地语音对照阅读。

　　本书在收集和翻译过程中,得到不少人士的大力支持,如得到白克英(女)、卢飞两位同志的热情帮助,还有班积周、王惠感、罗家甜、陈小丽等同志给本书提供珍贵图片;中央民族大学

教授、布依语文专家周国炎在百忙中为本书写序。对上述个人的关心支持，在此一并表示衷心感谢。

由于时间和水平有限，不足之处在所难免，敬请领导、专家和读者给以批评指正。

**收集整理者**
2019 年 12 月 28 日